吉野太平記（上）

武内 涼

時代小説文庫

角川春樹事務所

目次

イラスト／toi8　装丁／かがやひろし

天皇家系図

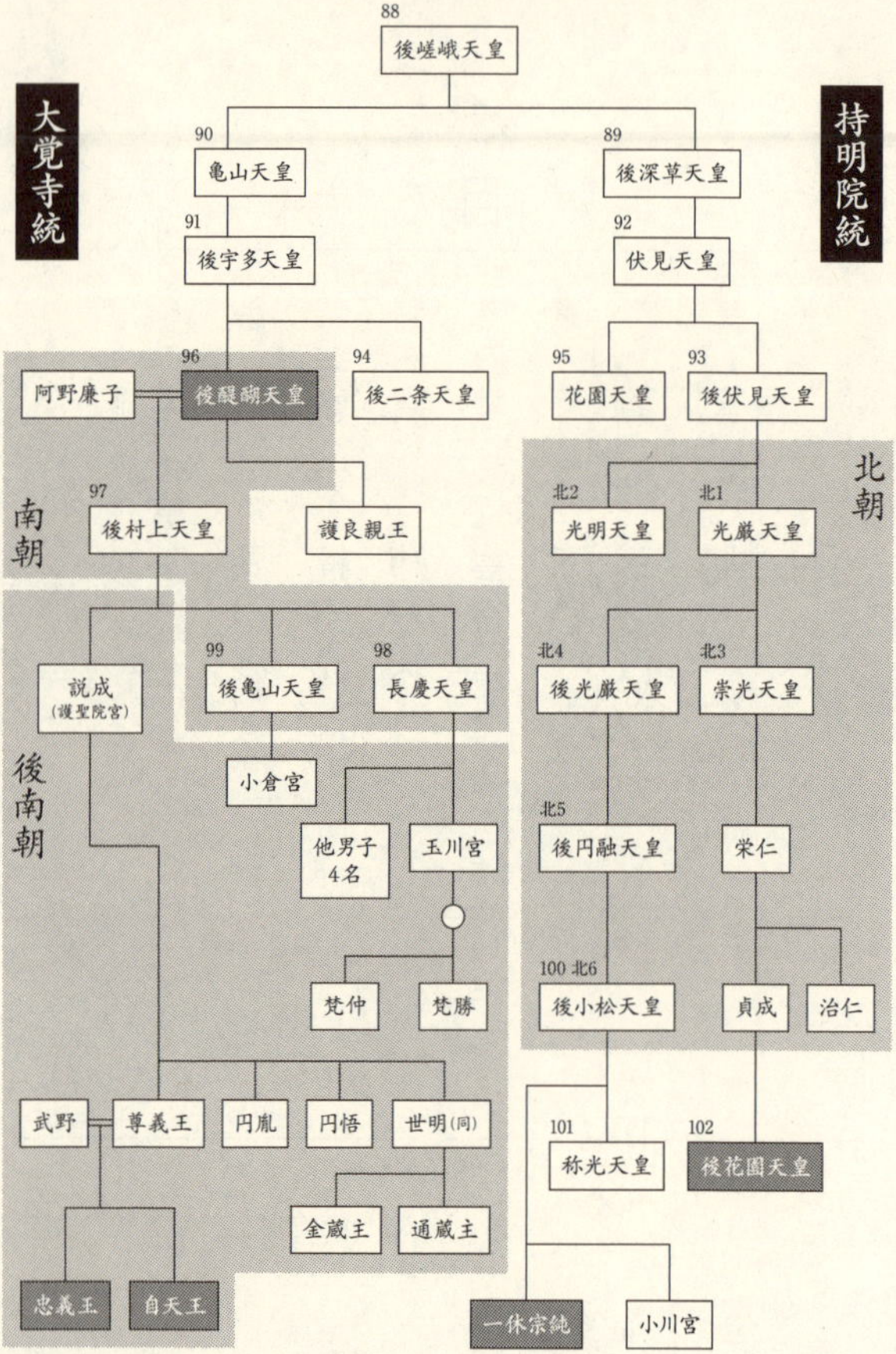

大覚寺統
持明院統
88 後嵯峨天皇
90 亀山天皇
89 後深草天皇
91 後宇多天皇
92 伏見天皇
96 後醍醐天皇
阿野廉子
94 後二条天皇
95 花園天皇
93 後伏見天皇
南朝
北朝
97 後村上天皇
護良親王
北2 光明天皇
北1 光厳天皇
説成（護聖院宮）
99 後亀山天皇
98 長慶天皇
北4 後光厳天皇
北3 崇光天皇
後南朝
小倉宮
他男子4名
玉川宮
北5 後円融天皇
栄仁
梵仲
梵勝
100 北6 後小松天皇
貞成
治仁
武野
尊義王
円胤
円悟
世明（同）
101 称光天皇
102 後花園天皇
金蔵主
通蔵主
忠義王
自天王
一休宗純
小川宮

日野家系図、及び人物相関図

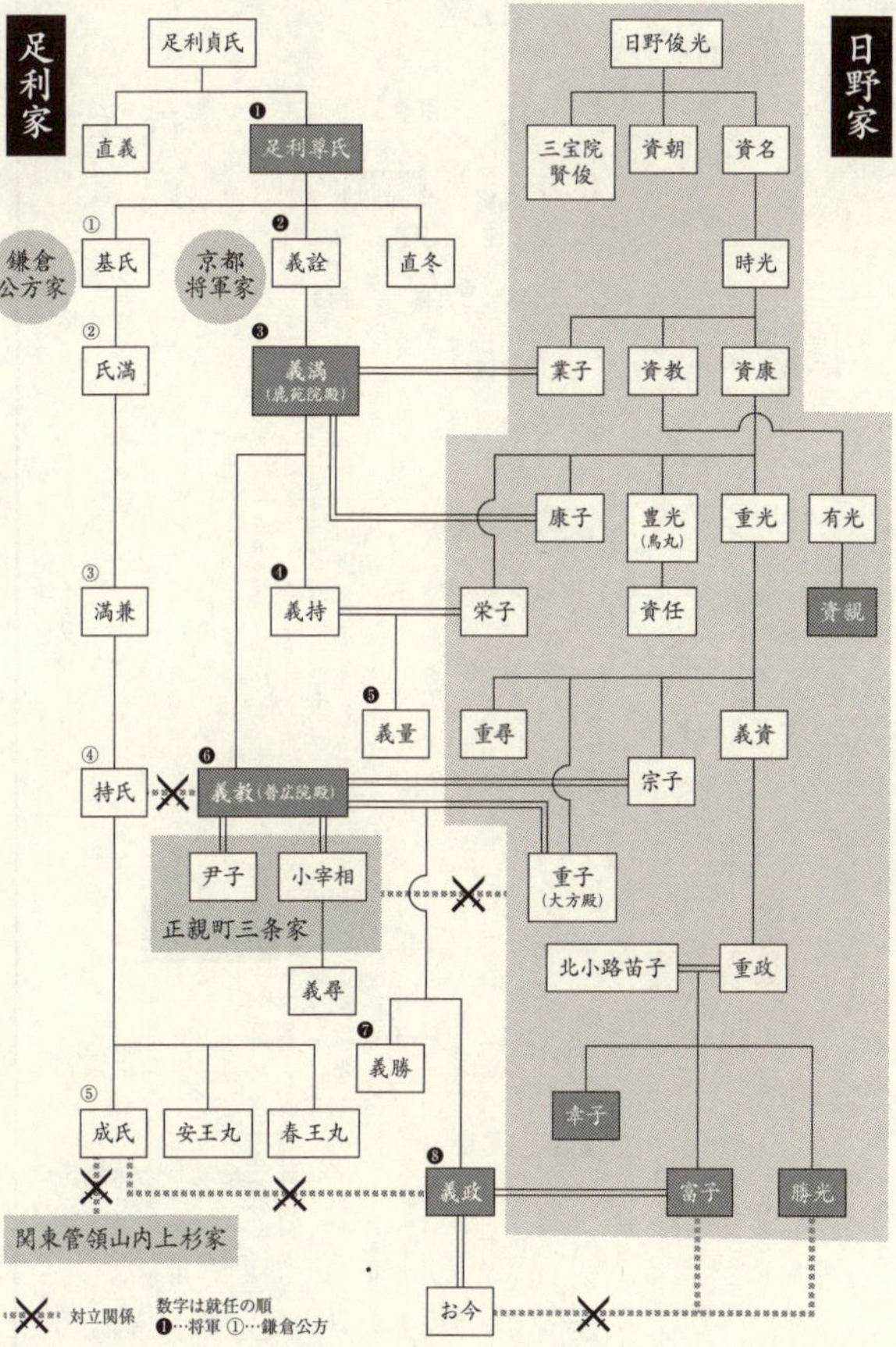

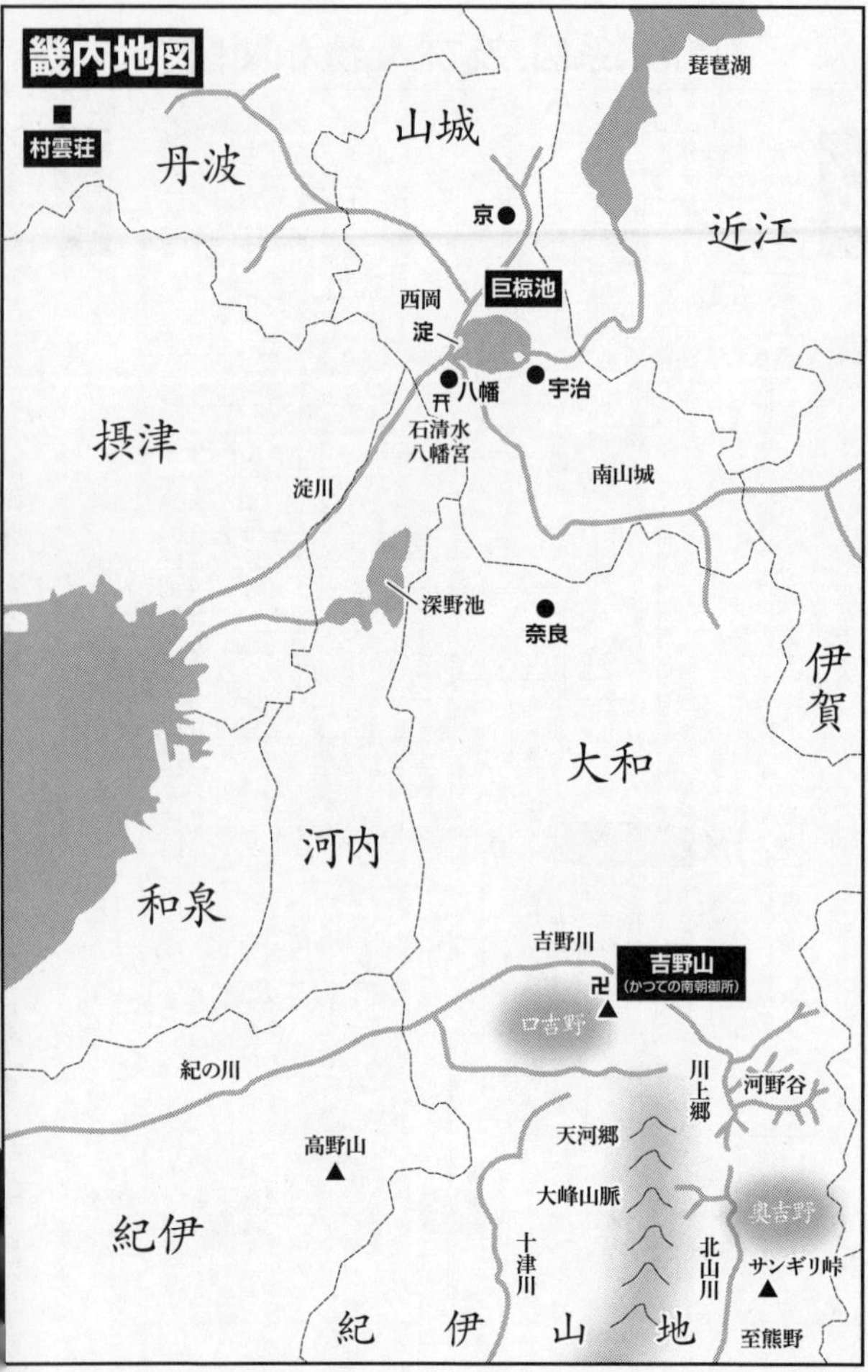
畿内地図
村雲荘
丹波
山城
琵琶湖
京
近江
巨椋池
西岡
淀
八幡
宇治
石清水
八幡宮
摂津
南山城
淀川
深野池
奈良
伊賀
大和
河内
和泉
吉野川
吉野山
(かつての南朝御所)
口吉野
紀の川
川上郷
河野谷
天河郷
高野山
大峰山脈
奥吉野
紀伊
十津川
北山川
サンギリ峠
紀伊山地
至熊野

登場人物紹介

村雲兵庫	天皇の忍軍「村雲党」の若き頭。
日野幸子	日野家の姫。富子の妹。賢明な女性。
柴吉	兵庫に仕える下忍。
柊風伯	「村雲党」の老練な忍者。
おゆん	「村雲党」のくノ一。
日野富子	足利義政の妻。幸子の姉。絶世の美女。
日野勝光	大納言。日野家の家長。富子と幸子の兄。
北小路苗子	日野勝光、富子、幸子の母。
足利義政	室町幕府第8代将軍。優柔不断。
楠木不雪	後南朝の謀将。楠木党を率いる。
自天王	後南朝の天皇、大覚寺統の皇胤。
忠義王	後南朝の将軍、自天王の実弟。
丹生谷帯刀	後南朝の武士。赤松家の牢人。
つばめ	楠木不雪の養女、くノ一。
細川勝元	守護大名。応仁の乱の東軍大将。
山名宗全	守護大名。応仁の乱の西軍大将。
今参局	足利義政の乳母にして愛人、権勢を振るう。
伊勢伊勢守	足利義政の側近。謀略家。
赤童子	幕府に仕える戸隠忍者の頭。
近衛房嗣	隠密伝奏。「村雲党」を遣う公家。
蘆山院晴子	日野幸子の遠縁。幸子によく似ている。
一休禅師	臨済宗大徳寺派の僧侶、風狂な振る舞いで知られる。
熊殺し鉄蔵坊	吉野方の第一の番人。
“十二代目”	吉野方の第二の番人。
許(シュイ)	吉野方の第三の番人。

本書は、ハルキ文庫（時代小説文庫）の書き下ろしです。

序章

享徳《きょうとく》三年（一四五四）。暮れ――

鎌倉《かまくら》公方《くぼう》・足利成氏《あしかがしげうじ》は、積年の恨みがつもった関東管領《かんれい》・山内上杉《やまのうちうえすぎ》家を、強襲。

東日本、戦国時代の幕開けとされる、享徳の乱が巻き起った。

年明けて一月五日（今の暦で一月末）、鎌倉を発向した成氏は、上杉勢力を没倒《もっとう》すべく……武蔵《むさし》国府中《ふちゅう》に、大軍をすすめていた。

その同じ頃、大戦《おおいくさ》がはじまった関東平野を逃れ出ようというのか――利根川《とねがわ》の河口から内海《うちつうみ》に出ようとする幾艘《いくそう》かの小舟があった。この頃は、利根川が今の荒川《あらかわ》の傍で、東京湾――乃《すなわ》ち内海――にそそいでいる。

江戸などという町はない。

そして、この利根川の東というのは、連歌師、宗長《そうちょう》が「隅田《すみだ》川《がわ》の河舟にて、下総《しもうさ》国葛西《かさいの》庄《しょう》の河内《かふち》を、半日ばかりよしあしを凌《しの》ぐ折しも……鴛《おし》、鴨《かも》、宮古鳥《みやこどり》、堀江漕《こ》ぐ心地して」としるしている通り、人家というものは滅多になく、行けども行けども、見わたす限りの葦原《あしはら》や、縦横無尽の天然水路が広がる、大湿地帯であった。

人馬の足では到底すすめぬ。

小舟で、葦の密林を切り開かねば、他の村へ行けない。

夜明け前、そんな大葦原から、今、小舟たちは——南へ出でようとしていた。

「不雪《ふせつ》。この小舟で、真に伊勢《いせ》まで行けるのか?」

さっきから小舟を不安そうに眺めていた若者が、訊《たず》ねた。十六歳くらい。しなやかな長身で、思索的な憂いが黒瞳《こくどう》にたゆたう、若者である。

不雪と若者は、船着き場にいた。

船着き場の背後には、長城のように高い土堤でかこまれた、集落。

船着き場の眼前には、黒竜みたいに淀《よど》んだ水路と、黎明《れいめい》の底で、何かに打ちひしがれたように寂しげな枯葦が、幾千幾万も、大群をなして佇《たたず》んでいる。若者は痩《や》せ細った枯葦どもが戦に疲れた兵士たちのように思えてならなかった。

不雪が、

「この舟で勢州《せいしゅう》まで行くわけではございませぬ。品川湊《しながわみなと》で、大船にのりかえまする」

蒼枯《そうこ》たる声で、答えた。

白く長い髪を後ろで一つにたばねた老人だ。肌は、青白い。だが四肢は、頑健である。やわらかい物腰の中に、氷で研いだ刃が潜んでいるような、厳しさ、鋭さがにじむ、老翁であった。

「さ、さ、餅《もち》と、豆腐を焼きましたので、どうぞお召し上がり下さい。米も碌《ろく》に取れぬ場所ゆえ、せっかくの旅立ちの日に、満足な手向けもできませぬこと、どうぞお許し下さい」

葛西《かさい》という、地元の領主が、言う。葛西が、葦を焚火《たきび》にしてあぶった餅、豆腐などをもってくる。猿に似た顔付きの男だ。後ろにつづく葛西の娘は、燗《かん》した酒をもってきた。若者は酒には手をつけず、焼けた豆腐を少し口に入れた。熱い汁が、喉奥《のどおく》で、広がる。身を切るような寒さが少しやわらぐような気がした。夜明け前の船着き場で、男たちは凍えそうになりながら、荷物を舟に入れている。葛西が、そうした者たちに熱々の豆腐や餅をくばってゆくと、あちこちで歓喜の声が上がった。

寒さで硬かった顔がほころび、笑い声が出、白い息が、もれる。

若者は息の白い煙から、木がほとんど無い、この大湿地帯に生きる人々が、葦を煮炊きにつかう時に出る、か細い煙を思い出した。

「不雪、これでいいのか？」

水害と常に隣合せにある貧しい人々だが、親切にしてくれた。その人々が、これから……巨大な戦乱に巻き込まれることになる。

若者は眼前にいる老人、楠木《くすのき》不雪がめぐらした深謀が——享徳の乱を引き起したのを知っている。

左様な紛争の種を蒔《ま》いた関東を、今、後にしてよいのか？

自分が西に行くことで、畿内にも戦乱が起きてしまわないか？

二重の意味で――今、この船団は出発してよいのか。

若者の目は、不雪にそう問いかけていた。


不雪は仲間たちに温かい食べ物をくばっている、東国の人たちを眺めながら、ゆっくりとうなずいた。なおも若者からにじむ逡巡《しゅんじゅん》を嗅《か》いだ不雪は、鉄剣に似た厳しさを漂わせて、

「貴方様《あなたさま》の御先祖、後醍醐《ごだいご》天皇は、三つのものを味方につけ、鎌倉の幕府を討ちました。一つ目が、幕府の牛耳る利権の枠外に置かれし人々です。寺社領の民……乃ち、僧兵や神人《じにん》。山川河海を領分とした、御家人以外の武士たち。我が祖、楠木正成《まさしげ》や、播磨《はりま》の赤松円心《あかまつえんしん》がこれに当りましょう。二つ目が、幕府の政道が見捨てた地域。――九州です。元寇《げんこう》の負担が重くのしかかり、鎌倉に強い不満をいだいていた九州武士たちの心を、後醍醐天皇は巧みに利用されました。三つ目。幕府の内にありながら、軽んじられている一族。頼朝《よりとも》以来、ずっと鎌倉に冷遇されていた上野《こうずけ》の新田《にった》。この新田一族を味方につけることで、貴方様の御先祖は……建武新政をはじめられたわけにございます」

何処《どこ》かで、鳥が啼《な》いた。

寒々とした声で、せっかく豆腐で体中《たいちゅう》に生れた温かさが、一瞬で凍え、萎縮《いしゅく》している。

若者は、暁の大葦原が少しずつ明るくなっているのに気づいた。藍に藍を重ねた、深みのある蒼《あお》がゆっくりと、水色と灰色の中間色に変ってゆく。濃い青闇から、枯死した葦原にまばらに佇む木が、ぼんやりとした形をあたえられて、溶け出す。

殺伐とした枯枝には、いくつかの影が止っている。

若者が名を知らぬ、鳥どもである。

その鳥たちが、また寒々と啼いた。不雪は、つづけた。

「その建武新政も……足利による政権の簒奪《さんだつ》で、終りました。その足利が京都に開いた北《きた》小路《こうじ》室町《むろまち》の幕府ですが、今や悪政に次ぐ悪政、失策に次ぐ失策で、鎌倉北条家を滅ぼした三つの存在《もの》を――今の世に産み落としたわけにございます」

不雪は冷え冷えとした凄気《せいき》を漂わせて、笑った。こういう時の不雪が若者はあまり好きではない。

不雪は滅多に表に出さないが、骨髄の所に冷厳たる殺気を飼っていて……何かの拍子に、それが表に出る時がある。そういう時の不雪は――主《あるじ》たる若者のことをも、一つの駒《こま》としか見ていぬような、不気味な凄味《すごみ》があった。

若者は、

「今の幕府の、利権の外に置かれた者とは？」

「それは、伊勢で上陸なさり、畿内の様子を一目ご覧になっていただければ、わかること。幕府からしたたる甘い蜜《みつ》は、わずかにございます。その蜜に群がれる蟻《あり》の数は、かぎられている……。

蜜の傍にありながら、そこから何も得られぬ、階層、身分の者どもを、幕府が治める畿内の地でとくとご覧なさいませ。——さすれば、不雪が百言をもって説くより遥《はる》かな重みをもって、拙者が申したいことがおわかりになるはず」

雪山の厳しさをもった、冷たく、重い川風が、若者と不雪に、まとわりつく。家来たちをふるえ上がらせる。

「幕府の政道が、見捨てた地域とは？」

「ずばり——関東にござる」

若者の問いに、不雪が答える。

「上杉禅秀《うえすぎぜんしゅう》の乱、永享《えいきょう》の乱、結城《ゆうき》合戦、そして——此度《こたび》の大乱。戦が絶えやらぬ、関東。

足利は、関東より起り、都に上り、将軍になりましたが、京の公家たち美姫たちに骨抜きにされ、遊びに耽《ふけ》り、淫楽《いんらく》にうつつを抜かす内……武士の棟梁《とうりょう》にあるまじき、蒲柳《ほりゅう》の家になり果てました。故に、京の足利は、自分の先祖の地、関東に暮す武士たちや、それをたばねる関東足利家に、屈折した引け目でも感じているのでしょうか？」

室町幕府初代将軍・足利尊氏《たかうじ》は、三男の義詮《よしあきら》を将軍に、五男の基氏《もとうじ》を鎌倉公方にし、東日本を経営させた。今、不雪はこの基氏からはじまる鎌倉公方家を、関東足利家と呼んでいる。

「京の足利は、ことあるごとに、鎌倉の足利と関東武士たちに、辛《つら》く当って参りました。……それがこのような大乱につながっているわけでございます。関東の京都への不満は、天が裂けそうなほど、高まっておりまする」

「幕府の内にあって、軽んじられている一族とは？」

「それについては、拙者の手の者が、妙計をめぐらせている最中《さなか》ゆえ——今は申しかねまする。ある程度、形になってきた段階で、言上《ごんじょう》いたします」

不雪は、深く心に期する所があるような面持ちで、答えている。

しかし若者の心から、逡巡は取れなかった。黒い蜘蛛《くも》に似たそれは、しっかりと胸底にしがみつき、なかなかはなれてくれなかった。

「一体、どうされた？　何を迷っていらっしゃる」

不雪が、目を細めて問うてくる。

若者は、近くに関東の者がいないのをたしかめてから言った。

「不雪。そなたの妙計で、たしかに関東で戦が起った。それは成程——都の幕府を揺るがすであろう。わたしが伊勢に行けば、きっと……畿内の地で乱が起きる。

だがその戦乱で死ぬのは……………たとえばこの地で、葦を薪《たきぎ》につかって煮た粥《かゆ》を、我らに振る舞ってくれたような人たちなのだ」

自分が起す戦で、幾千幾万もの無辜《むこ》の民を殺し、彼らが暮す家々を焼いてよいのかと、若者は不雪に目で訊《き》いた。

不雪は烈火に匹敵する眼火を燃やし、強く頭《かぶり》を振っている。

「大望の前に、小さな義理にとらわれてはなりませぬ」

「小さな義理……」

「我が君。将来、民が安楽に暮らせる世の中……楽土をつくるために、今、多少の犠牲が出るのはやむを得ない、このように拙者は思うのでござる」

若者は、ここに不雪の論理の飛躍がある気がするのだ……。

不雪は、慈悲深い若者には王者の風格があるが、下の者に厳しい若者の弟君には……危うい所がある、と、幾度か口にしていた。その常日頃の言説と、今、口にされた、意見の間に、どうしても論理上の断崖《だんがい》が横たわっている気がするのだ。

さあ、準備はととのいました、早く出発しましょうという無言の圧迫感が、冷たい質量《おもみ》をともなって、若者の皮膚にのしかかる。

また、鳥が啼いた。

若者は身震いした。夜明けの川の寒さからくる震えなのか、家来たちが発する圧力に心が反応したのか、わからなかった。

「我が君、何をされておる？　もう俺は、舟の上にいるぞ」

少年とは思えぬほど、大柄な弟が、舟上から叫ぶ。

弟の巨大な影はやはり俺がこの集団をたばねるのにふさわしいという不敵な自負心を漂わせていた。異様なほどめぐまれた体格の弟は、まだ十歳であったが青年というくらいに背が高く……既に声変りもしている。

辺りは益々明るくなり、家来たちは催促するような目で見てきた。だが若者の足はいまだ舟にのるのをためらっている。それを鋭い目で見ていた不雪が、

「大義と小義を分別するのは、貴方様でも、拙者でもありませぬ。それを決めるのは、天です。天の意志が、我が方が、苦闘をつづけてきた、吉野《よしの》の地にうつり、新しき帝《みかど》として立てと、告げているわけです」

「……それはどのようにしてわかる?」

不雪は、恐るべき自信を漂わせて、

「後醍醐天皇に味方した三つの存在《もの》が、今の天下に現れはじめていること。もう一つが今、貴方様の懐中に——神璽《しんじ》があること」

若者の懐中には、たしかに神璽が在った。

神璽とは三種の神器の一つ、八尺瓊勾玉《やさかにのまがたま》であり、勿論《もちろん》、偶然によって若者の手にあるわけではない。十二年前、禁闕《きんけつ》の変で、楠木不雪と若者の父が京都御所に侵入、強奪してきたものである。

「神璽をおもちになり、後醍醐天皇が逆賊尊氏と戦われた、吉野の山険に錦旗《きんき》を打ち立てて下さいませ。幕府の悪政で苦しむ民草をすくうのです。

さらに、足利にまつり上げられた、偽の帝を京から追い、今、都に在る偽朝廷を打ち倒さねばなりませぬ」

不雪は、冷たい殺気が氷の龍になったような、凄《すさ》まじい気迫を両眼から放ち、

「……ご乗船を」

迷いはまだ取れない。だが、幕府の悪政で苦しむ民をすくうという不雪の言葉が、若者の足を、ゆっくりと舟へ近づけた。

若者が舟にのり込むと、葦原に佇む枯れた梢《こずえ》から——鳥たちが一斉に飛び去った。

＊

南北朝動乱は、後醍醐天皇が、鎌倉幕府を倒したのにはじまる。

建武新政。

だがこの新政は、倒幕戦で実際に活躍した武士への恩賞が薄く、公家には厚かった。また政治的な失策も多く、庶民たちの暮しはきつかった。

こうした武士、庶民の不満に押されて、天皇に反旗を翻したのが、当時、最大の力をもっていた武士、足利尊氏だった。

何の後ろ盾もなく、天皇に歯向かえば朝敵になってしまうので……尊氏は、後醍醐天皇の大覚寺統《だいかくじとう》と対立する、もう一つの天皇家の家柄、持明院統《じみょういんとう》に注目する。

かくして、持明院統の天皇を上に戴《いただ》き、足利家が将軍として政治、軍事をおこなう政権が誕生する。

室町幕府である。

一方、後醍醐天皇は三種の神器をもって紀伊《きい》山地にこもり、尊氏と戦いつづけた。

二人の天皇が並び立ち、二つの朝廷が相争う時代が――幕を開けたわけである。

一つ目の朝廷は――京都を確保し、幕府に守られているが、天皇家の印たる三種の神器をもたなかった。これを北朝という。

もう一つの朝廷は――京都をうしない、広大な紀伊山脈を流浪しているが、三種の神器は確保していた。これが南朝である。

南北朝動乱を政治的に解決したのが、三代将軍・足利義満《よしみつ》である。

義満は南朝内部の和平派に注目し、南朝の帝を数十年ぶりに紀伊山地から下山させ、三種の神器を京都に返還させた。

南北朝合体（一三九二）。

幕府の思惑では、これにより……泰平の世がはじまるはずであった。

策士、足利義満は――この時、南朝側と、絶対に履行できない一つの約束をした。

それは今後、天皇は旧北朝（持明院統）と旧南朝（大覚寺統）から、交互に出しますというものだった。

だがこの約束は室町幕府としては到底、実行はできなかった。

何故なら――一つ前の幕府、鎌倉幕府は、持明院統と大覚寺統、交互に天皇を出したため、「今後は大覚寺統に一本化したい。邪魔立てする幕府を滅ぼさねば……」と考える、後醍醐天皇の登場をまねき、滅亡したわけである。

両統から天皇を出すことは……天下を混乱させ、幕府滅亡をまねくという、前例があった。

さらに、持明院統は天子の他にまつりごとをおこなう将軍が立つことをよしとするが、大覚寺統は天子がまつりごとをおこなわねばならないと考える。

これは、足利将軍家にとってみとめられる発想ではなかった。また大覚寺統から天子を出すと、持明院統から裏切られたと思われてしまう。

このような様々な思惑があり……足利義満が南朝側にした約束は守られなかった。

だまされたと思ったのは、大覚寺統である。

かくして、皇位継承を望む旧南朝の皇胤《こういん》が、都を出奔――ずっと紀伊山地で抵抗をつづけていた楠木党などと合流し、幕府との闘争をはじめた。大覚寺統を帝位につけるための戦いである。

この勢力を、当時の人々は、吉野方あるいは南方と呼んでいたと思われる。現在では彼らを、「後南朝」と呼ぶ。

南北朝合体以降の、南朝という意味である。

第一章　湖の忍び

八幡とは——反体制の町である。

八幡……乃《すなわ》ち、足利将軍家の氏神をまつった石清水《いわしみず》八幡宮の、門前町だ。どういうわけか、足利家と一番縁深い神殿の、門前町に暮す商工業者と、足利将軍が、何度も、争っていた。

（——臭いな。争いが起きそうな臭《にお》いが、ぷんぷんするわ）

康正《こうしょう》三年（一四五七）。夏。村雲兵庫《むらくもひょうご》は、八幡の雑踏を歩きながら、鼻をふくらませた。

町全体が、一個の草食獣のように身構えている。森を、何者かが、近づいてくる。

巨大で、獰猛《どうもう》で、圧倒的な、肉食獣《なにか》だ。

町の毛穴の一つ一つから、巨大な獣へのおののきと緊張、それでも何とか生きるぞ、という意志が漂っている。

（今の将軍、義政《よしまさ》とも、この町は上手《うま》くいっていないとか……）

以前《まえ》に柴吉《しばきち》は、兵庫に語った。

『兵庫様……三十何年か前、東竹照清《ひがしたけしょうせい》という八幡宮別当がおりました。この、照清の、家来の侍が、八幡の庶人に乱暴したそうです。怒った八幡の者たちは――大挙して都の将軍・義持《よしもち》の許《もと》に押しかけ、照清をやめさせろと言ったのですな』

一言で言うと……デモ隊だ。ただ、デモなど許される時代でないため、「俺たちを止めるな。俺たちを止めると、八幡大菩薩《だいぼさつ》様が怒るぞ。八幡大菩薩様は、将軍家の氏神じゃぞ」と神の力をかりて、将軍家に要求しに行っているわけだ。

『この者たちを、義持は、軍兵で鎮圧した。当然小戦《こいくさ》になり……都大路で八幡の者が大勢殺されたそうです』

八幡の人々の斯様《かよう》な行動から、神への厚い信仰は――感じられない。そこから漂うのは、神を利用して権力から己を守らんとする、不敵な意志である。

村雲兵庫に予知する能力《ちから》はない。だがこの時、兵庫は一年後に八幡をおおう――山名宗全《やまなそうぜん》率いる室町幕府軍が引き起す戦雲を、感じたのかもしれぬ。

だが、兵庫は、悲観してはいない。

ましてや八幡の暗い未来を、怖れてもいない。

――逆である。

むしろこの男の端麗な相貌《そうぼう》には、迫りくる合戦を期待しているような……底知れぬ凄味《すごみ》があった。

年の頃、二十五、六。

中背だが、屈強な肢体をしている。見る人が見れば、刀槍《とうそう》が有機的な肉感をまといながら生れ変れば、こういう手足になるはずだ……と、溜息《ためいき》をもらすだろう。しなやかだが切れ味鋭い、相当に鍛え込まれた、腕、足を有していた。優美だけれど、余程のことがなければ壊れぬ頑健な体は、今、絹の美服に隠されている。

上着は、右半分が白地に、赤で、左半分が、茶地に、白、雲中飛鶴《ひかく》模様があしらわれていた。

いくつかの飛雲が乱れ浮かぶ布地の小世界で、一羽の鶴が、両翼を大きく広げ、嘴《くちばし》をカッと開けて、さらに上へ飛翔している――。

袴《はかま》は、上着と逆だ。右半分が茶色で、左半分が白い。

婆娑羅《ばさら》な出で立ちである。

帯刀はしておらず、洒落《しゃれ》た扇を一つ、帯に差していた。

髪は艶《つや》やかで、長い。赤い紐《ひも》が、後ろで一つにたばねている。

端整な顔だが麗眉《れいび》の下の、二つの瞳《ひとみ》には、暗く冷たい虚無に似た憂鬱《ゆううつ》が宿っていた。

板葺《いたぶ》き屋根の商家の裏手には、決って井戸や奉公人の長屋、物干し竿などがある。そこには、青竹や柿、楢《なら》などが、植えられていた。今、八幡の町に湧《わ》き出た、沢山の蟬《せみ》どもは、左様な木々に止ってにぎにぎしく鳴いている。

兵庫は重い蟬時雨から逃れるように、茶色い暖簾《のれん》をくぐった。

丁子屋《ちょうじ》という土倉に、入って行った。

白緑《びゃくろく》の畳がしかれた、室内。

蔀戸《しとみど》が上がっていて、青簾《あおすだれ》ごしに、眩《まばゆ》い日差しが入ってくる。

兵庫は、双六盤や伊勢の貝桶《かいおけ》が置かれた瀟洒《しょうしゃ》な一室で、丁子屋の若様と呼ばれる弥三郎《やさぶろう》を待っていた。

青簾で、いくつもの平行な線に区切られた庭には、柘榴《ざくろ》の木が三本立っている。鮮明な朱色の花が青い葉群に映えていて、しつこい鳴き方をするミンミン蟬が幾匹か、くっついているようだった。

柘榴の木の向うには、清潔な網代垣《あじろがき》があり、垣の手前に、蔵に入りきらぬ米俵が、うずたかくつまれていた。

畳の部屋のそこかしこに、嫌らしい匂《にお》いが染みついている。舶来の香の匂いだろう。

——澄ました香り。好きではない。

部屋の一隅に座す兵庫は、皮肉っぽく眉《まゆ》をひそめている。粘着性すらある芳香が、部屋にたむろする暑熱を余計蒸し込めて、耐え難きものにしている気が、する。兵庫は、目を閉じた。意識を集中し、胸中で、

(カンマンホロホン。カンマンホロホン)

——唱えた。

生まれ故郷……丹波《たんば》村雲忍びの里で、魔除《まよ》けの秘法とされる咒《じゆ》である。

と、一匹の蚊が、瞑目《めいもく》した兵庫の、艶やかな頬《ほお》に止っている。血を吸うにまかせ、咒に集中する。

やがて嫌らしい香りも、重い暑さも、全く感じなくなった。兵庫は秋の高原に立っているような気分になった。

その時だ。

のしのしと、廊下を近づいてくる音が、する。

ぱちりと開眼した兵庫は、一瞬で蚊を叩《たた》き潰し、振り向いている。

「おお縫物士の……」

「丹波屋兵庫にございます」

兵庫はやってきた丁子屋の若様、こと弥三郎を立ち上がって出迎えた。

弥三郎は、兵庫と同い年くらいの若者で、でっぷりと太っていた。目がくりっとした、相当美形な若者であるけれど、酒食に耽《ふけ》りすぎたためか……白い頬はふっくらとふくれている。蜜柑《みかん》色の家紋入りの衣を着ていて、見目麗しい侍女を二人、つれていた。侍女の一人は首を汗ばませた弥三郎に、扇で風を送っていた。

「丹波屋。注文していた品はできたかの？」

「はっ」

さっきまでの不敵さは霧消した、真に慇懃《いんぎん》な兵庫の答え方だった。兵庫は素早く動き、もってきた木箱から自身が縫い上げた、いと涼しげな小袖《こそで》を取り出している。その直前、指に付着した蚊と、その骸《むくろ》からにじみ出た自分の血を、目にも止らぬ速さで——青畳になすりつけたのを、弥三郎も二人の侍女も、見ていない。

「いかがでございましょう？」

呆《ほう》けたような驚嘆が、三人の面《おもて》に、浮かぶ。

兵庫が縫ったのは、水色の地に銀糸で流水をあしらい、その上に青紅葉《あおもみじ》の葉、行く川の両岸に露でうなだれた夏草を、悉《ことごと》く、色糸で縫い込んだ……清涼感あふれる、小袖であった。

「予定よりおくれてしまい、申し訳ありませぬ。夏草の上で光る、露を工夫するのに……いささか時を要しました」

文安六年（一四四九）、高野山《こうやさん》は舞童の衣を、京都の織物士、孫三郎経信《まごさぶろうつねのぶ》と、縫物士、衛門次郎《えもんじろう》に注文している。地方の武士たちは、縫物の得意な女房に着物を縫わせていたが、日本の中央地帯である畿内では、こうした仕立て屋というべき職人たちが活動しており、権勢家の望みにこたえていたのが、わかる。

兵庫の小袖をえらく気に入ってくれた弥三郎が、侍女に、目配せする。侍女から兵庫に、砂金が入った袋がわたされた。

弥三郎がつれてきた侍女は二人いた。

一人が、色白で細身。品が良く、あでやかな目をした女。

いま一人が、背が小さく野性的で、浅黒い肌の女。肩幅が広く、乳房が大きかった。

二人とも、弥三郎に可愛《かわい》がられている女なのだろう。もしかしたら……借金のかたに何処《どこ》から取られてきた女なのかもしれぬ。

兵庫に砂金をわたしたのは、色白の女の方であったが、この女はそれをわたす時――かすかに頰を上気させ、絡みつくような視線を送ってきた。

自分の内側にある情念を、兵庫につたえたい目である気がした。

兵庫は甘い汁が塗られたように艶がある睫毛《まつげ》を、そっと、伏せている。女の目に――気づかぬふりをしている。

だが、弥三郎は気づいたようだった。

彼は一瞬、不快げな眼差《まなざ》しになった。

まるで自分の綺麗《きれい》な所有物に、泥を引っかけられたような……冷えた不快さであった。

しかし弥三郎は、この町で一、二を争う有力者の家に生れた若者である。彼はこういう時ほど、自分を大きく見せることが大切だと、子供の頃から教えこまれていた。

一瞬で不快さを隠した弥三郎は、もう一人の女の腰に手をまわしながら、笑った。

「丹波屋。お前がつくった小袖は見事すぎる。……それだけでは褒美は足るまい。こっちにこい」

別の部屋につれていかれた。そこは、宝物が並んだ部屋であった。

「螺鈿《らでん》の唐櫃《からびつ》、明《みん》の飛青磁《とびせいじ》、蒔絵《まきえ》の鞍《くら》。刀、屛風《びょうぶ》……何でも好きなものをもって行け」

珍しい物では、末《すえ》の松山《まつやま》の盆山などもあった。風景のミニチュアだ。

「おい、これなんぞ高価なものらしいぞ」

蟬時雨の中、弥三郎が手に取ったのは、絵巻物である。

「都の、さる落託した公卿《くぎょう》から取ったものじゃ。相当古いものらしい」

百数十年前――日本をおおった南北朝動乱は、社会に、劇的変化をもたらした。一つが、公家の没落である。地方の荘園を、争乱のどさくさにまぎれて、武士たちに奪われたのだ。したがって都の公卿の多くが、やっとのことで生活し、自殺者も続出したほどだった。
一方、地方には……前時代の武士たちに比して、遥《はる》かに広大な領土を有する、実力者たちが現れた。
それが――守護大名である。
混沌《こんとん》たる戦乱の連続は、地方に、紛争の勝利者、守護大名を産み落とした。一方、戦によって異常なほど肥大化した投機、市場は、京、奈良、八幡などの都市部に、別種の勝者を生み出している。
金融業者――土倉である。

「それでは、」

兵庫の指が、飛青磁にむく。いささかの遠慮も見せず、

「あの壺《つぼ》をいただきたく存ずる」

「これは――一番高いものをもっていきおった」

脂肪がたっぷりのった弥三郎の頰が、苦笑いで、歪《ゆが》む。


「五日だな」

丁子屋を出た所で、殺伐とした砂埃《すなぼこり》が、兵庫に襲いかかっている。その砂埃に巻かれながら、兵庫の唇がもらした、低い呟《つぶや》きを――誰も聞く者はいなかった。

（いや、暴飲暴食を重ねているようだから、五日より……もっと早いかもしれぬ）

胸中で思った兵庫が、丁子屋を、顧みる。底知れぬ暗さを秘めた、虚無的な閃火《せんか》が――

兵庫の双眸《そうぼう》で、燃えた。

（後、三日くらいかもしれぬ。……あの男の命数《めいすう》は）

――その時だ。

「どけどけ！」「どけぇ」「若い者《の》、何をぼさっとしておるっ。取り立てじゃ」

恐ろしい男どもが――丁子屋から出てきた。

鬚面《ひげづら》で、ど派手な鞘《さや》に入った野太刀を腰に佩《は》き、もろ肌を脱いだ、男。

南都の僧兵崩れか？　坊主頭で、眉間に、刀傷。女物の小袖をまとい、家屋をぶっ壊すための木槌《きづち》をもった大入道。

兜《かぶと》に、赤い褌《ふんどし》。後は……裸、という若者。異様なほど眼《まなこ》をぎらつかせ、薙刀《なぎなた》をもっている。また、兜には、自分でくっつけたらしい、山鳥の羽が、前立代りについていた。

灰色の覆面に、金棒。

総髪、黒い眼帯、弓矢。

こういう暴風雨と言っていい、粗野な気をまとった十五、六人が、一個の暴れ川となって出てきたため、兵庫は、脇によけた。

（土倉軍か）

土倉軍とは、土倉が土一揆《どいっき》や、盗賊を警戒し、身のまわりに置いている、用心棒どもだ。身辺警護だけではなく、威圧的な取り立てなどにもくり出される。土倉軍に入る連中は、今この職を解かれた場合――今度は土倉を襲う側、盗賊に早変りするような者が多かった。

丁子屋の土倉軍は、八幡の町で取りわけ悪名高い。今、出て行った十五、六人は、この土倉の老主が、何処ぞの商家か、農村に、差し向けたものと思われた。

砂埃を立てて遠ざかってゆく土倉軍を見ながら、村雲兵庫は皮肉っぽく笑んだ。

（――村雲忍術・蜘蛛《くも》ノ法《ほう》・溶《と》かし針《ばり》。あれだけの数の猛者を置きながら、ここの店主は、倅《せがれ》の命を守れなかった）

兵庫が、弥三郎のために縫った小袖には、真に小さい、一本の針が仕込まれている。

この針は、小袖に袖を通した時、かすかな痛みと共に、腹に刺さり、体の中に入る。

そして――溶ける。

金属でできた針ではなくある特殊な毒を、固めたものなのだ。血の中に溶け入った毒は、五日かけて全身にめぐり、標的を殺《あや》める。弥三郎の場合、日頃の不摂生もあるから、三日くらいだろうと兵庫は考えた。

村雲兵庫――二十六歳。九年前、丹波を治める守護大名、細川《ほそかわ》家の、有力被官の館に侵入。そこの娘に夜這《よば》いをかけたことを咎《とが》められ、丹波村雲を追われた過去をもつ。

村雲の里は、古よりつづく、志能便《しのび》、乃ち――忍びの隠れ里であり、兵庫もまた優れた忍者の素質をもつ若者だった。

丹波国は古来、養蚕、絹織物、真綿作りがさかんであり、村雲衆は忍びの素顔を、農民、織物士、縫物士、真綿商人《あきんど》などの仮面《ペルソナ》で隠すのを得意とする。

村雲を追われた兵庫は、八幡に移住。

縫物士として生きる傍ら、忍びとしての腕が落ちぬよう、時折、「闇討《やみう》ち」をおこなっていた。

彼がいかなる手法で標的をえらぶかは後述するが、闇討ちの対象は、誰かに復讐を誓わせるほど怨みをかった力がある奴にかぎられていた。たとえば、丁子屋弥三郎は、二月前、野遊びに出た折、たまたま出くわした美しい百姓娘に、仲間たちと乱暴した。激しい怒りにとらわれた彼女の願いを聞きとどけ――兵庫は今日の行動に出ている。

彼に善根があり、義憤に駆られて動いているわけではない。

（全《すべ》ては――俺の腕を磨くため。

今の時代、そういう奴ほど、力があり、金がある。彼奴《きやつ》らは、常に誰かに襲われないかと怖れているゆえ、金の力にまかせて沢山の者をやとい、己の周りを固めている。こういう十重二十重に守られた奴を、討つほど、俺の腕に磨きがかかる）

左様な理由で、兵庫は主に八幡や山崎《やまざき》、時には奈良で、時折、闇討ちし忍者としての腕が衰えぬようにしていた。ただ京の――まつりごとの黒沼にすくう輩《やから》には、手を出していない。

兵庫は、村雲党の上忍であった亡父、村雲黙庵《もくあん》から、丹波と京都、この二ヶ所への出入りを堅く禁じられていた。

男山《おとこやま》の麓《ふもと》にある、よろず屋で、飛青磁を売り払った兵庫は、町の東端にある自分の工房にもどっている。

丹波屋の南は宇治《うじ》方面へむかう街道で、北は青々しい葦原《あしはら》が広がっていた。葦原の向うに、湖がある。

――広い。

巨椋《おぐら》池だ。

北岸は、伏見《ふしみ》。西南岸が、今いる八幡。東南岸が、宇治。

山城国《やましろ》最大の湖である。

丹波屋の右には、轆轤師《ろくろし》の工房があり、左には船頭が住んでいる。丁子屋は板屋根の豪壮な屋敷だったが、これらの家は萱葺《かやぶき》の粗末な小屋だった。

(柴吉がいないな)

下忍の柴吉は、時折、隠形《おんぎょう》の術を駆使して、店内に潜伏する。そしていきなり現れて、兵庫を驚かす。柴吉なりに、主の腕がおとろえるのを、案じているわけだ。

だが今、本当に柴吉は店内にいないようであった。

(厠《かわや》にでも行ったのだろうか?)

兵庫が身にまとう、動物としての質量をともなう、気配が、徐々に、軽く、薄く、はかなくなってゆく――。勿論《もちろん》、肉体が透明化したわけでは決してない。物質としての兵庫は、消えていない。だが、気配を完全に断っているため、今、子供か誰かが此処《ここ》に入ってきて、薄暗がりに立つ兵庫をさがそうとしても……決してみとめられない。

兵庫はその状態で家の裏にむかった。

三軒共用の、厠と、物干し竿があった。近づく。突き刺すような厠の汚臭が、徐々に濃く、鼻奥にえぐり込んでくる。

(柴吉は、厠にいるようだ)

気配があった。小さな男が、密室の中、かがんでいる気配が。

近くに蠢《うごめ》く家蠅《いえばえ》、金蠅、青蠅どもは——兵庫に反応したりしなかった。そのままの場所で静止したり、兵庫と関係なく飛んだり、手をこすり合わせたりしている。——兵庫に気づいていない。

と、兵庫の視線は思わず物干しの方へ流れた。

太い杭が二本、地面に立てられている。土に直立する杭に、竹竿が二本、横に固定されていた。

物干し竿では、兵庫の褌と、女物の薄緑の小袖が、干されていた。轆轤屋の内儀の小袖だ。

(露芝模様。何故あの女は……露芝など着る? 露芝が、美しくないわけではない。彼女と露芝が合わんのだ。あの女には……花柄が合う)

別に、轆轤師の妻に関心があるわけではない。ただ縫物士の職業病的なもので、この雰囲気の女には、あの柄が似合うとか、ああいう顔立ちの女は、紅《くれない》だな……とか、そういうこだわりを兵庫は強くもっていた。

さて——斯様な雑念が入り混じったゆえ、兵庫の隠形の術は柴吉に見破られている。

「兵庫様ですな! おどかさんで下さい」

厠から、兵庫以上に皮肉っぽい声がひびいた。

「全く、賊かと思いましてな。尻を拭《ふ》いた籌木《ちゅうぎ》で、目を叩いてやろうか、口を突いてやろうか、思案しておりました」

「汚い話をするな！　柴吉」

青空を仰いで、兵庫が笑う。厠から出てきた柴吉は、湖にむかってしゃがみ、巨椋池の水で両手を洗っていた。

雫を払って立ち上がった柴吉。

三十過ぎ。

背が小さい男で、眠たげな目をしていた。顎が尖《とが》っていて、小ざっぱりした格好をしている。

「兵庫様」

「何じゃ」

柴吉は、湖畔《こはん》に佇む葦にむかって手をのばし、夏の日差しで乾燥した葉っぱで、手をぬぐった。

「先程、一瞬、兵庫様の気が乱れた気がしたんですよねぇ。それで術が破れたんです、きっと」

柴吉がねちっこくも丁寧な口調で、言う。

「ほう」

兵庫の足は、柴吉からはなれた。轆轤師の男は、湖畔で、湿地にも強い、ヒエを育てていた。器が売れない時など、ヒエ粥をすすって暮しているわけだ。今年のヒエはまだ出穂していないが、数十本、ほとんど葦と変らぬ姿で、青く立っていた。兵庫は濡《ぬ》れ土を踏みながら胸くらいの高さまで育ったヒエどもの方へ歩いてゆく。柴吉も、追ってくる。

「女の影がよぎりませんでしたか？　……兵庫様の、胸中に」

「………」

後ろから言われた兵庫は、しばし返答に窮している。

正確には、違った。女を思い出したのではない。女と、小袖の、調和という問題が、兵庫の心を乱した。だがそう遠くない所を突いてくる指摘であったため、兵庫はしばし黙してしまった。

「……当っているんでしょう？」

ヒエ畑の前で立ち止った兵庫は、柴吉の方にむき直り、

「いや。柴吉の勘違いであろう」

「本当にそうでしょうか？」

柴吉は眠たげな目を細めた。そして、今までと打って変った——かなり横柄な声調で、

「あんたは、女に弱い。特に、美しい女に、弱い。この柴吉……二度も兵庫様に付き合わされて、自分の居所をうしなうのは御免ですぞ」

この男——時々、兵庫を小馬鹿にしたような物言いをする。

だが兵庫も柴吉に引け目があるゆえ、注意できずにいた。というのも、九年前、丹波の

有力者宅に夜這いをかけ、父親に追放された兵庫だが、その時に供をさせていたのが柴吉なのだ。

当時、丹波村雲党上忍だった、兵庫の父、村雲黙庵から監督不行き届きを責められ、追放されたのだ。

柴吉は、

「まあ、そういうことですから兵庫様、もし貴方《あなた》がこれから先、嫁などむかえる場合は、まず柴吉にご相談下さい。あんたは女を見る目が……ん？　どうされた？」

不遜《ふそん》な物言いの連続に、さすがの兵庫も頭にきている。

「俺には、夢がある。その夢を成し遂げるまで妻子はもうけられぬ」

憮然《ぶぜん》として、言った。

「……夢？　どんな夢です。……はじめて聞きましたな」

相手にせず、話題を変えた。

「丁子屋の弥三郎め」

水辺の柳葉に似た、兵庫の優しげな眉がひそめられ、

「亡くなる前に十善でもつもうというのか……俺に余分の褒美、明渡りの飛青磁をくれたものよ」

「ほお、それは、それは」

「壺など要らぬゆえ、よろず屋で売り払ったが……その銀が、手元にある」

「――え？」

感動をともなう驚き、興奮をともなう喜びが、皮肉っぽい下忍から、発せられた。兵庫はしかめ面で呟《つぶや》く。

「普段、苦労をかけているゆえ、今日は……お前を淀《よど》につれて行ってやろうと思ったが、やめておく。お前と出かけても、つまらんゆえ、一人で遊びに行ってくる」

「ちょっと待って下さい、兵庫様」

柴吉の背が、ぴしゃりとまっすぐに直った。

「お一人だと、盗人に襲われるかもしれない。お供します。心配なんで」

「……全く。お前にはかなわぬ。よし、ついてこい」

苦笑した兵庫は、歩きだした。

渡し場に行き、巨椋池を北上する小舟にのる。

中島が――どんどん近づいてきた。

板葺き屋根の町屋が、びっしりと雲集した小島で、東に湖水が大きく広がる。この島の西から――ある川がはじまる。

淀川。

京と瀬戸内海《せとないかい》を結ぶ、大動脈である。淀川を……幾人もの逞《たくま》しい男に縄で引っ張られ、水に逆らって摂津《せっつ》から、上ってきた沢山の舟どもは、ある荷をのせている場合、「淀」と呼ばれる中島に、接岸せねばならない。

石清水八幡宮に、いや、八幡宮を牛耳る丁子屋みたいな、幾人かの男たちに――銭をおさめねばならない。

これは、八幡と淀の町を牛耳る、ごく少数の富める者たち、顔役たちに……途方もない富をもたらした。

何故ならその二つの物資、京や、奈良などの消費都市で売られるため、毎日毎日、小舟にのっかって……もう非常な量、運ばれてきたからである。

一つが、塩。

もう一つは――


生臭い臭いの嵐《あらし》が、鼻から胸にかけて駆けめぐっている。

魚、魚、魚、魚、魚……。

鯛《たい》の塩引き、さわらの塩引き。アジの干物、明石《あかし》の蛸《たこ》の干したの。海藻類。

板葺き、草葺きの小屋に板が並べられている。板の上に、色とりどりの魚介類がズラリと並べられていて、恐ろしい量の声が、大洪水となっていた。

兵庫と柴吉は、室町日本、最大級の市場――淀の魚市を歩いている。

魚市の、隣には、塩市もあった。米市、材木市、雑穀市も。

兵庫と柴吉は橋を渡り、淀の町の北側にむかっている。橋を渡った先にも、また別の小島があり、町屋がつづいていた。そこも淀の町の一部であった。

ちなみに後年、豊臣秀吉は、この魚市の近くに城をつくる。その城をあたえられた女《にょ》性《しょう》だから、淀君というわけである。

さて――葦などが生い茂る、淀の町の外れに、なまめいた小屋がかたまる一角があった。魚市から橋を一つ渡った、別の小島に、その一角はあった。

村雲流では、町に渦巻く情報をあつめる術を、町斥候《うかみ》という。宮、寺、傾城《けいせい》に行くのがよいとされる。宮は神社、寺は寺院、傾城は遊女屋だ。したがって、兵庫や柴吉にとって傾城屋に入ることは、単なる戯れという以上に、忍びにとって大切な仕事という意味もある。

夏の長い陽《ひ》もようやく西にかたむき、遊女小屋の、板屋根にのった青竹の節が、橙《だいだい》色に輝いている。

柴吉は、白い暖簾をたっぷりと垂らした小屋にいた、娘に引きずられた。

柴吉が引き込まれた直後、幾人かの紅花が香りそうなほど、口紅をつけ、白粉《おしろい》をたっぷりつけた娘どもが、兵庫をつかまえようとした。兵庫は彼女たちの甘い罠《わな》を逃れ、路地を、右にまがっている。

その時――薄紫の暖簾に、目が止った。

何気なく暖簾を手で押し、中をうかがうと、一人の女が手鏡をもって化粧直しをしていた。

白磁に似た透き通った肌のもち主で、草深百合《くさふかゆり》に似た気品があった。

暖簾をくぐった先は、小さな土間になっており、女は土間の左、一段高くなった薄暗い場所に座している。貝殻に刷《は》かれた紅は、女が右手にもった筆で、妖美な唇まで運ばれる。

その所作をしながら、女はちらっと、兵庫を見た。

細い目であった。

およそ遊里とは場違いな、仙女みたいな蟬脱《せんだつ》さを漂わせた、切れ長の瞳である。

――ぞくりとした。

女は軽く会釈したきりで、後はもう兵庫から視線をそらし、化粧に集中しはじめた。しかしその唇には「必ずわたしの小屋に入る」という確信をはらんだ笑みが真にかすかだが浮かんでいた。

村雲兵庫は……女の召し物に、強い関心をいだく男である。しかし、その兵庫が、今回ばかりはどういうわけか、女が何を着ているのか全く気にならなかった。それだけ兵庫の意識は――女の瞳に集約されてしまったのである。

それが自分らしくないように思え、一度は、去りかける。しかしやはり、妙にこの女が気になって、兵庫の手はほとんど勝手に薄紫の暖簾を押し……するりと、その女、つばめの小屋に入ってしまった。

つばめはわかっていたというふうに立ち上がり、男を三畳の方へ、誘《いざな》った。

はじめつばめは、ぎこちなかった。

甘い呻《うめ》きはもらすも、肌が硬い気がする。しかし兵庫は構わず、白くやわらかい乳房を舌で攪拌《かくはん》し、グミが如き可憐な乳首を、唇で、つまみ上げるようにして、吸った。兵庫は熱《あつさ》をおびた下の方へ、ゆっくり移動している。つばめは、確実に反応するも、白い肌の何処かに……硬さがある気がした。だが兵庫の舌が、けぶるような林を掻《か》き分け、熱い泉に達すると——彼女は変った。

足が、白い蔓《かずら》みたいに、さかんにからみついてくる。

つばめの全体が——白蜜が肉体化したように、やわらかく、しどけなくなる。

表情も変ってきた。はじめ、つばめは、定期的に甘く呻くという感じであった。だが今は、その白い面《おもて》から、あらゆる計算がうしなわれ、熱中するような相貌になっている。

だが愛撫《あいぶ》しながらも兵庫の心は、それこそがこの女の計算なのだ、はじめ硬い素振りを見せ、次第にほぐされたように見せかけ、男を、この甘い牢獄《ろうごく》につなぎとめてしまおうとしている、と告げていた。

それがわかりつつも兵庫は——この女にのめり込みそうになる己を感じている。

(ならぬ。古老たちは、言った)

『若。町斥候の術で、二度、同じ遊び女《め》の許に通ってはなりませぬ。一人の女に……のめり込んではなりませぬ』

それが忍びとしての弱さにつながると、古老たちは語っていた。

突き入れた兵庫は、自分を甘い蜜罠に引きずり込もうとする女を、こらしめるかのように、強く腰を振った。

二度目に二人が果てた時には――星夜になっていた。

「強そうな体。商人や職人の体じゃない。貴方……お侍だったんでしょう？　何処ぞのお大名に、仕官していたんでしょう？」

つばめの指が兵庫の胸をなぞってゆく。人差し指と、中指が、てくてくと歩く旅人のように、胸から臍《へそ》へ動いている。

「――いや」

兵庫は、小さく否定した。

夜の湖で、鯉《こい》が跳ねる音がした。

兵庫が黙していると、つばめは、

「あまりしゃべらないのね」

と呟き、盃《さかずき》を取り出した。

「俺は酒をたしなまぬ」

灯火に照らされた兵庫は、頭《かぶり》を振っている。

「あら？　奈良の菩提泉《ぼだいせん》よ」

とくとくと、酒が、盃にそそがれる。

「とても飲みやすいの」

蟬脱な目に灯明の明りを反射させたつばめは、微笑したが、兵庫は、

「駄目なのじゃ。どうも、体に合わんようだ」

――忍びは、酒による酩酊《めいてい》を嫌う。さらにこの女が敵対する諜者《ちょうじゃ》であった場合、酒に毒が入れられている可能性もある。飲まずに、飲んだと、見せる術もある。だが快楽《けらく》による痺《しび》れが左様な術をも厭《いと》わせた。

「なら、わたしがいただくわ」

つばめは行ける口らしく、ぐびりと奈良の美酒を飲み干した。

白い手が、盃を置く。

「ねえ」

「何じゃ」

不意につばめは、酒の香《か》がのこった唇を兵庫のそれに押しつけ、耳元でささやいた。

「ここにくる男は、大抵、淀川の船乗りか、八幡の土倉。後は、淀の市に買い付けにきた

「武士……」

「武士もくるであろう。山城の守護所の者とかが」

「時々ね。みんな……今日のことか、ごく近い先のことしか、見ていない。遠い先のことを考えていると自分では思っていても、やっぱり、ごく近い先しか見ていない。あなたは……違う気がする」

媚《こ》びるのとは違う、心の奥襞《おくひだ》にもっとそっと、少しずつふれてくるような言い方だった。

「……あなた……大きな志みたいなものが、あるんじゃない？」

「そう見えるか」

兵庫は、女からちょっとはなれている。つばめは細く妖艶《ようえん》な瞳を小さく輝かせ、甘い声で、訊《たず》ねた。

「どんな志……だか教えて」

「さて――」

言えるものではない。

兵庫の計画では、一度……室町幕府に壊れてもらわねばならなかった。

巨大な争乱や混沌が、天下をおおわねばならなかった。その混乱の中からのし上がる英傑に仕官、忍術によって、余人がおよばぬ戦働きをし、天下の平定に貢献し――後世に名をのこしたい、どんな性格の人物だったか、軍記物などにきっちりしるされるのではなく、半分謎《なぞ》の霧につつまれた状態で、歴史に名をのこしたい、というのが兵庫の全構想だった。

(村雲党は禁裏の忍び。その村雲から、俺は追われた)

京に近い丹波の忍び、村雲党は代々、朝廷の隠密御用をつとめていた。

(京と丹波、出入り禁止となった……。そんな俺が、ふふ、天下を統一する英傑の忍び頭として上洛《じようらく》したら……弟どもはどんな顔をするのかっ。まさか、貴方は京都出入り禁止ゆえお帰り願いたいなどと言えまい)

父は兵庫を追放して間もなく、病死したという。兵庫は葬儀にも呼ばれていない。今、村雲党は、弟がたばねていた。

さて、兵庫が志を打ち明けるには、乱世を望んでいるという自身の危険さを吐露し、なおかつ……自分が忍者であることを語らねばならなかった。

なかなかできるものではない。

特に今、兵庫は、古老の戒めを思い出し、この女にのめり込みそうになる己を、警戒している。二度と彼女の小屋にくるつもりはなかった。

「次にきた時に、教えてやろう」

呟いた後、兵庫は自分でもまずい嘘《うそ》をついたと思った。つばめはじっと兵庫を見つめている。やがて、透き通るような白い肌と対照をなす、妖《あや》しく赤い唇がかすかにほころび、

「ねえ、もし貴方が……争いを望んでいるなら……よい仕事があるわ」

と、言った。

「ほう」

疑惑が、血中に生じている。小さな疑念が、総身を駆けめぐり、大きなものになった。つばめが自分の心の中を見透かしたのではないかという、疑いだ。

兵庫は、

「どんな仕事かな?」

「……一揆」

「一揆?」

つばめは、静かな声で言った。

「聞いた話だけど……一揆を起そうとしている村をめぐって、戦い方を教える人たちがいるそうよ。村の用心棒のようなことをするの」

土一揆が狙《ねら》う対象は、土倉か、幕府であった。借金で身動きが取れなくなった村や、百姓の群れが、町へ殺到。土倉軍と戦って、富を強奪したり、京の幕府の許に怒濤《どとう》となって猛進し、徳政令を出すよう、迫ったりする。土倉側が戦のプロを雇っているのと同様に、村側にまわる、同じような無頼漢や、元侍がいるわけだ。彼らは百姓たちに組織的な戦い方を教え、実戦にも出る代りに、一揆が成功した暁には、村から謝礼をもらう。

つばめはそういう者たちの話をしていた。直感的に兵庫は、何か彼女に目的があり、それにむかって兵庫を少しずつたぐりよせているような気が、している。

「左様な知り合いが、おるのか」

「いえ。別にそういうわけではないわ……」

――賢い女だ。もう男が、自分に疑いをいだきつつあるのを察し、この話題を止《や》めてしまった。まるで水が流れるかの如《ごと》く、自然に、違う話へ、移行してゆく。

だが……兵庫の胸中に生じた灰色の靄《もや》は、夜更けになっても消えなかった。

ずっと寝たふりをしていた兵庫は相手の正確な寝息をたしかめてから目を開けた。

(……くノ一かもしれぬな)

兵庫がすっと身を起すと、女が寝ぼけたような声で、

「どうされた」

「厠じゃ」

厠に行くふりをした兵庫が、外に出る。

青く冷たい月が、見下していた。兵庫は気配を断ち、柴吉がいる小屋へ直行している。同衾《どうきん》する女に気取られぬよう、下忍を静かに起し、耳元で帰るぞとささやいた。青い月明りを頼りに、二人は寝静まった遊里を後にした。

魚市から下った所で、舟で寝ていた船頭を叩き起し、無理矢理漕ぎ出させている。

帰り道、夜にむかって、黒々と広い湖水が吐き出す、生暖かい気の塊が、やけにしつこく、二人の皮膚にからみついてきた。兵庫は何処かからつばめが見ているような錯覚に、襲われた。

第二章　楠木党

同じ頃——

大和《やまと》国と、紀伊国の境。

壮大な紀伊山地の、熊野《くまの》の程近く。

原始林がうねり狂う、サンギリ峠という、深山にきずかれた砦《とりで》で——若者は目覚めた。

一昨年、若者はこの地で挙兵し、天皇を自称している。

若者の挙兵は、その弟で、将軍を自称する忠義王《ちゅうぎおう》が、竹原新兵衛《たけはらしんべえ》という者に、出陣を乞うべく送った文書や、色川《いろかわ》郷へ、軍勢催促などのために送った文《ふみ》などで、確認できる。

勿論《もちろん》、若者と京都にいる帝《みかど》、後《ご》花園《はなぞの》天皇は、別人だ。

なので以後、若者のことを当時の人々の呼び方にしたがって、自《じ》天王《てんのう》と呼ぶことにする。

整理すると、室町幕府とは——持明院統の天皇を、足利家の将軍が推戴する政権で、この当時は天皇が後花園、将軍が義政であった。

そして、これと対立する後南朝は、武士が将軍に就任すると——政権の簒奪《さんだつ》につながると考えていた。だから、軍事責任者たる将軍に、武士を任命するわけにいかなかった。

後南朝が天皇としているのが自天王で、将軍としているのが弟、忠義王だった。

＊

「帝」

宿直《とのい》の武士の声がした。

眠たい目を開いた自天王は、

（まだ、暗い。不雪の、朝の剣の鍛練にしては……早すぎる）

と、思った。

不雪はこの所、同じ紀伊山中、北に五里（一里は約四キロ）くらいはなれた、川上郷《かわかみ》という所に、第二の要塞《ようさい》をきずいている。後南朝勢力の、軍事部門の長は、忠義王だったが、それは名目上のものにすぎない。実際は、不雪がたばねていた。その不雪の計画では、

『山城と大和、河内《かわち》で大がかりな一揆《いっき》を起させ──京と奈良を襲わせます。この大土一揆と関東の戦乱が重なれば……足利の天下は根本から揺らぐはず。さて、この不雪、但馬《たじま》を筆頭に山陰山陽、そして伊賀《いが》……十ヶ国を治める山名一門の長、山名宗全が、若き将軍、義政をなめきっている、侮っているという虚報を幾年もかけて、洛中《らくちゅう》で流してまいりました。いや……虚報ではありませんな。実際、宗全は義政を、なめきっているのでございま

す。

さらにこの不雪、駄目押しとばかりに、宗全が義政に二心いだいているとの虚報も、我が手の者たちに命じ……流しております』

楠木流——という忍びの流派が、かつて大和にあったという。南北朝時代の知将、楠木正成がはじめたということ以外、謎《なぞ》につつまれている。

ただ、正成が拠点とした葛城《かつらぎ》山地は、古来、修験の行場であった。忍者と修験の者の関《かか》りは、きわめて深い。また、悪党と言われた楠木正成の、姉か妹は、伊賀忍びの大物、服部元成《とりもとしげ》に嫁いでいる。

服部元成夫妻に生れたのが——能楽の大成者、観阿弥《かんあみ》である。

忍者、悪党、山伏、芸能民……社会の裏と表、山と都市で、活躍する者たちの、摩訶《まか》不思議《しぎ》なつながりをしめす話だが、ここで注目しなければならないのは、正成と忍者の密接な関りであろう。

楠木正成、その人が、忍者の元締め的存在だった、こうとしか思えぬのである。

楠木不雪は——正成の末裔《まつえい》であり、後南朝の兵たちをたばねると同時に、日本全国で反幕府活動に従事する、楠木流忍者の上忍でもあった。

不雪の策謀に、もどる。

『関東の兵乱と、畿内の土一揆で、幕府をたばねる者たちの思考が停止した虚を突き――我らは北上をはじめます。

はじめの目標は、かつて我が方の宮城があった、吉野金峯山寺《きんぷせんじ》。金峯山寺を落とした段階で、諸国に檄文《げきぶん》を飛ばします』

尊氏と戦った、後醍醐天皇が立て籠《こ》もったのが、金峯山寺だ。

『多くの大名が……当代の義政の父、暴君、義教《よしのり》を深く憎んでおるゆえ……少なからぬ大名が賛同してくれる、このように考えています。

第二の目標は、奈良です。奈良を陥落させた段階で、義政にうとまれ、京を追われ、但馬に逼塞《ひっそく》している山名宗全に、手紙を出します』

幕府から寝返り、南方に味方せよ、との文だ。

『義政にうとまれている宗全は、我が軍に味方するのを決意するでしょう。山陰山陽、四万一千の兵が京へ雪崩《なだ》れ込みます。

さすれば、今の幕府を転覆するのは……たやすい』

二年前、関東から伊勢へ発つ直前、不雪が言った「幕府の牛耳る利権の枠外に置かれし人々」は畿内の貧しい農民たち、「幕府の内にありながら、軽んじられている一族」は……宗全を長とする、山名一族のことだった。

そして、不雪が川上郷にきずいている新拠点は、金峯山寺を落とす戦に、どうしても必要な砦であり、朝の剣術の稽古《けいこ》は――

『……金峯山寺を落とされた幕府は、懸命に諜者《ちょうじゃ》を放ち、当方の本拠をさぐろうとするはず。まだ奈良が落ちていない段階で、敵の刺客団、または紀伊の守護所の武者などが、サンギリ峠に殺到する恐れがあります。

その時……帝御自身が剣を振るう局面もあるかもしれない』

このように、不雪は武術の必要性を説いていた。だが自天王自身は、同年代の若い男にくらべて、自分が膂力《りょりょく》、筋力、走力に乏しいと自覚していた。激しい剣の稽古で、物凄《ものすご》い不雪の打ち込みに疲れ……崩れ込んでも、不雪は剣光に似た眼光で睨《にら》むきりで、手を差しのべてくれない。めぐまれた体格をもつ弟は、武芸百般を得意とし、めきめきと上達して不雪を喜ばせていたが、厳しい性格のため、王者としての素質は貴方《あなた》の方がある……と、不雪は幾度か口にしていた。

十八歳になった自天王は、不雪に感謝している。

だが……あの時に感じた迷いは払拭《ふっしょく》できていない。

むしろ、幕府との戦という、黒く巨大な獣が少しずつ歩みよってくるにつれ、胸がしめつけられるような苦悩が、ふくらんでいた。その不安を振り払う意味と、不雪の期待にこたえたい一心から、自天王は苦手な武術の稽古にも、夢中で取りくみ、今は並の兵士よりずっと鋭い太刀筋にまで成長している。だが不雪の伝授が、荊《いばら》でできた巨大な牢獄《ろうごく》に似た、圧迫感をもって、心にのしかかってくるのは如何《いかん》ともしがたかった。

その不雪は、五日前まで不在であった。川上郷へ出向いていた。

(剣の、稽古役は……丹生谷帯刀《にうのやたてわき》だった。わたしは彼の方がやりやすかった)

だが今、不雪はサンギリ峠にもどっている。

剣の稽古は、いつも未明からはじまるが、それにしても早すぎると思った、自天王だった。

「武芸の稽古だろうか？」

寝間着をぬぎながら、訊《たず》ねる。

と、

「いえ。都から急な知らせが、きたようです」

梯子《はしご》の下にいる部下が、言った。

サンギリ峠の山塞《さんさい》――彼らは、北山宮《きたやまのみや》と言っていた――は、狩人の親方が暮す家に近い。

周囲は、樫《かし》やシイの森である。柴垣《しばがき》にかこまれた、萱葺《かやぶき》の家だ。

――無数の罠《わな》が張りめぐらされ、余所者《よそもの》は無事に侵入できぬ。

自天王は着替え終った。京の帝の召し物は、内侍《ないし》が管理するが、自天王は一人で着替える。勿論、敵方の物聞きを警戒し、束帯など着用しない。地方の豪族が如《ご》き装いであった。がらんとした物寂しい部屋は、宿直の武士が、着替えのために入れてくれた灯火のおかげで、赤みをおびた薄明りに照らされている。

閑寂とした部屋に、一つだけ、かなり高価と思われる唐櫃《からびつ》が置かれていた。

中に、神璽《しんじ》が入っている。三種の神器の一つ、勾玉《まがたま》だ。

嘉吉元年（一四四一）、稀代《きだい》の暴君と恐れられた、六代将軍・足利義教が、横死した。

家臣、赤松満祐《あかまつみつすけ》の謀反によって討たれたのである。義教は、今の将軍、義政の父であった。

十四年前、嘉吉三年（一四四三）、七月――今度は義教の嫡男で、七代将軍の足利義勝《よしかつ》が赤痢病で亡くなった。享年、十歳。

立てつづけに二人の主をうしなった室町幕府は、精神的空白に陥っている……。次の将軍は、義勝の弟、三春《みつはる》（義政）であることは全員わかっていた。が、将軍になるための官位が、足りない。そこでこの少年の官位を上げている途中、将軍不在の状態で、大名たちが共同で政権運営しなければならない時期があった。

この巨大な空白を――楠木不雪は、突いている。

義勝死亡から、わずか二ヶ月後。

九月二十三日――夜。

時の後南朝の指導者、尊義王《そんぎおう》と、楠木不雪率いる楠木流忍者を核とする、後南朝勢力二、三百人は、後花園天皇がいる京都御所に侵入。御所に火をかけ、三種の神器の内、二つ、八尺瓊勾玉と草薙剣《くさなぎのつるぎ》を奪って、逃走した――。三種の神器は、天皇家の印であり、不雪は特にこれにこだわったわけである。

世に言う禁闕の変である。

内裏《だいり》は炎上してしまったが、後花園天皇は、左大臣・近衛《このえ》房嗣《ふさつぐ》の館に逃れて、ご無事であり、神器を奪われた京都朝廷は――丹波村雲党に命じて、これを猛追させてきた。不雪はこの時、味方を二手にわけている。

一つは、尊義王、不雪、少数の精鋭。神器をもって、東山を突破、紀伊山地に行方をくらませる、本隊だ。

もう一つが、尊義王の一族、金蔵主《きんぞうす》、通蔵主《つうぞうす》を核とする大多数の者。この者たちは、比《ひ》叡山《えいざん》に立て籠もり、京都にいる諸大名に加勢を呼びかけるという役目を負っていた。また、神器を奪って逃走した本隊から、目をそらさせる陽動部隊という意味もあった……。

幕府軍は丸ごと、不雪の謀計に引っかかり、比叡山を取りかこんでいる。

だが、村雲黙庵率いる、丹波村雲党だけは――不雪の真の目的は、神器であると看破。東山方面に執拗《しつよう》に追いすがり、両者は夜の清水寺で、激闘におよんだわけである。

この時の戦いで、草薙剣は、村雲党、乃《すなわ》ち京方に取り返された――。

しかし神璽こと勾玉を懐中にいだいた不雪は、尊義王を守り、必殺の追手を次々に斬り伏せ……辛くも囲みを突破。吉野の奥の奥、三之公《さんのこ》という秘境に落ち延び、神器を一つ確保した尊義王は、天皇を号したわけである。なお叡山に籠もった味方は制圧された。

不雪は、村雲黙庵を怖《おそ》れていた。彼奴《きやっ》は必ず、こちらの隠れ家を突き止めると、予期していた。なので不雪は、本拠地を、ある時は奥吉野の絶険の高峰、またある時は、熊野の凄まじい密林、というふうに、転々と動かす一方――尊義王にすすめて、彼の二人の子と神器を、東国へ動かした。

後南朝の天皇が討たれても、神器をもった子供が全く別の場所で挙兵できる態勢を、とのえたわけである。

不雪が恐れた通り、尊義王は十年前、敵勢に発見されて討たれた。だが不雪はくじけていない。今度は、尊義王の二人の子……自天王、忠義王兄弟が挙兵しているわけである。


男たちが発する殺気がとぐろを巻いた一階に、自天王は降りた。早暁の一階に、赤い灯火に照らされて、忠義王、不雪、丹生谷帯刀などが座している。

自天王はすぐに吉報があったと見て取った。

弟の顔を見れば、わかる。

弟はすぐ、顔に出る。

まだ十代前半の忠義王だが、身の丈、六尺。大人の、大男並に大きい。丸太でも入っているみたいに、肩幅が広く、相貌《そうぼう》も大人びている。頰骨《ほおぼね》が発達した、いかつい骨柄だった。

兄弟の母、武野《たけの》は、甲賀《こうが》の土豪の娘で、野性的な女性《にょしょう》であった。自天王は父に、忠義王は母に似たようだ。この時代の高貴な少年がよくやる通り、長い髪を後ろで一つにたばねた忠義王。外見上はそこだけが少年っぽく、後は青年と言っていい、様子だった。ただ、内側は自天王よりおさない。喜怒哀楽が、すぐにこぼれ出る。だから今も、忠義王の顔がやや赤く上気し、目も熱っぽく輝いていたため、ああ吉報がきたのだなと、自天王はわかったのだ。

「何ぞ、よい知らせか」

上座の畳に座り、口を開く。武骨な田舎仕立ての板の間で、そこだけ一つ、畳が置かれている。忠義王は「将たる者、兵と同じ視点に立たねばなりませぬ……」という不雪の教えにしたがって、古ぼけた藁座《わろうだ》に腰を落としており、後の者は床板に直接座していた。

不雪が、燃えるような眼光を放ち、

「はっ。我が手の者が先程もどりまして……京方退治の重大なる一手を打ったとの報告がありました。これは、仇《かたき》の者どもとも深くかかわる話ゆえ、一刻も早くお知らせせねばと思い、お休みの所、お呼び立てした次第」

「一体どうしたのじゃ？　不雪」

「――お喜び下さいませ。昨日、昼。先帝の仇、憎き丹波村雲の京における賊巣《ぞくそう》に、当方の猛者どもが奇襲をかけました」

自天王の父、尊義王は文安四年（一四四七）、熊野の奥の森で、紀伊国守護・畠山持国《はたけやまもちくに》の軍勢と、それを先導した丹波村雲党に討たれた。つまり自天王にとって、村雲党は仇だった。

「かの……十二代目の許《もと》で、武芸の鍛練にはげんでいた精鋭たちが、敵の下忍、十六人を討ち、賊巣たる小屋、三棟に火をかけて、焼亡させたそうにござる。

さらに喜ぶべきことは、村雲党をたばねておったのは、憎き村雲黙庵の小倅《こせがれ》、村雲実道《さねみち》なる若輩者だったそうでござるが……この村雲実道めの首級も上げたとのこと」

「おおお」

男たちから、溜息《ためいき》がもれる。だが自天王は部下たちほど喜べなかった。父が討たれた時、八歳で、しかも、前年から、関東にいた。まだ赤ん坊の弟も一緒だった。だから父の記憶は……少ない。

それでも、襲撃を指揮したという畠山持国、村雲黙庵への憎しみはあった。だがこの二人は既に泉下の人になっている。

畠山兵や、村雲党の下忍たちへの憎しみは……ほとんどない。

(彼らは命じられて、ことわれる立場にない……)

と、思うからだ。

そして今、村雲実道なる者と、十六人の下忍を、手の者たちが討ったという。

まず、金峯山寺を落とし、次に奈良を突き、同時に山名宗全を籠絡《ろうらく》するという、不雪の遠大な謀《はかりごと》は、一度はじまったらもう止められない。計画をはじめる前に、敵に悟られるわけにもいかぬ。したがって、大戦をはじめる前に、敵の目と耳を叩《たた》いておく必要がある、という不雪の理論はわかる。

だが、昨日殺された村雲党にも、家族や縁者がいるだろう。

その者たちは、自分たちを恨むだろう。

戦いを重ねるごとに、巻き込まれる者がふえ、奪われる命が加速度的にふえてゆく——。

憎しみの蜘蛛糸《くもいと》が、ほとんど無限の領域にまで広がってゆき、羽虫のように、それに絡め取られる人たちが、見えた気がした。それで……暗い気持ちになった。

「いかがされました、帝」

詮索《せんさく》の冷やかな眼光が、不雪の双眸《そうぼう》から、迸《ほとばし》り出る。忠義王もこちらを見ている。

「……見事な働きであった。都から走ってきた、急使《もの》の労もねぎらってやってくれ」

「ははっ」

床板を眺めていると、忠義王が言った。

「不雪。敵がひるみ、味方が勢いづいているこの流れにのって、明日にでも金峯山寺を突いたらどうか？　わし自ら先陣に立ち、敵勢を蹴散《けち》らしてもよい」

「頼もしいお言葉。しかし、川上郷にここと同程度の山塞が仕上がり、関東の戦局が成氏方に好転し、山城、大和の各所で……壮大な一揆の狼煙《のろし》が上がるまで、今しばらく、こらえていただきたいのでございます」

「どれくらいじゃっ、しばらくとは？」

不雪が、忠義王に、

「――数ヶ月。なぁにすぐでございます。しかし今の心意気は大事ですぞ、忠義王様」

眩暈《めまい》が――してきた。

と、重い痛みが、腹に走り、寒気が背筋を襲った。

自天王の様子がおかしいと悟った丹生谷帯刀が、いち早く立ち上がる。

「お加減が悪いのですか？」

若く端整な顔つきの、牢人者で、凄まじい剣力をもっている。昨年、召し抱えた。今、もっとも不雪が期待している、つわものである。

「厠《かわや》におつれしろ、帯刀」

不雪が、命じた。

＊

――誰が言い出したのか。

不動尊の祠《ほこら》の裏で、呪《のろ》いたい相手の名を言い、さだめられた呪《じゅ》を、さだめられた所作と共に唱えると……効き目がある。

そんな不吉な噂《うわさ》が、八幡の町で広まっていた。

丑《うし》の刻だとか時間は決っていない。

随分、気まぐれな祟《たた》り神らしく、朝出むいて成功した者も、月夜に行って本懐を遂げた者も、いる。

その日も、一人の女がきていた。

問丸《といまる》の用心棒に、夫が、往来で斬られたという。

「森家《もり》の用心棒、首領、青烏帽子《あおえぼし》……青烏帽子をどうかこらしめて下さいっ。カンマンホロホン。カンマンホロホン」

斑模様《まだら》の木洩れ日《こも》に照らされながら、祈っている。ひとしきり祈願すると、深々と礼をして立ち去った。女が去って随分たつまで、町外れの樹叢《じゅそう》には、蟬時雨《せみしぐれ》しか、音がなかった。

やがて――

「その願い、聞きとどけた」

クヌギの青い葉群から、声が、した。

同時に――婆娑羅《ばさら》な出で立ちの男が一人、飛び降りている。

村雲兵庫である。

兵庫は時折、ここにきては、復讐《ふくしゅう》を願う人々の願いを聞いていた。彼らの尊厳のためにでなく、自分の腕のために――。

この前、不動尊を訪れた、凌辱《りょうじょく》された百姓娘の願いは聞きとどけられた。

……そう。

弥三郎は今朝方息を引き取っている。

予定より早く。兵庫が訪れてから、二日後の朝だった。

闇討《やみう》ちからさして日もおかず兵庫がここにきたのは意味がある。

白い灰と、黒い炭が、炉に満ちていたとする。火搔《ひか》き棒で黒い炭を転がすと、鬼灯《ほおずき》に似た閃光《せんこう》が、赤く露出する。

小さいが……たしかに、燃えつづけていた火だ。

その火のように、兵庫の内でくすぶっている感情があった。

つばめが掻き立てた不安である。恋慕とは、違う。むしろ――逆。

あの女が、いつか自分の強大な敵として立ちふさがるかもしれぬという予感が、熾火《おきび》のように燃えつづけていた。

その不安をぬぐうため――暗殺の黒淵《ふち》に、自我を沈める必要があった。だから、ここにきた。

立ち去ろうとした兵庫は、ふと、何かに気づいている。青笹に似た、切れ長の双眸が、細められる。

（……誰かに見られている？　気のせいか……）

次の刹那《せつな》――きた。

黒い、殺気の塊が、神速で――突っ込んでくる。

舞みたいに優雅だが、素早い所作で、扇を取り出した兵庫は、扇骨の部分で、放たれた手裏剣を弾《はじ》き飛ばしている。

火花が、散った。

村雲兵庫がもっている洒落《しゃれ》た扇は――仕込み鉄扇と呼ばれる、忍具であった。扇骨、乃ち扇の両側の板の部分が、木ではなく、鉄でできている。敵の武器を食い止めたり、叩いたりすることができた。さらに、仕込み鉄扇が恐ろしいのは……中に短刀まで仕込まれている所だろう。扇の要《かなめ》が、小刀の柄になっていて、素早く引き抜けた。

兵庫は、落ちてくる蟬時雨をあびながら、仕込み鉄扇を静かに構え、鋭い目付きで——ケヤキの樹上を睨《にら》んでいる。

姿は見えぬ。葉群が、邪魔立てしている。

だが相手は、いつの間にかケヤキの樹上に移動、梢《こずえ》から手裏剣を放ってきたと思われた。

(どこからつけられた？……あの女だろうか)

違う気がする。本能が、敵は男であると告げていた。

また、きた。

今度は、敵本体が——きた。

(やはり男)

出家風。

墨衣に編笠という出で立ちの男で、相貌はうかがい知れない。黒蛇の如く、ぐにゃぐにゃ動く武器が——男の手から放出される。

受けた。

同時に、まだ空中にいながら、その得体の知れぬ武器を振ってきた男が着地。一撃、二撃——正体不明、曲線的、蛇行的に蠢《うごめ》く、武器を物凄い勢いで、兵庫へ振っている。

鉄扇で、正確に弾きながら——

(万力鎖《まんりきぐさり》！)

憎形の男が兵庫へ振っている武器は——万力鎖と呼ばれる、忍具であった。

鎖の両側に、鉄製の分銅がついている。凡俗の万力鎖は、かなり短く、小さな武器だが、男の万力鎖は、鎖部分が長く、分銅も大きい。

握り飯大の分銅が、ついていた。

この分銅を相手の顔面に当てて倒したり、柔靭《じゆうじん》に動く鎖で首をしめたり、万力鎖ごと敵の足に投げ、からませ、転ばせたりするわけだ。

通常、万力鎖は防御に適さないとされる。だが男の万力鎖は、鎖が太く……非常にしっかりしているから、

(振って、槍《やり》の刺突を払うことも、ぴんと張って、刀を受けることもできる！)

そんな柔靭な凶器が、今、豪速で——村雲兵庫に襲いかかっている。

首をのけぞらせるようにして、よける——。分銅が、すぐ眼前を、魔風となって通りすぎてゆき、鼻の先が若干切れた。もう、鎖が、きている。

——上からだ。

まるで、兵庫に天罰を下すべく、雲上からやってきた黒い竜の如く、万力鎖が勢いよく落ちてくる。――脳天を撃滅する軌道だ。

右へ、よける。

男の左手から手裏剣が放たれて首に迫るも、鉄扇で、止めた。兵庫が、

「柊風伯《ひいらぎふうはく》だな？」

万力鎖が大地を叩き、鉄扇ではじかれた手裏剣が――落葉の上に突っ伏す。

「……」

男は黙していた。万力鎖をつかいこなせる術者など、そうはいない。これほど、長く、太い万力鎖を、自分の体の一部のようにつかう男を、兵庫は一人しか知らなかった。

鉄扇から、氷刃が抜かれる。

「弟に言われて、俺を討ちにきたかよ？　――ご苦労なことだな。もう、容赦せぬぞ」

すると、丹波村雲流下忍、柊風伯は俄《にわ》かに編笠を取り、ひざまずいた。

「古老たちが案ずるような……なまくら刀に、なってはおられなかった。この風伯の見立てが正しかったということか。……失礼、兵庫様をためさせていただいた」

「……ためす、だと？」

殺気を帯びた鋭光が、まだ油断をといていない兵庫の両眼で、きらめく。だが次に風伯の口から出た意想外の言葉は兵庫の目を大きく見開かせた。

「はい。御弟君、実道様、三日前……都にてお亡くなりになりました。――兵庫様に我ら

の首領になっていただきたく、お迎えに参ったのでございます」

知性的な相貌が、まっすぐに兵庫を見つめていた。

大宮《おおみや》通の東、堀川《ほりかわ》の西、北小路《きたこうじ》の南、一条通の北、京のこの辺りを室町時代——村雲と呼んだ。丹波村雲党は、この村雲で織物屋、縫物屋を、営んでいた。村雲党が乱破《らっぱ》であることは秘事中の秘事であったし、村雲と聞いて忍者とぴんとくる者はほとんどいなかったが、当の村雲忍者たちは、この場所が村雲と呼ばれることを警戒、堀川の西で織物屋をいとなんでおります……などと、名乗っていた。

都の、朝廷の忍びである村雲党には、隠れ里たる丹波村雲荘の他に、洛中に拠点が必要だった。それが堀川の西、村雲だった。丹波の村雲は、村雲荘、都の村雲は、京村雲と呼ぼう。

この京村雲に敵襲があったのが——三日前。

「敵は、踊念仏《おどりねんぶつ》の一団をよそおっており、二十四人いました……」

不動堂の裏、蟬時雨がなぶる木下闇《このしたやみ》で、風伯は兵庫に報告している。他に、人は、いない。

「杖《つえ》に仕込まれた忍者刀を一気に抜き払い、一声も発さず襲いかかってきた手際。ことを成し遂げると、風の如く立ち去り……白昼にもかかわらず行方をくらませた、逃げ足。ただの盗賊とは思えませせぬ。——南方の、忍びかと」

「……どれほどの者が斬られた？」

「実道様、下忍十三人、当家以外の者三名――織物の出来を見にこられた、土岐《とき》家の被官の方、二人と、近くに住む五郎右衛門尉《ごろううえもんのじょう》という……本《ほん》織物士、一人」

忍びの本性を隠すべく、織物士、縫物士に化けることが多い……村雲党は、忍者と全く関係ない普通の織物士を、本織物士、普通の縫物士を本縫物士と呼ぶ。

楠木不雪は村雲下忍十六人を成敗したと報告していたが、実際には……全く忍者と関りない者が三人、犠牲になっていた。

十人になってしまった、京都の村雲忍者は、すぐに丹波に風伯を送った。兵庫の母は、三年前に亡くなっていたため、村雲荘には、農業にかかわっている下忍たちと、修行中の者。さらに、兵庫の叔母にあたる女性《にょしょう》、高齢のため忍び働きの前線からしりぞいた、遠縁の古老たちがいた。

誰が村雲忍者を統率してゆくか、判断をあおぎに行ったわけである。

評定《ひょうじょう》は、混乱したという。

実道の兄であり、忍術の技量抜群とささやかれた、兵庫を呼びもどしては、という意見がすぐに出るも、兵庫の素行を問題視し、強硬に反対する意見も相次いだ。実に丸一日、白熱した議論が展開された。

だが、結果的に兵庫を呼びもどす方針でまとまったのが一昨日夜。そして、昨日の朝、その答をもった風伯は、また京都にとんぼ返りしている。

ある一人の人物に村雲兵庫が跡目をつぐと報告せねばならなかった。

隠密伝奏《おんみつでんそう》。

朝廷と村雲党の間に立つ人物で、誰が隠密伝奏なのかは、上忍とごく一部の下忍しか知らない。

昨日の夜更け、隠密伝奏に報告した風伯は、今日の早暁、都を発《た》ち、八幡にきたわけだ。

都の遥《はる》か南、紀伊山中、サンギリ峠の隠れ家に、神速で走った楠木流忍者が到着したのは事件の翌日であったが、いわば被害者たる村雲党が、兵庫への連絡で――三日を要したのは、右の事情に因る。

「鬼神の如き足をもつそなたでも疲れたろう?」

「……」

風伯は、答えなかった。柊風伯は、五十代。忍者としては、高齢な方に入る。褐色に焼けた肌には、深い皺《しわ》がきざまれていて、眉《まゆ》には、白いものが目立つ。風伯は、疲れたとも、疲れていないとも、取れる静かな光を眼《まなこ》にたたえ、兵庫を眺めている。

兵庫は、

「斬られた下忍の名を言ってくれ」

「安兵衛《やすべえ》、藤丸《ふじまる》、篠見《ささみ》八郎《はちろう》、みき、くに……」

十三人の名は、兵庫にとって――ただの、乾燥した、冷たい名詞ではない。

ある男は、火の玉のように激しい気性で、修行の時など、上忍の若君たる兵庫、実道兄弟にも、容赦なく厳しかったが、本当は誰よりも兵庫をかっているのは、その男だったりした。

あるくノ一は、兵庫に、女性の惑わし方を伝授している。辛《つら》い修行を山で終え、里に下りる時に、近づいてきて、そっと耳元でささやくのだ。彼女のせいで耳だけが性的に発達した十三歳の兵庫が、たまりかねて夜這《よば》いをかけると、軽くあしらわれて指一本ふれさせず、「あたしみたいなあばずれを初めてにしちゃいけませんよ。気持ちは、嬉《うれ》しいですけどね」と、黒く日焼けした顔をほころばせたものだった。

藤丸は、兵庫が里を追われた時、まだ十歳だった。痩《や》せ形で、体力が乏しい藤丸は、過酷な修行の途中でよくばてて、他の童に馬鹿にされていた。だが兵庫は、藤丸がヤスという道具で、水田の中に入ってきたフナや、黒い矢となって、清流を動く、山女魚《やまめ》を、誰よりも正確に突き、とらえるのを、見ていた。

兵庫は、藤丸を元気づけた。

『藤丸。自分の、苦手な所にばかりとらわれていてはならん。

お前は……的を正確に突くということに関しては、村雲荘で一番だ。村雲荘で一番ということは、丹波国で一番だ。――いいか。これを大事にしろ。お前はまだ子供なんだから、自分の苦手な所をぐじぐじと引きずり、悩む必要など……無いのだ。それよりも、得意な所を、徹底してのばせ。

誰よりも、速く、鋭く、正しく、的を突ける男になってみろ。的を何かで突くことに関しては、余人が絶対に及ばないという男になってみよ。その後で……苦手な所をのばせば、よいではないか』

この兵庫の言葉を聞いてから――藤丸は、変った。修行に臨む時の瞳《ひとみ》から、疲労が生むどんよりした困惑がうしなわれ、狼《おおかみ》の鋭さがくわわった。またたのんでもいないのに、兵庫の許には、その日、村雲荘でとれた一番大きな川魚がとどくようになった――。もういいと言っても、藤丸がもってくるのだ。

その藤丸は、兵庫が丹波を追われた九年前、仲のいい友達と二人で、境をこえて兵庫を追ってきた。季節は、早春。百姓たちの雪掻きで、道は掘り起されていたけれど、街道の両側は、青白い雪が、堤となってつづいている。雪堤をまたいだ先は、深い森で、雪化粧した梢から、絶え間なく、滴が落ちていた。

藤丸は――

『兵庫様。おいら、黙庵様の下でも、実道様の下でも、働きたくねえっ！　おいら……兵庫様の下で働きたいんです！　兵庫様の、下忍になりたいんです』

凍てつく道に、両手を突き、泣きながら叫んだ。

兵庫は一つ一つ切るように、白い煙を吐き、

『藤丸。いいか。よく聞け。

お前は……真面目《まじめ》に修行すれば、すぐれた忍びになれる。だから俺ときては駄目だ。俺は――忍びの里を追われる男なんだぞっ』

相手は泣きながら頭《かぶり》を振っている。藤丸の友達も、悲しげな面差《おもざ》しだった。

『俺のような男に、なってはならん。里に……もどるのだ』

『おいら——忍者になれなくてもいいっ！　兵庫様の傍《そば》にいたいんだよっ』

『……馬鹿者！　それ以上、聞きわけのないことを申すと、斬るぞ』

猛烈な眼火を灯《とも》した兵庫の一喝が飛び、藤丸たちは村雲荘へ帰っていった。今、兵庫はその時の己の決定が間違っていなかったかと悔やんでいる。あの時、つれてくれば藤丸は……。

十三人の下忍の全《すべ》てが、顔見知りだった。

その男たち、女たち、そして——弟、実道の、焚火《たきび》に照らされた、笑顔、怒りの顔、悲しそうな目、寂しげな横顔、悔しげな表情が——溶岩の竜巻みたいになって、兵庫の心胆で暴れ狂う。

兵庫はいつしか木《こ》の間で断片的になった青空の方に端整な顔をむけ、目を閉じていた。

胸が千切れそうであったが、涙は出さなかった。しばらくして、訊《き》いた。

「……相手は、何人、斬った」

「四人です」

「それだけか？　とらえた者などは？」

風伯の首が、横に振られる。

「……不意を突かれましたゆえ。また、真に悔しいことですが……それがしは、三条の方に商用で出ておりました。もどった時には、敵は引き上げた後でした。兵庫様……我らを、村雲党を、たばねて下さいますでしょうか？」

滅多に感情を表に出さない風伯が、非常に強い力が籠もった声で、訊いてきた。兵庫は、弟や村雲者たちを殺《あや》めた、南方の乱破を許せなく思った。その時に兵庫が両眼から放った、冷たく、巨大な、殺気の電光は——戦慣れした乱破で、しかも味方である、柊風伯が、ゴクリと生唾《なまつば》を呑《の》むほど凄まじいものだった。

だが、兵庫は、

（俺は、この世のあらゆる権威や、権力《ちから》に、興味がない。俺が興味があるのは……自分だけだ）

誰か英傑につかえたいというのも、誰かのために働きたいとか、世の中をよくしたいとか、そういう動機に因るものではない。むしろ……村雲流忍術を学びし者の中で、ずば抜けている、とささやかれていた自分の能力を、最大限発揮できる舞台がほしいという野心に因った。

そしてその舞台が兵庫にとっては、歴史という大波、動乱という洪水なわけである。

（そんな俺に、朝廷の忍び頭などつとまるのか？　朝廷にも、幕府にも、帝にも、公方《くぼう》にも、俺はありがたみというものを覚えておらん）

元々、不遜《ふそん》かつ傲岸《ごうがん》で、おまけに非常に強い自意識をもつ、兵庫だが、八幡の町で暮す内、この町で渦巻く、まつろわぬエネルギー、反体制の気が如きものまで、知らず知らず皮膚から吸い込んでしまっている。

（特に公方、足利義政……あいつは……あいつなどと言ったが、一面識もないが、俺はあいつのことは……ただの庭好き、壺《つぼ》好きの愚か者で、お今《いま》とかいう女の尻の下にしかれた一個の巨大な愚か者だと思っておる……。

帝位についてもそうだ。

京方と、南方。持明院統と、大覚寺統。どちらが正しいのか、俺はわからぬ）

南北朝動乱の際、村雲党は、北朝方村雲党と南朝方村雲党にわかれた。この時、南朝方村雲党は当然、楠木流忍者と行動を共にしているわけだから、村雲忍術が、楠木忍術にあたえた影響は、大変大きい。村雲流の良き所をも吸収して、楠木流が強靱化したことが——今回の襲撃にも影響している、というのは十分考えられる。

さて、南北朝合体が起きると、村雲党も合体した。丹波村雲家（北朝側）と吉野村雲家（南朝側）が婚姻によって結ばれ、元の鞘におさまったわけである。一方、室町幕府は信用できないと思っている楠木流忍者の多くは……紀伊山地から降りようとしなかった。彼らは、大和、紀伊、伊賀、伊勢、四ヶ国にまたがる、広大かつ深遠な、山岳地帯を拠点とし、標高一千五百メートル超の険阻な高山や、人跡未踏の巨樹林などに、秘密の隠れ家をいくつもつくり、幕府軍を翻弄する罠を張りめぐらし、度々、京都に潜入した。——反幕府活動の中心となる大覚寺統の皇胤《こういん》を、畿南の山岳地帯に、つれもどすために。

魔峰群でずっと鍛えられてきた手強《てごわ》い楠木党と戦いつつ、大打撃をくらったばかりの村雲党を立て直すという大作業が、自分にできるかという不安と、この世のあらゆる権威、権力をみとめぬ己が……禁裏の忍び頭という役職に適しているのかというためらいが、今、兵庫に、渦巻いている。

風伯の聡明なる瞳は――兵庫の不安を、見透かしたようだ。

「兵庫様。九年前……貴方様が丹波を発たれてすぐ、お父君は亡くなられました」

乱破というより、学者か高僧が如き顔立ちの風伯は、眼《まなこ》を細め、

「これは……黙庵様から固く口止めされていたことですが……申します。お父君は、十年前の夏、熊野の奥の森で、南方の本拠地と言うべき場所を、見つけられました。

そこは迷路が如き森と、死の罠に満ちた沼地にかこまれた、真、攻め難き要害で――一騎当千の猛者どもが、守りを固めておりました」

「その話は俺も聞いておる。あの年……親父《おやじ》は……滅多に、丹波にもどらなかった」

だから兵庫は……羽目をはずせた。

「親父はその場所に、南方をたばねていた尊義王がおり、さらに、京都から奪われた神器、つまり勾玉もあると考えた。故に、紀伊の守護、畠山と細心の注意を払って打ち合わせを重ね、その年の師走、一気に強襲した。尊義王は討ち取ったが、神器は見つからなかった……。そういうことであろう」

その時点で、八尺瓊勾玉は、自天王、忠義王兄弟と共に、関東に在ったのを、丹波村雲党は知らない。

風伯は、兵庫の言に、ゆっくりと頭《かぶり》を振り、

「それは全てではありませぬ。兵庫様は、熊野の森での戦いで……楠木流乱破をたばねる、楠木不雪と、お父君が……凄まじい一騎打ちにおよんだのを、ご存知でありますまい？」

「…………それは、知らぬ」

夜、暗黒に沈んだ森は、全貌を人に隠している。

松明《たいまつ》を振ってはじめて、樹の全容が知れるのだ。

それと同じように、人生には……たった一つの言葉で、隠されていた全体が、急に浮かび上がったりする時が、ある。今がそれであった。

兵庫の内面で、二上忍の一騎打ちと、その翌年早春の父の死が……一つの線にむすばれつつある。

真《ま》っ直《す》ぐに兵庫を見据えた風伯は、告げた。

「その戦いで、お父君は深手を負われた」

「左様な素振りを見せなかった。……俺を……例の夜這いの件で、叱《しか》りつけ、里から追った親父は……」

風伯は、

「――そのように振る舞われていただけのこと。大傷を、癒《いや》すために、黙庵様は村雲荘におもどりになったのです。兵庫様……不雪の剣には、毒が塗られておりました。並の者なら七転八倒するほどの痛みが、五体を襲い、確実に命をちぢめる猛毒が」

「…………」

兵庫は、茫然《ぼうぜん》としている。

熱い激情が、喉奥《のどおく》を通過して、口から出そうになる。だが兵庫は、おさえた。激情を、吐き出さなかった。

「その毒が……不雪の毒が――親父を殺めたのだな？」

風伯の首が、縦に、振られる。

「不雪は？」

「討ち取った……と考えられていました。尊義王が、畠山兵に討たれたと見るや、不雪は、お父君の豪剣を逃れ――森の中に落ちのびました。

三日後、那智《なち》の森で、不雪と全く同じ格好の男が倒れているのが見つかりました。面貌を薬で焼き、懐剣を心臓に突き立て、既にこと切れておりました。尊義王に二人の子がいるのを、まだつかめていなかったゆえ……一切の野望が潰《つい》えたと省悟した不雪が、自死した……村雲党《われら》は、そう考えました」

「だが生きていた、と申すのだな？」

「はい。……那智で発見された屍《しかばね》は、不雪ではなく、乞食坊主か、山伏のものであり、その者の衣を奪った不雪は……何処《どこ》かに落ちのびたのではないか、斯様《かよう》な懐疑が、古老たちには、はじめからありました。

疑念は……二年前、いよいよふくらみました。南方が忽然《こつぜん》と、畿南の山々で蜂起。加勢をもとめる密書が、紀伊、大和、伊勢、伊賀の各所に送られるにおよび、実道様は、手練《てだ》れの下忍をよりすぐり、吉野の山々へ放ちました……」

だが、敵の本拠は一向に見つからず、送り込んだ下忍の半数は、帰らなかった……。もどった者も、有効な情報をつかんできたとは言い難い。稲妻の如き密書の手際と、険阻な大山岳地帯の何処かに巧みに伏せられた隠れ家……。余程の切れ者が——敵方にいるということだった。これらの理由から、亡き弟、実道は、不雪は生きていると確信していたという。

「そして一月前、行商に化けた安兵衛が、川上郷で山人《やまのたみ》を指揮し……砦らしきものをきずいている不雪と思《おぼ》しき老翁を……見たというのです」

峥嶸《そうこう》たる大山岳地帯で、重大な局面を目にした、老忍、安兵衛。急ぎ京にもどろうとした所を——樵《きこり》に化けて山中を巡回していた、楠木流忍者三人に見つかり、激闘におよんでいる。この戦いで安兵衛は、右手の指四本をうしない、左足にも大怪我《おおけが》を負ったが、何とか京へ帰還。不雪の生存と、川上郷の砦造りが、村雲党全体に知らされた。

うつむいた兵庫は、思う。

(その安兵衛も……三日前に討たれた。俺が実道なら、安兵衛の歳も考え……その大手柄をもって、乱破を引退させてやる。村雲の里へ帰してやる……。弟のことだ。きっと、同じことを考えていたはず)

兵庫の双眸で、殺気の白熱が、燃えた。

（楠木不雪………必ず討たねばならぬ男のようだな）

「風伯。俺の心は、決った。——奴らと、戦う。丹波村雲党……この兵庫が引き受ける！」

「——ははっ！」

＊

その日の、午後。手早く支度をすませた、兵庫、風伯、柴吉の三人は、八幡を発ち——京へむかった。八幡から京へむかう最短経路は、山崎か淀を抜け、西国街道を北上する道である。だが兵庫はわざと遠回りの道をえらんだ。巨椋池南岸を宇治へ東進。宇治から、奈良街道を、上る道をえらんでいる。

もし、不雪の下忍が風伯を京からつけていた場合、その奴を攪乱《かくらん》する意味もあったし、何となく兵庫は、淀に住むつばめの傍を通ってゆくことに、警戒を覚えたのである。

それほど気になるなら、あの女を斬る、ということが、父、黙庵にはできたが、倅、兵庫にはできぬ——。

どうも兵庫は……一度、通じた女に——甘くなってしまうのだ。

一度きりでも抱くと、その女との間に、痛覚をともなう透明な蜘蛛糸が、生じた気がする。つばめがくノ一だと確信していたら、それでも兵庫は、斬ったかもしれぬ。だが彼女はただの遊女かもしれなかった。

斬れるものではなかった。

知力、胆力、腕力、剣力、跳躍力、話術、縫物の腕、などに卓抜している村雲兵庫だが、あえて欠点を上げるならば、
自意識過剰な所。

傲岸である所。

一度通じた女に……甘い所。

この三つであろう。

さて、午後に八幡を発った兵庫らは、久世郡《くぜぐん》の農村地帯を歩いている。

左は、葦原《あしはら》。湖風に青くそよぐ葦どもの向うで、広漠たる巨椋池が、夕焼けに照らされていた。紫水晶を溶かしたような水面で、一組の鳥の家族が、一列に泳いでゆく。

小鴨《こがも》だ。

母鴨を先頭に、三羽の子供の鴨が、列をつくって、水面《みなも》をすすんでゆく。

右を眺めると、小川をはさんだ両側に、青田が、まるで畳を綺麗《きれい》にしいたように、並んでいた。平野部に広々と水田が開けていて、鎮守の森が、人が糧を実らすためにつくった、もう一つの湖から、こんもり、丸く、もり上がっている。

一つ一つの田んぼが、同じ雲を水鏡にうつしていて、風が吹くと、そこかしこで西日の乱反射が起った。

と、柴吉が、

「兵庫様。寄合ですかね。農民たちが……ぞろぞろ鎮守の方に、歩いて行きますな」

「たしかに、そうじゃな」

行商の姿をした兵庫、柴吉、旅先で知り合った出家という設定の風伯《ふれこみ》が、足を止める。

柴吉が指摘する通り、苔《こけ》むした萱葺屋根の下から出てきた老人や、作業を終えた若者が、水田にはさまれた道を通り、黒々とした鎮守の森に吸い込まれるように、歩いてゆく。

もし、つばめが口にした言葉が、なければ、兵庫は、宇治方面へ道を急いでいたかもしれぬ。

だが、つばめが言った一揆という語が、魔力が如き圧をもって兵庫に迫り、百姓たちが消えた黒い森が、何か覚悟のようなものを漂わせている気がしてきた。

兵庫は、命じた。

「柴吉。ちょっと様子を見てこい。俺たちは、湖のほとりで待っている」

柴吉は、誰にも見つからない経路を素早く見つけ、鎮守の森にわけ入っている。シイや樫《かし》、リンボクなどが生い茂る湿った木立では、既に夕闇が醸し出す青い憂鬱《ゆううつ》が、色濃くなっていた。

柴吉は——社の裏手から、百姓たちの寄合に近づいている。柴吉の前方に、小さな村社の背中が、ある。そして左には、栃《とち》の樹があった。

大きい。そして、太い。

三十歩くらい要さねば——一周できないであろう。

物凄い高みで、葉がついた大枝を八方へ広げていた。もし飢饉《ききん》がこの村を襲ってもこいつが落とす大量の実で喰《く》いのびられるのでないかと思えるくらい凄い樹であった。

人声は、社からはしない。

柴吉から見て、社の向う、鳥居からきた人にすれば、社の右手前に、庚申待《こうしんまち》などでつかえる、萱葺の建物がある。集会所になっているらしく、ひそひそと低く押し殺した声が、そちらからした。

余人であれば、もそっと接近せねば聞き取れぬ小声だ。

だが柴吉は——そこまで近づいていない。村社の裏、アオキの茂みに身を隠すと、全意識を、耳に、あつめている。

小音聞きの術だ。少しはなれた所で話している村人たちの声が、実にはっきりと、柴吉の、聴覚中枢に入ってきた。

百姓たちの話は次の如きものだった。——この村は、隣村と水争いをかかえていた。この村の領主は飛鳥《あすか》のさる寺で、隣村の領主は都の有力貴族だった。地方の荘園は、南北朝時代、武士の草刈り場と化し、そこから守護大名という怪物が生れたわけだが、さすがに京のお膝元《ひざもと》、山城国では、公家領、寺社領が、多分にのこっている。ある村は都の公家の領土だが、その北の村は東寺《とうじ》の荘園で、南の村は石清水八幡宮の領分で……というふうに、土地の権利、所有が、複雑怪奇に交錯している。

この村の話に、もどる。

田に引く川水の量をめぐって、隣村と紛争をかかえていたこの村は、領主である飛鳥の寺に、事態を解決してくれるようにたのんだ。ところが飛鳥の寺は……隣村の背後にいる、都の有力貴族を怖れ、ろくな援助をしてくれなかった。お前たちの手で何とかならぬのか、こう言ってくるわけである。

困り果てた村人たちは、室町幕府の法廷、政所《まんどころ》に訴えることにした。さてこの幕府の法廷は腐り切っていることで有名だった。有力者が訴えると、すぐに対応してくれるが……下級武士や庶民が訴訟を起しても、まともに相手してくれぬのだ。何年も……放置されるのだ。

だが、庶民が訴えても、放置されぬ方法が一つ、あった。

——賄賂。

細川《ほそかわ》家、畠山家など、幕政で重きをなす巨大な守護大名や、将軍お気に入りの女性《にょしょう》たちに、多額の銭を送り、「おい。早く裁判をしてやれ」という強圧を、政所の役人たちにかけてもらうのだ。そして、この足利義政治世下、康正三年の、日本列島で、もっとも賄賂をあつめた女が——お今であった。

北小路室町にある、足利将軍の豪邸、「花の御所」に巣くう——魔性の美女である。

この村は、京都の土倉で金を借り、それをお今に贈り、政所での裁判で辛くも勝利した。

ところが勝訴の喜びも束の間《つかま》、今度は……土倉の凄まじい取り立てに、悩まされる形になった。

名主をつとめる、地侍と思しき老翁の声が、

「お上は月に四文子《もんし》までの利息しかみとめておらぬが……守っておる土倉は、少ない。月十文子の取り立てじゃった」

室町幕府は、月百文につき四文までの利息にしなさいというお触れを出していたが……ほとんど守られていなかった。より高い利息で取り立て、したがわなければ土倉軍を差し向けるような土倉が、横行している。

「土倉への支払いで困っておる内、宇治で隣村の名主と……話す機会があってな。同じような悩みをかかえていることが、わかった」

水のことで、あれだけ憎しみ合っていた、隣村――。

隣村は、領主たる都の公家の凄まじい年貢取り立てという悩みを、もっていた。この公家は猜疑心《さいぎしん》がかたまったような男で、たとえば、ある秋の栗年貢が、小粒であった時など……

『もっと大粒の実を……隠しておるな？　もう食べてしまったのなら仕方ない。銭で代納せい！』

と、侍たちを村に送り込んで恫喝《どうかつ》し、栗がたっぷり入った桶《おけ》を、村に突き返してきた。

この年は本当に栗が不作で大粒の実など差し出せるわけもない。百姓たちは、仕方なく

……奈良の土倉で、村名義で金を借り、京の公家へ納めた。そして、この日から悪夢がはじまった。

京の公家の厳しい年貢取り立てと、奈良の土倉の利息回収、二方向からのパンチが、村人たちを襲ったわけである。

村の指導者、半農半武士の地侍が、

「隣村の者どもを……わしはずっと敵じゃと思うておった。わしの爺様《じいさま》の頃から、あいつらとの争いはつづいておる。連中は信用ならんと、爺様も、親父殿も、口をそろえて言うておったからの。

しかしじゃ。…………彼らも、同じような悩みをもっておるのがわかった」

腐った幕府、自分のことしか考えていない領主、土倉の取り立て……これらに対する怒りや、不満が、憎しみ合う二つの村に――過去を清算させる、不思議なシンパシーを生んだのである。

「このまま座して何もしなければ……死ぬだけじゃ。故に、わしは隣村や他いくつかの村と語らって、家の周りを篠《ささ》でかこい、働ける者全員で……山へ逃散《ちょうさん》し、『もし、下山してほしくば、領主は年貢を減免せよ、幕府は土倉に月四文子の利息を徹底させるお触れを出せ』と、斯様な交渉をおこなうべきかと存ずるが、おのおの方……いかがか？」

名主が、一般百姓たちに問う。すると、

「生ぬるい！　他の村と同盟し、大軍で京都へ殺到。話し合いではなく、戦いで土倉から奪われたものを取り返せばよい。その後で、幕府を脅し、借金を帳消しにする――徳政を発布してもらうのじゃ！　徳政が出たら、勢いを駆って、奈良の土倉を叩く。大和の百姓たちも立ち上がるじゃろう。奈良の土倉からも、不当に奪われた分を、一気に取り返すっ」

強硬な異論が飛び出て、幾人かの百姓たちから、賛同の狼煙が上がる。盗み聞きする柴吉はどうも、この初めに異論を叩きつけた男が、この村の者ではないような気がしている。

――忍びの勘が、そう告げていた。

話を聞いている内に、大規模な徳政一揆を起し、京と奈良を突こうと、さかんに焚《た》きつけている人物は、兵右衛門《ひょうえもん》という男であると、わかった。兵右衛門は、六代将軍・義教に主家を潰された牢人者で、野盗対策の用心棒として、この村に住んでいる。

さらに、柴吉は、兵右衛門には美濃獅子《みのじし》という家来がいること、美濃獅子は、山科《やましな》、西岡《にしがおか》など、近郊地域に出むき、幕府に不満をつのらせる他の村々との、連絡役になっていることなどを、つかんだ。

報告を受けた兵庫は腕をくんで考え込んでいる。

柴吉は、長時間、寄合を盗み聞きしていた。故に、湖の上では、青い夕闇が刻一刻と夜気を引きずりこみ、槇島《まきしま》の雑木林は、黒い影絵に似た姿になっていた。鯉が、跳ねる音がした刹那、兵庫が、

「名主、そして――兵右衛門と、美濃獅子の顔はたしかめたか？」

「はっ。寄合が終って、彼らが出てくる時、一応、面相はたしかめました。名主は、この辺りの何処にでもいる、地侍の翁という趣の男ですな。兵右衛門……幕府に怨《うら》みある牢人者、このふれ込みは間違っていなそうです。わしは、寄合が終る頃に、参道の方にまわり、杉の木陰に隠れてたしかめたんですが……なかなか隙のない歩き方でした」

「ほう。できそうか？」

柴吉が、答える。

「戦場《いくさば》に出れば――二人か、三人分の働きはできる男でしょう」

「美濃獅子はどうであった？」

柴吉の尖《とが》った顎が、かすかにかしげられた。

「……ずっと、兵右衛門の従者をしていた男ではないような」

「そなたの思った通りを言ってみよ」

鋭利な眼光と共に発せられた兵庫の問いであった。柴吉は、

「たとえば、西《にし》の京、あるいは、四条河原などで、物真似《ものまね》芸、話芸などをして、暮していた所……たまたま兵右衛門と知り合い、家来になった。左様な感じの男ですな。とにかく、話がうまく、頭の回転が早い。

はじめは、名主の意見を支持していた百姓が多かったのですが、美濃獅子が話す内、兵右衛門を支持する者が勝りました。もう、来月にでも、土一揆が起りそうな気配ですぞ」

村の統率者たる名主は、逃散による話し合いで、平和裡《り》に、自分たちに有利な環境をととのえようとしていたが、村の軍事顧問が、自らの活躍の場をつくるために、流血と紛争を辞さない、土一揆を強く主張、美濃獅子の弁舌が、一揆派の百姓をふやしてしまったと、柴吉は、語っている。

「………」

硬質の沈黙が、兵庫の面をおおっていた。何事か深く考え込んでいた兵庫は、しばらくして言った。

「もう、日が暮れる。今日は宇治に泊ろう」

そう呟くと、早足で歩きだした。風伯が、柴吉を見る。柴吉は無言でうなずいた。ずっと兵庫にしたがってきた柴吉は、斯様な時、若い主が、自分より二つ、三つ先の事柄まで読んだり、考えたりしているのを、知っている。口は、悪い。されど柴吉は——大きな所では兵庫を信じているのだ。

だから柴吉はさっき、風伯に、「風伯。お主の方が、忍びとしては長い。だが……兵庫様とは、わしの方が長い。大丈夫だよ。兵庫様にはきっと何か、お考えがあるのだ」と、横顔で告げたつもりであった。

第三章　姉と妹

鏡を眺める時、幸子《さちこ》はいつも、唇に手を当てて、のぞき込む。長く鏡を見ている内、必ず一度は、唇、顎《あご》を隠した状態で、自分の顔貌《かおかたち》を確認する。鼻から上、つまり、清爽《かわらか》な品があり、それでいて優しい、二つの瞳《ひとみ》や、可憐《かれん》な鼻、白く小さい額、その状態で見れば、

（姉上に……負けぬのではないか）

と、思う。ところがいざ、掌《てのひら》が放されると、とたんにしょぼくれた気持ちが、胸底で広がる。

下唇が、上唇に比して太すぎる気がする。ふっくらとして可憐な唇、などと大叔母《おおおば》の日野《ひの》重子《しげこ》、母、苗子《みつこ》は褒めてくれるけど、幸子は納得できない。絶世の美女と名高い姉がもつ、薄い下唇を、幸子も所有したかった。また顎が、やや前へ突き出ている気がする。もう少し、後ろへ押しもどしたい。

十五歳の幸子だが、唇と顎の悩みは、幼少の頃から彼女につきまとっているようだ。五歳くらいの時だったか。幸子には歯で唇を嚙《か》みながら、顎を押す……という癖が、あった。歯をタラコみたいな桜色の下唇に突き入れ、口腔《こうこう》内に無理矢理丸め込もうとしつつ、顎を

も矯正しようと、手で押すわけだ。

これを見た、母、苗子は——その癖で余計、唇がふくらんでいます——と、指摘。唇を嚙む癖は直ったが、顎を押す悪癖は、なかなか直っていない。

もう一つ幸子には気になっている噂《うわさ》があった。

自分とよく似た娘が、この京にいる——という、噂だ。

初めに見たのは幸子付きの御物師《おものし》であった。針仕事専門の侍女で、洛中《らくちゅう》の大舎人町《おおとねりまち》という一角や、村雲という所に住む、市井の縫物士たちに勝るとも劣らないと言われる腕をもつ、娘だ。

半年前、この御物師が、嵯峨《さが》の釈迦堂《しゃかどう》に詣《もう》でた所……幸子に似た娘に出くわしたという。

まだ、ある。

十日前。

幸子の兄が、清水寺に詣でた所、門前で——幸子と見まがう娘に出くわした。妹だと思い、話しかけたが無視され、世の中には似た人もいるものだと思い、そのまま帰ってきたという。これを兄から聞かされた幸子は、釈迦堂の目撃情報のこともあり……

『どうして兄上は、その娘の身元を突き止めて下さらなかったのでしょう』

抗議している。

とにかく兄の目撃によって、幸子とよく似た娘がこの都で活動しているのは、疑いようもないと思われた。

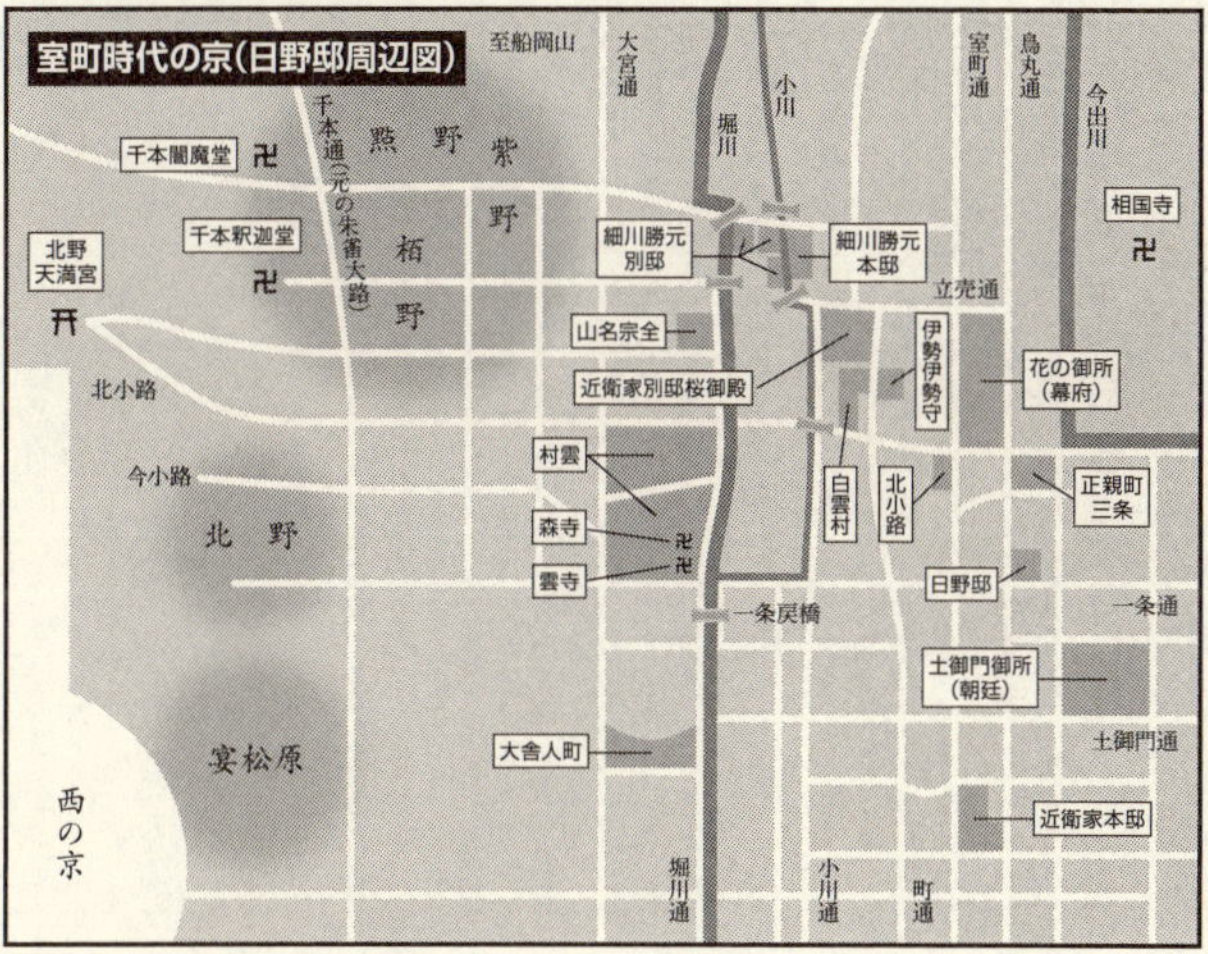

(わたしと似ているという娘。その娘も……やはり唇と顎を気にしているのか)

十五歳の幸子の関心は、ここでも容姿の悩みにむかって羽ばたきだす。

唇、顎、これが——日野幸子の、悩みの、種だった。

逆に言うと、この二つしか彼女に悩みはない。

何も食べるものが無く、絶望的に飢えた人が感じる、やり場のない怒り。

粗末な衣しかまとえない者が、美服を着た者を見た時に覚える、打ちひしがれたような、悲しみ。

壁に開いた穴や、屋根の隙間《すきま》から、容赦なく入ってくる雨風に叩《たた》かれ、ふるえながら寝る者が時として感じる、谷に似た、諦《あきら》め。

そのような感情《もの》と……彼女はもっとも遠い場所にいた。

日野家。

幸子が生れた家である。

代々――足利将軍の妻を輩出する、公卿《くぎょう》の家だった。

事実、幸子の大叔母、宗子《むねこ》、重子姉妹は、いずれも六代将軍・義教の妻であり、特に重子は、七代将軍と八代将軍、つまり義勝、義政兄弟を産んでいる。

また今の将軍、義政の正室は――絶世の美女《めと》、日野富子《とみこ》。幸子の姉だった。

足利将軍家が代々、日野家から妻を娶る慣習は、三代将軍・義満が日野業子《なりこ》と、結婚したのにはじまる。以後、足利の男が、妻を娶る時……必ず、日野の女を妻としてきた。

義満、業子夫妻は仲睦《なかむつ》まじかったが、六代・義教の辺りになると……雲行きが怪しくなってきた。

彼は――どんなに嫌いでも、日野の女と結婚しなければならぬという己の運命を、呪《のろ》ったようである。

彼は、正室・日野宗子を徹底的に迫害した。そして正親町三条尹子《おおぎまちさんじょうただこ》という新しい女を、正室にすると、宗子と、離婚した。

義教の強硬なやり方は、当然――正親町三条家と日野家を、激しい敵対関係に陥らせている。

だが、これで引き下がらないのが日野家の凄《すさ》まじい所であった。

『宗子と……離縁なさるのですか。わかりました。なら、宗子の妹の重子を、側室でいいので……お傍《そば》に置いていただけませんか？』

こう、将軍に要求したわけである。

暴君、義教が炎の如《ごと》く凶暴な虎《とら》であるならば、日野家は……将軍の妻の座にどこまでも執着する、氷よりも冷えた大蛇《おろち》であった。

義教は、宗子を離縁された日野家が、第二の矢として、花の御所に射かけてきた、重子を嫌ったろう。大嫌いな日野家が、大嫌いな宗子の代りに、差し向けてきた女だからだ。ところが男の性《さが》か……義教は重子と、幾度か、情交《まじ》わってしまう。そして、この数少ない交接で、重子は確実に足利の精を受け止め……七代将軍、八代将軍をごろごろ産んだわけである。一方、義教の最愛の女《ひと》、正親町三条尹子は、どれだけ寵愛《ちょうあい》しても、義教の子をもうけなかった。

先例を重視する足利将軍家は……どれだけ嫌いでも、日野の女を妻にしなければならなかった。将軍というのも存外、不自由なものである。

日野家の権力《ちから》の源泉の一つが、将軍と閨閥《けいばつ》をなすこと——つまり、血の絆《きずな》であった。

もう一つ、ある。

——富。

義満どころか、初代尊氏の頃から、将軍家と深い関りがあった日野家。日野家系荘園には、地方の荒ぶる武士たちも、なかなか手が出せなかった。こうして、南北朝動乱で、他の多くの公家が荘園をうしなってゆく中――日野家には、莫大《ばくだい》な荘園が、無傷でのこされた。

山城国、日野の里。近江《おうみ》国菅浦荘《すがうらのしょう》。能登《のと》国若山《わかやま》荘。三河《みかわ》国和田《わだ》荘……等々。

注目すべきは、若山荘の珠洲《すず》焼だろう。当時、越《こし》の海（日本海）に接する全《すべ》ての国で流通していた。その販路は――実に日本列島の三分の一におよぶ。莫大な収益が、日野家の懐に入ったと思われる。この豊富な富を、日野家当主は巧みに運用してきた。乃《すなわ》ち、複数の土倉に出資し、土倉を動かす影のオーナー――土倉本主になったわけだ。

幸子の兄、勝光《かつみつ》の家来に、本庄四郎兵衛尉《ほんじょうしろうひょうえのじょう》、束前源右衛門尉《つかまえげんうえもんのじょう》、富小路俊道《とみのこうじとしみち》、富子の家来に、吉次《きちじ》なる男がいたことが、当時の記録から知れるが、これらの男は全て……銭主、つまり、金融業者であったことがわかっている。

南北朝動乱で多くの公卿が没落するも――例外はいた。

貨幣経済の波にのり、天文学的な富をきずいた、時代の魔物が如き公卿が、幾人か、いた……。

それが――日野家である。

日野幸子が暮す屋敷は、烏丸一条《からすまいちじょう》にある。日野邸の北には、天上寺《てんじょうじ》という寺があった。

康正三年、八月四日。

今の暦で、九月初め。

幸子は母、苗子と、初秋の日差しが照らす、天上寺にきていた。

苗子は尼姿である。勝光、富子、幸子を産んだ北小路《きたこうじ》苗子は、幸子が生れた年に夫が亡くなると、仏門に入っている。北小路禅尼《ぜんに》と呼ぶのが正しいが、苗子自身は禅尼と呼ばれることにむず痒《がゆ》さを覚えているようだった。

寺の庭には、赤紫色の花の滝が、できていた。見頃をむかえた、萩《はぎ》だ。幾十本も、枝垂れた緑の枝に、数珠つなぎにされた赤紫の花びらから、そこはかとない詩情を掻《か》き立てる、やさしい何かが漂ってくる。

幸子と苗子は、幾人かの供の者と、天上寺の萩を見にきたのだった。

幸子が萩を見ていると、母が、

「勝光殿も誘ったのじゃが……こられぬ」

少し寂しげに、言う。

母の眼差《まなざ》しは日野邸との境にある築地《ついじ》塀《べい》に、そそがれていた。幸子も、そちらを眺める。

「兄上は………お忙しいのでしょう」

幸子は知っている。この所、兄が家産の拡大にくわえ、ある計略に夢中になっているのを……。一月ほど前、家来の富小路俊道に語っているのを、盗み聞きしてしまったのだ。

『日野家をお嫌いだった、六代将軍・義教公。この義教公が、我らから没収し――正親町三条家にお与えになった、能登国若山荘。珠洲焼の若山荘。この荘園だけは――何としても、取りもどさねばならぬ。富小路、お主、今度……能登に下向するのであったな？　その際に……』

それ以上聞かず、幸子は自室にもどった。だが兄、勝光が――能登で何らかの騒動を起すよう、富小路に命じたのは、明らかだった。

兄は斯様《かよう》な謀計、闘争、家産の拡大に心血をそそぎ、寝る間を削って、様々な思案をめぐらしていた。

幸子は勝光が体を壊してしまわぬか心配だし、別の領域にも関心をもってほしいと思っている。

苗子が、ぽつりと呟《つぶや》く。

「勝光殿は……昔からそうじゃ。

夏の、日野荘。夜の田舎道から見上げる、満天の星。蛙《かえる》の声で胸がいっぱいになる。

秋の夜の野。虫の涼しい音《ね》で……心があらわれる。

あの子は……勝光殿は……昔から左様なものに、心をよせぬ」

年月をかけてたまった苦さが、にじみ出た言い方だった。

幸子は無言で足元の萩を見つめた。

母、苗子の実家、北小路家は、殿上人ではない官人の家である。

殿上人と、殿上人ではない官人の違いは、昇殿が許されるか、許されないかで、江戸時代の、旗本、御家人の違いに似ている。

北小路室町にある苗子の実家は、日野邸とは違い、洛中の青物売りや、鮎《あゆ》を鬻《ひさ》ぎにくる桂女《かつらめ》などが自在に出入りし、町の者どもと屋敷の者どもがもっと和気あいあいと言葉をかけ合う、そんな雰囲気の家だった。さかんに野遊びにも出かけたようで、苗子が、花や、蛙や、虫が好きなのは、子供時代の記憶に因るだろう。

左様な家から、公卿、日野家に輿入《こしい》れした苗子は、まず、日野家に渦巻く生き馬の目を抜くような緊張感に戸惑った。夫は、勝光と富子が生れるまでは、熱い情をそそいでくれたが、二人が誕生するや——俄《にわ》かに冷淡になり、今、まさに息子が没入しているような、勢力闘争に、のめり込むようになっていった。また子供たちが苗子の拠《よ》り所になったとも言い難い。この時代は、赤子に乳をやり、幼子《おさなご》を養育するのは、高貴な女性《にょしょう》がやるべき事柄ではないと考えられていた。だから、勝光や富子の養育は、重子が用意した乳母たち、侍女たちが、おこなっている。重子は富子幸子の大叔母で、六代将軍・義教の妻。富子にとっては——姑《しゅうとめ》でもある。

十四歳年上の勝光、三つはなれた富子は、日野家に育てられたのであり、彼らの成長に……実母、苗子がかかわる余地は、ほとんどなかった。

苗子には、ただ——次の赤子を産むことだけが、要求されたわけである。

だが、苗子は抵抗した。夫が亡くなった年に生れた幸子、その翌年に生れた幸子の妹については……。夫、重政《しげまさ》が逝ったため、名実共に日野家の中心となった、自分の長男、勝光にこの二人だけは自分の手で育てたいと交渉している。勝光も、控えめで奢侈《しゃし》を嫌う母の、たっての望みだったため、無下にもできず了承した。

斯様な次第で、勝光、富子と、幸子は、成育の環境がまるで違っていた。

勝光、富子は、家来と言うべき乳母と、複数の侍女たちに常にかしずかれ、欲しいと言うものは何でもあたえられた。外出は、どんなに近場でも輿であり、小さな子供が、三千世界は自分を中心にまわっていると、錯覚しても、おかしくないような環境で育った。また、勝光、富子は、必ず、御殿の中で遊んでいた。お付の者を馬にして、青い畳の草原を駆けめぐったり、一番弱そうな侍女、もっとも失敗が多い侍女の顔に、落書きをする、「刑罰」という名の遊びに、耽《ふけ》ったりしているのが、多かった。

一方、幸子は、足利将軍家に嫁ぐ可能性、など露ほども想定されていなかったゆえ……お付の侍女、青侍は……真に控え目な頭数であった。その静かな環境で、苗子が幸子にはじめに教えたのは「何でも欲しいものが、手に入るとは限らない」ということであった。出入りの商人などから、似たような櫛《くし》を立てつづけにほしがった幸子が、駄目だと言われ、強硬に駄々をこねだすと、苗子は厳しく叱《しか》っている。また苗子は、幸子にこうも語った。

『幸子。……これはとても大切なことじゃ。この日野家で働く、侍女、御物師、台所のお末の者たち、青侍たち……あの者たちは、皆、お前と同じ人です。

彼らはそれぞれお前の知らぬことを沢山知っていて、お前の知らぬ道を歩いて、この屋敷にあつまった者たちなのじゃ。

何故彼らが此処《ここ》にあつまり、お前と会ったか？　それはきっと……お前と縁《えにし》でむすばれているからじゃ。

その大切な縁でむすばれた人たちを、粗雑にあつかってはなりませぬ。………わかりましたね？　よし。わかったなら、先程の侍女への、あの言い方はよくなかったと思うはず。

すぐに、謝ってまいれ』

幸子が、泣きながら謝ってくると――瞳を優しげに細めて、深くうなずくのだった。

野遊びが好きだった、苗子は、よく、輿ではなく、徒歩《かち》で、幸子を寺社への参詣につれ出した。だから幸子は、流暢《りゅうちょう》な会話、男を惑わす蠱惑的《こわくてき》な目、所作の優雅、着こなし……それら全てで己に勝っている姉、富子に、足の強さについては負けない、と思っている。

そして、寺社に詣でた苗子は、帰り道、必ず幸子を――野で遊ばせた。

洛北七野《らくほくしちの》は勿論《もちろん》、吉田山《よしだやま》の原っぱや、宴《えん》の松原《まつばら》などで、妹と一緒に思い切り駆け回らせた。

勝光、富子は青畳の香りの中で、怪我《けが》から隔離されて遊んだが、幸子は、本物の草いきれを手で漕《こ》ぎながら、そこら中、擦りむいて遊んだ。

野遊びの他に、幸子が好きなものが書物である。

母方の祖父は、左程、裕福ではない、朝廷の吏僚であった。だから祖父はその上にいる公卿たちが遊んでいる時も、埃臭《ほこりくさ》い文書と睨《にら》めっこしていた。幸子は母につれられて、幾度も、祖父の家に遊びに行っている。そして、いつも、古い文書や、史書を読みふけっている祖父の傍《そば》に、ちょこんと座り、何が書かれているか詳しく訊《たず》ねるのだった。

白髭《しらひげ》を垂らした祖父は、よく仕事の合間に、この将はこういう悪い所があり、ああいう失敗につながったとか、あの妃《きさき》は、このような癖があり、それがああいう悲劇に発展したとか、面白おかしい歴史話を子供が喜ぶ寓話《ぐうわ》風に、語ってくれた。

そして、ある日、幸子が、

『ねえお祖父《じい》様……そのお話は、どの本に書かれているの？』

と訊ねると、

『これこれに書かれておる。じゃが、それを読むには……漢語がわからねば』

『ねえ……漢語というのを、わたしに教えて』

と要求された祖父は――

『そう……きたか。よし――いいじゃろう』

と快諾し、幸子に漢籍の読み方を伝授している。

一般に公家の女性《にょしょう》は、源氏物語や和歌集は読むが、漢籍は手に取らない。清少納言《せいしょうなごん》のような漢籍に精通した女性は稀《まれ》であった。だが反骨の風がある祖父は、強い目でたのみ込んでくる孫娘の願いを、聞きとどけた。

室町時代、権力闘争の魔物と化した日野家だが、鎌倉時代までは天子に儒学を講義する、学者の家という一面ももっていた。

故に、勝光の書院の隣にある文庫には――四書五経は勿論、和漢の歴史書、諸子百家の本、仏教の経典などが、埃をうずたかくかぶって、つまれていた。九歳の幸子は、文庫に足繁く通い――貪《むさぼ》るように書物を読みはじめた。

日野の家で、深い諦《あきら》めと共に、埃に埋もれていた書物たちが、風変りな童女によって――実に一世紀ぶりに、塵や虫の死骸《しがい》を払われ、日の目をみる形になったのである。

(あれらの書物の内、何冊を…………兄上は読んだのだろう？　今、当家に、学問の話をしにくる人は……いない)

と――満開の萩の前を、黄金《こがね》の破片《かけら》に似た、不思議に魅力的な光体が飛んでいるのが、目に入ってきた。

(蚊)

一匹の蚊も、光の加減によっては、黄金よりも――美しく輝ける瞬間がある。今、左様な輝きをおびた昆虫が天上寺の庭をたゆたっていた。

苗子が、

「そろそろ行きましょう」

でっぷり太った富小路は扇をあおいでいたが、

「それがよろしおす。あまり戻りが遅うなると殿様ぁ心配しはる」

日野家の家臣であると同時に、洛中の土倉経営者でもある、富小路俊道は、高価な帯に扇を差し込んだ。富小路の傍に、男が二人、いた。がっしりした体型で、肌は浅黒い。薩《さっ》摩《ま》の牢人者で富小路の用心棒のような仕事をしているらしい。

お供は、もう三人、いた。

一人は、松平《まつだいら》という。

日野家の青侍で、三河の出である。三河には和田荘など、日野家の荘園があったから、左様な縁でつかえたのだと思われる。

もう二人は、年かさの侍女と、幸子の御物師。

母娘で隣にある寺を、たずねただけである。だが、お供を六人つれてこねばならない。

昔は、もっと小人数の遠出もみとめてくれた勝光は、それについて、

『――当家には敵が多い。外出したそなたに、害意をいだく者もおるやもしれん……。ちょっとの、外出でも、十分供回りをつけるように』

と、語っていた。

山門へ歩きながら疑念が口からこぼれる。

「母上」

幸子は隣を行く母に、問うている。

「兄上は、この所、何かを怖れられているような気がします。天上寺にくるだけで、六人もの供をつれよなど……」

「………」

山門を、くぐる。

烏丸通に出た。

すぐ左が日野邸で、右に三町ほど歩くと、足利義政と姉、富子の夫婦が暮す……花の御所に出る。

乞食《こじき》の老婆《ろうば》が、歩いていた。何かによって引き裂かれた、苧《からむし》の衣を、着ていた。人ではなく、時間が……彼女の衣をぼろぼろにしたようだった。子供を二人つれていて、杖《つえ》にすがりついている。子供たちは裸足《はだし》で、やはり汚れた衣を着ていた。

老婆が、よろめく。

姉と弟、二人の子供が助けようとする。

老婆がいきなり倒れそうになったため、二人の子供は——往来に大きく飛び出す形で、ささえようとした。

——その時だ。

馬が二頭、通っていた。内一頭、葦毛《あしげ》の馬が——驚きの火矢に打たれ、前足が大きく躍り上がっている。

馬上には、絹衣を着て、朱漆塗りの豪華な太刀を佩《は》いた武士が、のっていた。隣の馬の手綱も、立派な風采《ふうさい》の武士がにぎっていた。武士は荒ぶる馬を何とかいなし、手綱捌《さば》きで暴走をおさえた。

そして、物凄い悪罵《あくば》を――乞食の子供たちに叩きつけ、南へ走り去っている。

二人組の武士は、砂埃の都大路を数間すすんだ所で、馬上からちらっと振り返り、老婆と二人の子供をせせら笑うような表情を浮かべて、小さくなっていった。

後には、馬と武士におびえ、尻餅《しりもち》をついて大声で泣き出した男の子、茫然《ぼうぜん》とした目で立ち尽くすその姉らしき、童女と、老婆がのこされた。

幸子は心臓が鷲掴《わしづか》みにされて潰《つぶ》されたような気持ちになっている。

苗子を、見た。

今まで穏やかな顔つきだった苗子は――鬼に似た、厳しい形相になっていた。

苗子は、言った。

「これ、そなた。あの童が――怪我《けが》をしていないか見てまいれ。もし怪我をしていたら、薬をわけてあげなさい。あの童女と嫗《おうな》……目が虚《うつ》ろじゃ。幾日も食べていないのかもしれぬ。詳しく事情を訊いてまいれ」

苗子が、御物師の娘を――走らす。

それから苗子は、幸子を眺めた。

「幸子、何の話であったか？」

「兄上が……」

往来の砂埃が、強風でふるい立ち、幸子の垂髪を叩いている。兄に政敵がいて、自分たちが出かける時に護衛をつけねばならない、という話が、すぐそこにいる媼や童たちがかかえているものにくらべ、小さな問題、些末《さまつ》なことのように思えてくる。

苗子が、

「ああ……その話か」

幸子は、視線を北に逃がした。幸子の視線の意味を、苗子は勘違いしたようだ。

「正親町三条殿とは……関係《かかわり》あるまい」

大叔母、日野宗子、重子の代に、六代将軍の寵愛をめぐって――断崖《だんがい》が開けたような対立関係に陥った、正親町三条家。

――その屋敷は、日野邸の二町北に、ある。日野邸から、将軍邸、つまり花の御所を目指して北へ歩けば、必ず、右に見える。苗子が、

「正親町三条殿が……今、当家に何かしかけてくることはないでしょう」

政敵・正親町三条家は、六代将軍の時分、得意の絶頂にあった。だが、義政が八代将軍になるや、事情は変った。日野家の血を引く、足利義政は、ことあるごとに正親町三条家に辛く当っている。

その広大な屋敷は……庭木の手入れすら忘れ、ひっそりと沈み込んでいた。

「勝光殿の胸にある敵とは……別の者じゃ」

苗子は、言った。

（別の敵？）

やけに引っかかる苗子の言い方だった。しかし往来で、それは誰ですかなどと訊けない。

御物師の娘が、もどってくる。盲目の琵琶法師《びわほうし》や、鳥が入った桶《おけ》を天秤棒《てんびんぼう》で担いだ男が、通りすぎてゆく。

御物師は、

「怪我はないようです。ただ……三日何も食べていないそうです」

悲しげな眼色になった苗子は、

「三日……何も食べていない？　当家の台所で、味噌雑炊《みそうず》に餅を入れたのを振る舞ってあげなさい」

「わかりましたっ」

日野邸にもどると老女の江田島《えだじま》が、苗子を待っていた。

「禅尼様」

ほっそりとした江田島は、ほとんど表情を動かさず、報告している。

「先程、室町殿から使いがありました。御台所様《みだいどころ》、東寺の僧正様と、明後日、北野へ参詣される由」

「聞いております」

御台所とは――日野富子。幸子の姉だ。

「ところが、陰陽師が先刻、方角が悪いと申したので――明日、当家にて方違《かたたが》えされたいとのこと。いかがされますか？」

「勝光殿には？」

「既に申しつたえてあります。『特に問題はあるまい。一応、禅尼様にたしかめるように』……殿におかれましては、左様に仰せになっておられます」

実に事務的な、声調だった。

「江田島」

「はい」

「御台所様がお生れになった家に帰ってこられるのじゃぞ。嫌だという母親が……何処におろうか」

江田島という老女の声調にくらべて、随分、はずんだ苗子の声だった。

「富子の……御台所様の部屋は……」

「大丈夫でございます。先程、塵一つないようにふきあげよと、申しつたえておきました」

幸子は、本当にかすかな感情のきらめきが、江田島の目に灯《とも》ったのを、見つけている。

「幸子、よかったな。姉上がもどってこられる」

「はい」

幸子の頬も、牡丹《ぼたん》が咲いたようになった。

＊

軽やかに浮遊する話題が、富子から次々と放たれて、座を明るくしていた。

広い部屋で、夕餉《ゆうげ》をかこんでいた。

黒漆を塗った器に、馳走《ちそう》がのっている。瀬戸内や越の海でとれた魚介類は……道で腐らぬよう、辛いほど塩漬けにされたり、天日でかちかちに干されたりした上で、男たち、馬、船などの手をへて……はるばる都へ運ばれ、今、幸子たちの前に出ていた。ただ、幸子の箸《はし》は、あまり活動的には動いていない。昨日見た光景が、腹の底に重石となって、のしかかっているからだ。

それでも、今、自分の前に置かれたご馳走を食べないのは……間違っている気がする。

それは――一つ一つのおかずがここにくるまでにかかわった、全部の人の営みを無駄にしてしまうからだ。

左様な思いをかかえながら、幸子は漆が塗られた箸を、ゆっくり、ご馳走にのばす。

どんなご馳走かというと……

鮭内子《さけこづもり》、乃ち塩引鮭に、スジコがくっついたものである。鮭背腸《せわた》――鮭の血合をつかった塩辛だ。双方、天下一美味なる鮭がとれると言われる、越後《えちご》国三面《みおもて》川産だった……。

他にも、鮒寿司《ふなずし》――我らが知る生寿司《なまずし》と全く違う、鮒をつかった発酵食品。あるいは、鮎《あゆ》の塩焼き、大覚寺納豆、明石《あかし》の蛸《たこ》の削り物、冬瓜《とうがん》の煮物、茄子《なす》の香の物、衣《きぬ》かつぎ、松《まつ》茸《たけ》の吸い物、豆餅……などが並んでいて、高坏《たかつき》には菓子がうずたかくつまれていた。

幸子の傍には日野家の荘園、菅浦荘でつくられた鮒寿司の皿があった。鮒を数ヶ月から数年、桶で発酵させたものなので、恐ろしいまでに、重い、発酵臭が漂ってくる。勝光は「珍味、珍味」と言いながら酒のつまみにしていたが、幸子は、臭いと、とげとげしい、酸っぱさが苦手なため……一切れも口に入れられなかった。

勝光、富子は、さっきから美酒を口にふくみ、ほろ酔い気分である。

富子が、言った。

「幸子、そなたはたしなまぬの？」

「まだ子供だ」

呟いた勝光の頬は、紅潮しているが、富子の面《おもて》に変化は見られない。

日野富子は、十八歳。二年前に、将軍・義政に嫁いでいる。

容色にすぐれた富子。肌は生れつき、幸子より浅黒い。それを隠すためか厚く白粉《おしろい》をのせている。雪より白い富子の顔で、上に吊《つ》り上がった二重の大きな瞳が、強い意志力を物語っていた。

「兄上。わたしの大切な妹を——まさかいじめたりはしていませんよね？」

「いじめる？　何を愚かな……。ただ、幸子は、むずかしい書物など読み耽っておるせいか、わたしに強く意見してくる時がある」

勝光が、言う。日野勝光は——二十代後半。

幸子が生れた年、つまり、禁闕の変の年に、父、重政が亡くなっているため、日野家の一切は、勝光の双肩にかかって久しい。

顔貌だけを見れば……妖《あや》しいほどに美しい男であった。

顔の部分部分は富子に似て、ととのっている。

だが、勝光の目の周りには、老人のように黒い隈《くま》ができていた。

政敵との、宮中や幕府における、笑顔の仮面をかぶってのぞまねばならない、闘争。

莫大な資産の管理。

その資産をさらにふくらますための、いろいろな計略《はかりごと》。

右の一切合切が——不可視の熊となって、のしかかり、かぶりついているがゆえの、不吉な隈のように思えた。

富子は、目を丸《まろ》げて、

「まあ、幸子が？　公達《きんだち》や、他家の姫君の前に出ると、ほとんど自分の意見を申さぬ幸子が？」

富子と形が酷似する、勝光の薄唇が、開く。

「内弁慶なのだよ。幸子は。ただ……公達や他家の姫と会う時でも……幸子はいつも、自分の意見を内側に強くもっている」

勝光は、黒い隈に縁どられた瞳を細め、幸子を眺めてきた。冷やかで、鋭い眼火が、光る。

「富子はいつも自分の意見が前面に出るが、幸子は、自分の意見を出す時と、出さぬ時の分別がつく。ただ、この屋敷では思うがままに振る舞っておるから、わたしにはどんどん意見をぶつけてくるのであろう……。そうだろう？　幸子」

「……」

幸子はうつむいている。

「先日も、わたしと言い争いをしたのだ」

「まあ、どんな言い争い？」

期待にふくらんだような面持ちで問う、富子だった。勝光が口に入れた鮒寿司を、酒で呑み下す。そして、

「幸子が、文庫から春秋左氏伝を取ってゆくのを、わたしは見た。わたしはそんな固い書物ではなく、もっとやわらかいもの、たとえば……本朝の恋物語など読んだらどうかと、言った」

「それで？」

「すると、こいつは――」

鮒寿司の酸味が、咳《せき》を掻き起す。勝光は、噎《む》せた。

幸子は富子よりゆっくり話す。勝光よりやわらかいのに、よく通る、声でしゃべる。そ

の幸子が、話を引き取った。

「『兄上はわたしに恋をしてほしいのか』、と、訊ねました。すると兄上は、『違う』と、言いました」

「ほう」

「『では何故、恋物語を読んで欲しいのか』と訊ねますと、『嫁いでから、役に立つ……』とのお答。

それならば……『実際に恋をした方がいいのではないか』、わたしはこう申しました」

幸子は耳まで真っ赤になって言った。富子は、嬉《うれ》しそうに聞いている。

「すると兄上は――『それはいけない』と」

勝光の、黒ずんだ隈に縁どられた双眸《そうぼう》が、鋭く、光る。

「――当り前だ。そなたの嫁ぐ先を決めるのは……そなたに非《あら》ず。日野家が、決める。勝光が、決める。

故に恋をしたいなどと軽々しいことを言ってはいけない。恋について、学ぶのは肝要だが」

幸子と勝光――両者の視線は、宴席上で激しくぶつかり合った。

何日か前、一度は冷えた言い争いであった。だが今、もう一度、くすぶり出しそうになっていた――。

苗子が、

「幸子、勝光殿……」

いさめるように、言う。

姉が主役である宴だとわかっている。これ以上、この話題を引っ張ると、兄と喧嘩《けんか》になることも、幸子は知っていた。

だがそれで自分をおさえられるほど幸子は大人ではなかった。

幸子は——真っ直ぐに兄を睨んだ。

「兄上、先程、そなたの嫁ぎ先を決めるのは、そなたに非ず、と仰せになられましたね？」

「——言った」

「成程、左様な女子《おなご》も沢山いるのでしょう。ですが……自分が生きる道を……自分でさだめた女子も、しかといる。……そういう女子がいたのを……わたしは知っています」

「……それは、誰？」

異様な気配を察した富子が、箸を、置く。

勝光の後ろにある柱に、黒い渦に似た樏《きさ》がある。樏から音波が如《ごと》きものが発せられ襲いかかってくる気がした。

——幻聴だ。

存在しない音が聞こえてしまうくらい——兄の眼光は凄まじいものがある。

それでも幸子は、毅然とした態度を崩さず、答えている。

「平家物語の、仏《ほとけ》です」

「白拍子の仏御前？」

釈迦牟尼《しゃかむに》ではない。王朝期の舞姫の名である。

「はい。清盛《きよもり》は、白拍子の祇王《ぎおう》に心奪われていましたが、ある時、若い白拍子、仏に――夢中になります。祇王は清盛の館を追われ、仏門に入ってしまいます。

そんな祇王の嵯峨の庵《いおり》を……訪ねる者がありました。

思う所あって、清盛の御殿を飛び出してきた、仏でした。

兄上、母上……先月でしたか？　因幡堂《いなばどう》に平家語りを聞きに行きましたよね？」

勝光が、うなずく。

「わたしはあの時の語りがあんまり見事だったので、仏と祇王のくだりを全部覚えてしまいました……」

幸子には……特に気に入った物語の登場人物の台詞《せりふ》を、全部覚えてしまう性癖があった。

瞳が閉ざされる。唇が、開いた。

「つくづく物を案ずるに、娑婆《しゃば》の栄華は夢の夢。楽しみ栄えて何かせむ……」

一流の琵琶法師がのりうつったかのような幸子の声が、日野家の座敷にひびく。

皆、目を見開き、清盛に愛された二人の美女の話に、聞き惚《ほ》れてしまった。

「……一旦の楽しみにほこって、後生を知らざらんことの悲っしさに、今朝まぎれ出でてかくなってこそ参りたれ」

目を開いた幸子が、

「仏は……この世の財宝《たから》という財宝をあつめた、豪華な屋敷で暮す栄華も、所詮は……夢だと言います。一旦の楽しみにほこるのは、虚《むな》しいことだ、その虚しさにたえ切れなくなって……清盛の館を出てきた……こう言って、清盛の前の愛人《おもいびと》たる、祇王と共に暮しはじめるのです」

当時の人は、日野勝光について――

権威無類、和漢の重宝、山岳の如く集め置かる……。

と、評している。

つまり、平家物語に書かれた清盛の館こそ――当代における、日野勝光の邸宅だった。

幸子が起した沈黙を、勝光が破った。

「仏は、自分の意志で生きた？」

「――はい。傍に置いておきたいという、その時にもっとも権力《ちから》をもっていた男、清盛の意志に反し――祇王の許に走ったのですから。

わたしは別に、金銀財宝に価値を見出《みいだ》さぬ……仏のようになれとは、言っていない。

自分の意志に、どこまでも強く……正直な、仏の生き様に学ぶ所が多い、こう申しているだけです」

「所詮、物語の中の女だ」

勝光は強く否定した。幸子は――巌《いわお》を濡《ぬ》らす清流のように澄んだ目を光らせ、頭《かぶり》を振っている。

「――違う。祇王の寺が嵯峨にあるのは、二人がいた証でしょう？　それに――もし、祇王と仏がいなかったとして……平家物語の作り手が、そのような女人を登場させたからには……この物語が編まれた時代《とき》に、そのような女子《おなご》がいた、いかなる力を前にしても、自分が信じる道を貫く女がいた……こういうことになります。

これは――祇王と仏がいたのと、同じでしょう？」

勝光はじっと幸子を睨んでいた。不意に扇で膝《ひざ》を打つと――笑い出した。

「……ふふふ。はっははは！　富子、見たであろう？　こういうふうに、わたしと幸子は時折、喧嘩をする。幸子は時折……小憎らしいほど弁が立つ。むずかしい書物を読んでおるせいかな。

富子、そなたは……」

勝光の酔眼が、富子を見つめる。

「そなたは、細かい所では我を通すが、大きい所では、存外、義政様の言うことを素直に聞くのではないか？

幸子は……逆だ。

細かい所は人にゆだねる。しかし大きい所には、岩のように自分の信念をもっていて……己を貫こうとする。正々堂々、意見してくる」

と、富子が、

「兄上。幸子の方がわたしより殿方に好かれやすい心根だと言いたいのですか？」

「そうは言っていないよ。わたしは」

「そう感じられたわ。ねえ……兄上、わたし幸子から意見の出し方というのを学びたいわ」

「何を言い出す？」

勝光が首をかしげると、富子の盃は置かれている。

「わたし、決めたわ。近頃……どうも気持ちがすぐれないの。体も、とても、だるいし。……花の御所にいるのが、いけない気がする。何処か他の場所で、養生する必要があるのだわ。ここで、します。幾日か。いいでしょう？　兄上、母上」

女人が――家というものに強くしばられるようになるのは、江戸の世に入ってからで、室町戦国の頃というのは、武家の女人同士で物詣でに出たり、女性が一人旅に出たり、どちらかと言えば現代に近い感覚で、もっと自由に活動していた。庶民の家の財産の所有権も、夫と妻が半分ずつ均等に所有していたことが、当時の記録からわかっている。だからと言って、将軍の妻が、自分の予定を……ふとした思い付きで、動かしていいものかというう……気持ちが、日野家の人々にはあったようで、

「――大丈夫なのか？　富子」

今まで富子とは穏やかに話していた勝光は――俄かに、野犬を思わせる目矢《めや》を、富子へ放った。にこにこと富子を見守っていた母、苗子も、居住まいを正し、

「御台所様……将軍家は、」

「母上！」

鋭い富子の一喝が、母の話を、へし折る。

「どうしてわたしを、御台所様と呼ぶの？　わたしは貴女《あなた》の娘です。富子と呼んで下さい。もう二度と、貴女がわたしを御台所様と呼ぶことを、許しません」

苗子は柔和な瞳を哀《かな》しそうに細め、さとすように、言った。

「富子……殿。……そうね。その言い方が、気に障ったようなら、もうやめましょう。ただ、わかってほしいのは………そなたは一人の殿方の妻女であると同時に、幕府の顔でもあるということじゃ。そなたの振る舞いの一つ一つが幕府の評判になってしまう。常にこれを――」

「――常に考えています！　この二年間、常に考えてきた。だけど、ずっとそうじゃなきゃいけないのかしら？

いつも幕府の評判とやらを気にして……泣いたり、怒ったりしてはいけないのなら……手傀儡《てくぐつ》の者が動かす人形と一緒だわ。心のない虚ろな目をした人形になれと、母上は言いたいわけ？　――そこを訊いているのよ、わたしは」

温厚な苗子は富子にこうまくし立てられると黙りこくってしまった。だが、勝光は、厳しい顔付きで、

「富子、大体お前は……」

言いかけた勝光はそれを呑み込み、

「方違えに訪れた実家《さと》に、そのまま逗留《とうりゅう》する……これを将軍家が、どう思《おぼ》し召しになる？不快に思われるのではないか」

「そうですよ。富子殿」

富子は嫌だというように、頭《かぶり》を振って叫んだ。

「ねえ、兄上、母上――それが、どうしたの！」

楽しかった夕餉の席は、暗い淵《ふち》に呑み込まれたように、静まり返っている。

富子の視線が、自分の前に置かれた、鮭内子の皿に落ちる。

赤く爛《ただ》れたようなスジコが、箸で潰れ、橙《だいだい》色の液体が皿に流れていた。

鮭の桃色の肉と赤く無残に潰れた魚卵を見つめながら富子は――今までと打って変った表情で呟いた。

「あの人は………わたしが何処で何をしていようと、何も気にしない」

それまでの強気が一転し、内側に在った弱さと、骨の髄にまでしみ込んだ苦しみ、悲しみが、一気に表に出たような、言い方だった。

（何かがあったのだ。いや……一つのことではない。何かが、ずっと、あり、つづけたのだ）

幸子は直感した。兄との口喧嘩が、胸中に、熾《おこ》した火は、消えていた。

輿ではなく、町の童たちと同じ目の高さで、己の足で歩いて出かけた、子供時代。様々な経験が重なって、幸子が他者に共感する力は、非常に高くなっている。

今も――春夏秋冬、四季のあらゆる花が咲き乱れる、世にも美しい御殿で、姉が感じている冷たい孤独が、ひえびえとした気流になって、幸子に流れ込んできた。

この夕餉の席で、誰よりも、幸子は、富子に、共感した。傷ついて巣に帰ってきた鳥を――優しくつつんであげなければならぬ時だとわかった。

「兄上」

幸子は、言った。

「病にかかっている人、病にかかりそうな人が、場所を変えて静養するというのは、昔から、例があること。公方様に使いを出し、もしお許しが出れば、姉上を当家にておあずかりするという形にしては、どうでしょう？

姉上がご病気になれば……」

貴方もお困りになるでしょう、という目で幸子は勝光を見ている。

もう強気な状態にもどった富子は宣言した。

「幸子の言う通りだわ。吉次、おるか」

「ははぁっ、ここに」

富子の家来、吉次がすべり出る。

勝光の家来、富小路俊道が、洛中で土倉を経営しているように、富子の家来、吉次も、富子につかえる男の召使いの長という顔とは別に、洛中の土倉経営者という顔をもっている。

四十過ぎの、黄色い絹衣を着た男であった。

富子は、吉次に、

「今から東寺の僧正と、花の御所に手紙を出せ。僧正への手紙には、明日の北野社参、楽しみにしていたが、俄かに体調がすぐれぬようになったため、取り止めにしたいと、書け。花の御所への手紙には、北野詣でのための、方違えで、兄の屋敷に帰るも、俄かに体の様子が悪しくなったため、富子は明日、北野には行かぬ形になった、ただ明日にはそちらにもどります……と書け」

「はっ」

「そして今から、一、二刻後――花の御所に二通目の手紙を出す。その手紙には……明日もどろうと思っていたが、思ったよりも具合が悪いため、幾日か兄の屋敷で静養する形になるかもしれぬ、このように書きなさい」

「万事、そのように取り計らいまする」

吉次が、退出する。

健康そのものの顔の……富子は、ふっと微笑《ほほえ》み、

「まさか、将軍家は否《いな》と言うまい。江田島！」

高い声で、江田島を呼んでいる。

当家の侍女たちを統率する、老女、江田島は、さっきまで宴席にいなかった。が、

「はい。何でございましょう？」

このように……江田島は、必要と思われた時には、必ずそこに座っている。

屋敷の何処かで家中の者たちをつかい万事が滞りなくすすむようにてきぱきと働いていたとしても日野家の人々が江田島を必要と感じた時には……影のようにそっと、ひかえているのだった。

「江田島。今夜、わたしが休む部屋だけど、昔わたしがいた部屋ということになっているわね？」

「はい。そのようにととのえております」

末席に座す江田島は、全く表情を動かさず、答えた。

「わたし、幸子と一緒にいたいの。幸子の部屋で、休む」

炸裂《さくれつ》する富子の我儘《わがまま》に、江田島は少しも動揺せず、小首をかしげて、

「恐れながら……御台所様。当家の侍女たちは皆、御台所様が昔つかわれていた部屋で、お休みになると思っていたようで……そちらの方に、もっとも綺麗《きれい》な夜衾《よぶすま》をしき、香など焚《た》き染め、御台所様がお喜びになるいろいろの趣向を、張りめぐらしているようにございます」

富子は、冷たく、厳しく、眼《まなこ》をきらめかせ、

「江田島。――それが、どうしたの？　幸子の部屋で休みたいの。妹の部屋にもう一つ夜衾をしけばすむ話でしょう？」

「――かしこまりました。全て、そのように取り計らいます」

細い古人形に似た顔の江田島は、眉一つ動かさず、回答した。

＊

灯火が吹き消されると、富子は幸子の夜衾に入ってきた。

そして、くすぐってきた。

二人は、くすくすと笑い合った。

真《まこと》にかすかな月明りが、二人を照らしていた。

富子の腕が止ると、幸子も身じろぎもしなくなった。

ふとした拍子にはじまった沈黙が、結構長く、二人をとらえている。幸子は、姉の言葉を待っていた。だがなかなか姉は何も言わなかった。

表情は、見えない。

障子の外に、蔀戸《しとみど》が、ある。今は、開いている。冬の寒さ、雨、強い風、外世界が人を苦しめようとしている時、蔀戸は下にバタンと閉じられるけど、今は秋。

蔀戸は上へ開放され、障子が外気にふれていた。そして、障子ごしに、柔弱な月光と、夜の虫たちの澄んだ声が、部屋に入ってきていた。

富子の輪郭は、わかる。だが、目鼻など、顔の部分部分が何処にあるかは、わからない。表情も読み取れない。それらは全て、やわらかくぼかされた、影になっている。

だが鮮烈に富子の匂いだけがした。大明《だいみん》や天竺《てんじく》の香木を調合した、富子の匂いが、幸子の鼻にとどいていた。

「いい匂い」

幸子が呟くと、富子は、言った。

「あの人の方が、女のわたしより、香にくわしいのよ」

「公方様のこと？」

「そう。佐々木道誉《ささきどうよ》があつめた香木なんていうものを、義政様は何本ももっているわ。そして、義政様は……わたしが沢山の金子をついやして創《つく》った匂いより……あの女の匂いが好きみたい」

冷えた声であった。兄は「敵」を警戒し、姉は「あの女」への敵意を露《あら》わにした。

はじめて聞く話だが、将軍は「あの女」に夢中らしい。

様々な色の閃光《せんこう》が幸子の頭の中で弾《はじ》けている。一つの結論がみちびき出された。「あの女」こそ……兄が言う敵なのではないか――。兄がさっき言いかけたのもこの話ではないか。

「……将軍家が夢中な女《ひと》？」

「そう」

「誰ですか、教えて下さい」

「当ててみて」

幸子が次々にくり出す、義政の側室の名は、片っ端から、富子に否定された。そして遂にこの女が怪しいという側室がいなくなった時、すぐ隣の富子は、小さく笑った。

「……本当にわからないの？　幸子」

「わかりません」

素直に答えると、かぐわしい匂いを発する影は、ささやいた。

「幸子。乳母に二種類あるのは、そなたも知っているわね？　幼君を育てる乳母」

幼君に乳をあたえ、乳離れすると、母親代りになって、幼君を育てる乳母」

隣室には、決して聞こえない声量で、

「もう一つが……嫁入り前の娘が、幼君につかえる場合。姉《ねえ》やのようになって、子守をし、傍近くでお手伝いするわけね」

「はい」

「さて、わたしも輿入れしてから知ったのだけど…………この、姉やのような乳母は……………若君にあることを教える役目を負う場合が、たまにあるらしいのね。幸子、そなたの齢《とし》になれば、このあることが何であるか……耳では、知っているわね？」

体が燃えだすくらいの恥かしさと、白い雷電に似た驚きが、幸子の総身を駆け抜ける。

暗がりに溶けた耳朶《じだ》は、真っ赤になっている。幸子は、やっとのことで声を絞り、

「姉上の敵は…………お今？」

「そう。

「義政様は、お今に、夢中なの」

ぽつりと、言った。

お今——今参局《いままいりのつぼね》とも、云《い》う。足利義政の十歳ほど年上で、姉や的な乳母。汁気がしたたるような美女であった。

草創期の室町幕府ならいざ知らず、頽廃《たいはい》期の幕府にあっては将軍の主たる仕事は……まつりごと、ではなかった。

将軍のもっとも大切な仕事は美女たちと性交に耽り、無事に子をつくることだった。

将軍が……政治などしてくれなくていい。家来たちには、その方が都合がいいのだ。

幕府は、お今を——将軍・義政の、官能の湿地帯への、水先案内人として、えらんだわけだ。お今は、足利家に武勇でもってつかえる、直臣、大館《おおだち》一族の生れで、頭もよく、美貌で、何よりも義政が、姉の如く慕っているわけだから、はじめての女としては申し分なかった。将軍を官能の湖にひたらせることは、暴君・義教が剝《む》いた牙《きば》を、将軍から抜く意味もあったろう。

だが、結婚前の義政と、美しいお今が幾度も幾度も交わる内——室町幕府を牛耳る男たちが、予想だにしなかった、ある事態が起った。

お今が……新たなる、権力者になってしまったのだ。

「三魔という言葉を、知っている？」

うなずいた幸子は、

「お今、烏丸《からすまる》、有馬《ありま》の御三方ですね？　みんな、まがつくから、三魔」

一昨年の正月、洛中の辻《つじ》に、三人の人形《ひとがた》を描いた落書が、かかげられた。政治は、全て、三人の魔物――お今、烏丸資任《すけとう》、有馬持家《もちいえ》、この三人があやつっている、と告発されていた。幸子は、お今が政治にさかんに容喙《ようかい》しているのは知っていたが、まさか……義政と男女の仲にあったとは知らなかった。義政が幼い頃から、傍近くにいた者なので、大切にされていると考えていた。故に大変な衝撃を受けている。また、三魔の落書も……誰が立てさせたものなのだろう……と思っていた。

一方、隣に寝ている富子は、三魔の落書は――兄、勝光と姑の重子が、手の者たちに命じて立てさせたものだと知っていた。

富子は、驚きと恥ずかしさの高熱が冷めやらぬ、幸子の耳朶を、愛《いと》おしげに撫《な》でている。

「幸子。そなたは、ある領分では大人より賢いけれど、ある領分では、まだまだ子供なのね」

「姉上………お今がまつりごとの世界で、大きな力をふるえるのは……その、」

「そう。――愛されているからよ。この世で、もっとも権力《ちから》をもつ男に。幸子………これは誰にも言っては駄目だけど、わたし、兄上に……あの女を殺してほしいとたのんだことがある」

ふるえが、幸子の体を走る。左程に、姉の声は、恐ろしかった。幸子は、もし自分が武将に嫁いだら、夫の留守中に——敵勢が領内に侵入してきた場合、その敵を討てと、家来たちに命じることはできるだろう、と思った。だが戦も起っていない平時に、利害が対立する人間を暗殺しろなどという指令を、自分は生涯発せない気がした。

姉は……その一線をこえているようである。富子が、言う。

「兄上は駄目だと言った。……刺客を送ることを、兄上は怖れたわけではないわ。そういう人ではない。

兄上はね……『もし、お今が不自然な死に方をしたら……日野家が殺《や》ったと、上様は思うはずだ』、こうおっしゃるの。『さすれば、上様は、義教公がそうであったように——日野家を徹底的に嫌う。お前は救いようがないほど、上様から疎まれる。だから、日野家がお今を闇討ちにするわけにはいかん』てね。

お今も同じように、わたしを闇討ちするわけにはいかない。どうしてだか、わかる？」

「……姉上が、闇討ちされたら……上様が、お今を嫌う？」

非常に長い沈黙がおとずれた。女たちの戦場《いくさば》で棋峙《きじ》する姉は唇を閉ざしてしまった。外で不意に静かになったコオロギは富子が黙しているのを訝《いぶか》しみ鳴き止んだのではないかと疑うくらい、長い沈黙であった。

やがて富子はささやいた。

「……違うわ。お今は、上様に嫌われることではなく、大名たちに嫌われるのを怖れいるの」

愕然としている、幸子は――。誇り高き姉から出た今の言葉は、義政をめぐる女の争いで、お今に負けていると、みとめているにひとしかった。

「お今が将軍の正妻たるわたしを、毒殺し、正室の座に座ったとして、大名たちは……そんな将軍夫妻についてくるかしら？　――今の幕府は、大名たちにささえられなければ……。あの女はそれがわかっているから、わたしに手が出せない」

日野家は、将軍・義政にうとまれるのを怖れて、お今に刺客を飛ばせず、お今は大名たちに反旗を翻されるのを警戒し、富子を闇討ちできない。

幸子は、問うた。

「姉上……わたしは、わかりません。姉上は、花の御所一お美しいと評判です。つまり……お今より美しい。そして、お今よりずっと若い。なのにどうして上様は……」

まだ男女のことを深く知らない幸子が発した率直な問いは、姉の体を――激しく、わななかせている。幸子は自分の言葉が姉を怒らせたと思い、何か言いかけるも、富子が、先に、

「…………そうね。変な話ばかり――」

言葉が、つまった。姉は――泣いているようであった。幸子は、夢中で、姉を抱きしめた。

この世の富という富があつめられた、地上でもっとも美しい御殿に嫁いだ姉は——誰も味わえぬ、幸せを手に入れていると、思っていた。だが……違った。

闇の中、涙で濡れた富子の顔が、幸子の胸にわけ入ってくる。

障子一枚へだてた先で、松虫とコオロギが、同時に鳴き出した。富子は幸子の胸の中で子供のように泣いた。幸子は、姉が嗚咽《おえつ》する間、わななく背中を、ずっと優しく、撫でつづけている。やがてぽつりと、富子は呟いた。

「幸子……そなたは、そなたが惚れた男《ひと》と一緒になった方がいい。

全く……わたしの弱い所ばかり、幸子に見せてしまった」

表面上は、いつもの状態にもどった、富子に、

「兄上はわたしや母上が、敵に襲われることを怖れています。お今が、わたしたちに、何かしてくるということでしょうか？」

「……心配しすぎだわ、兄上は。

お今は大館家。大館家は、武士。武士なら、荒っぽいことを仕掛けてくるかもしれないと、兄上は思ったのだわ」

「荒っぽいこと？」

「たとえば、わたしと幸子が仲がいいと知ったお今が……そなたに刺客を飛ばし……」

十五歳の幸子は——ふるえてしまった。

「大丈夫よ、幸子、大丈夫。お今が、そんな愚か者なら――わたしもここまで疲れていない。あの女はいつも、わたしに……笑顔で近づいてくる。――そして、ぞっとするほど、優しいの。だから、わたしは益々あの女が嫌になり、上様に悪口を言う。するとわたしだけが悪者になり、上様は一層、わたしからはなれてゆく。

全て、あの女の術策《さく》なのよ。これにわたしが、はまらねばいいだけ。幾日かこの屋敷で頭をととのえれば、大丈夫だわ。だから、お今のことで、幸子は悩まないで」

「はい」

「幸子の悩みを、聞かせて。そなたが今、一番悩んでいることは何？」

幸子としては正直に、自分の顎と下唇を、富子のそれとくらべて劣等感をもっていることをつたえた。また悩みというほどではないが、自分とよく似た娘が洛中にいるという噂があり、気になっていることもつたえた。

容貌については好みがあるのだから、気にする必要はないと、ぴしゃりと告げた富子は、

「だけど――その幸子と似た娘、というのはわたしも気になるわ」

「清涼寺と、清水寺で見たとか。清涼寺は少し遠いので、今度、清水に行ってこようと思っています」

「わたしも、行くわ」

「…………。姉上は、ご病気という名目で、当家におられるのですよね？」

「だから、わたしとして行かなければいいでしょう？」

何やら、計略がありそうな富子は、くすくすと笑っている。

＊

翌日。

烏丸一条にある、日野邸から、市女笠《いちめがさ》を深くかぶった女三人と、警固の青侍二人が、出立した。女人の内、一人は幸子だ。他二人は、侍女と思われたが、相貌はうかがい知れぬ。深くかぶった笠の側面から後ろにかけて、苧《むし》の垂衣《たれぎぬ》が隠しているからだ。

将軍の、義妹である幸子が外出する時は、相当な供回りがつくけれど、斯様に目立たぬ形で、微行する場合も、ある。

一行は烏丸通を南下。玉津島《たまつしま》社で突き当ると、五条通を東にすすんだ。

やがて行く手に——五条の橋が、見えてきた。

と、俄かに東風が湧《わ》き起り、物凄い砂煙を吹き立たせ、一行に正面から叩きつけている——。

洛中の砂塵《さじん》に慣れっこの幸子と、彼女とよく徒歩《かち》で出かける、御物師は特に動揺をしめさなかった。が……幸子の左側を行く、茶色い地味な衣を着た侍女は、明らかに動揺している。この砂埃にはほとほと参ったという体《てい》になっていた。

幸子が、

「……大丈夫ですか？」

問うと、侍女は、やっとのことで、答えた。

「ねえ幸子、まだ歩くの？　足が……くたくただわ。後、埃が目に痛いわ」

――変装した富子であった。

病の富子は、幸子の部屋で寝ていることになっていた。勝光は出仕しており、富子幸子姉妹にとって恐ろしいのは、きわめて勘が鋭い、老女、江田島一人であったが、江田島には「富子の気鬱《きうつ》にきく薬を、どこそこの薬屋で買ってまいれ」という指示をあたえ、この老女がいなくなった所で、清水寺へ出発している。清水寺に、富子が行きたいと言ったのは昨日だが……勝気な姉なので、行くと決めたらすぐ行動しないと、気が済まないのだ。当然、供している者たちには、固く口止めしてある。

健脚の幸子が、疲れ切った、侍女富子に、言う。

「橋を渡れば、もう少しですよ。いつも輿で動かれているから……それで気分が滅入るということもあるかもしれません。たまには、歩いた方が、体にもいいですよ。さあもう一頑張りしましょう」

「………。わかったわよ。歩くわよ」

またやってきた、砂埃の殴打へ、富子が、疲れた足を踏み出す。思わず竹杖がふらついたため、幸子と御物師が小さく吹き出すと、富子は、

「何を……無礼な」

と、怒っていた。

橋を、渡る。

不思議な高揚感が、幸子、富子に、湧き起りつつある。勝光や義政の力がおよびにくい場所に入りつつあるからかもしれない。鴨川《かもがわ》の東、河東《かとう》と呼ばれる地域や、その北、高野《たかの》川東岸地帯――西坂本《にしさかもと》と呼ばれる町は、室町幕府の官憲が入りにくい。

では誰が治安を維持しているのか。

寺社勢力。

鴨川の東、三条大路末から五条大路末にかけての、地域は、古来、祇園《ぎおん》社の領分だった。この地域では、祇園の犬神人《いぬじにん》と呼ばれる、白い覆面をかぶり、柿衣をまとい、武装した男どもが、幕府から治安維持を委託されている。

また、西坂本は――叡山《えいざん》の門前町であるため、公人衆《くにんしゅう》と呼ばれる男たちが、官憲の役割を果たしていた。

橋は鴨川の途中で終った。中洲の終りから、もう一つの橋が、鴨川の東岸へむけてのびている。

中洲を歩く、幸子の左手に、柿葺《こけらぶき》の門が、ある。門をくぐった先に瓦葺の見事な大黒堂が建っていた。この中洲に建つ、大黒堂は……陰陽師・安倍晴明《あべのせいめい》が治水を願って建立したという、由緒ある堂だ。

右側には、萱葺の、茶店がある。尼僧が、三人、ほっこり湯だったような顔で茶を飲んでいる。

茶でも飲みますかという目で見ると、富子はうなずいた。

と――白と蜜柑色《みかんいろ》、二色の風が、こちらに駆けてきた。童だ。白地に、蜜柑色の扇模様が、散らされた揃いの衣を着た、双子の童が、西から、柿葺の門の前に駆けてきて、

「――」

無重力的な軽やかさで、トンボ返り、逆立ち歩きをはじめている。目を丸《まろ》げた富子が、近づく。

「幸子……これは」

「はい。軽業師の子供です」

幸子は、笑顔で教えた。

大黒堂の前に、人だかりができはじめている。鴨川の川原には、この当時、数多くの芸能民がいた。軽業師、放下師《ほうかし》、手傀儡、話芸で生きる者。川原に下りたり、川の中島の大黒堂にきたりすれば、いつでも彼ら彼女らの楽しい芸が見られるのを、幸子は知っていた。

と、人ごみを掻きわけ、

「はい。はい。御免なすって」

二人の老翁が、すすみ出ている。双子の童子に顔が似ている方が、ポンと手を鳴らすと、

軽業を披露した少年たちは、呪文《じゅもん》でもかけられたみたいにぴたりと動かなくなった。瞬き一つ、しない。

また、喝采が起る。

見物していた民たちが、どよめいている。足を踏み鳴らす者。声を張り上げる者。幸子も、富子も、声を上げげた。

「孫たちの芸、喜んでいただけたでしょうか？」

人ごみの中心にできた、円に立つ老翁が、慇懃《いんぎん》に礼をする。

「それでは、今度はわたくしどもの芸をご覧になって下さいませ。婆さん、よいか」

もう一人の男に呟くと、婆さんと言われた方は、長い白髪の鬘《かつら》を取り出して頭に装着した。そして、二人は実に面白い表情で、無言のまま――男女のことを真似《まね》しはじめたからたまらない。

巨大な笑いの渦が、大黒堂前で、巻き起り、真っ赤になった幸子、富子は――

「これは……ちょっと」

と言いながら、東へ歩きだしている。

軽業師たちが富子に掻き立てた興奮は、とても大きく、茶を飲むのも疲労も忘れた姉は、すたすたと先へ歩いてゆく。頬は照葉《てりは》のようになっていた。幸子と供の者たちは、目を見合わせて富子につづいた。

二つ目の橋を渡りながらも、富子は、

「ねえ幸子。あの者たちは、何をしているの？　……川に鳥を放っているわ。鳥に、紐《ひも》がついている」

「あれは、鵜匠《うしょう》です。鳥に呑み込ませて、魚を捕っているのです」

下流の鵜匠を茫然と眺めていた富子は、今度は、上流を指し、

「あの男たちは？　手に棒をもっていて、棒の先に網のようなものがついているわ」

幸子にかわって、今度は松平が、愉快げに、

「あれも、魚を捕っています。叉手網《さであみ》という道具ですな」

「さであみ……と申すか。あら？　あの男たちは何をしているのかしら？　ほとんど裸形《らぎょう》で……鴨川に入っているわ」

褌《ふんどし》一丁で、笑いながら鴨川に入ろうとしている三人の若者を、白い指が、差す。

「あれは……ただ泳いでいるのです」

ほとんど広い御殿の内側ですごし、外に出る際も輿をつかい、町の光景を気にとめずに生きてきた富子は、人々の暮らしぶりに次々に驚き、質問を重ねてゆく。幸子たちは富子が訊いてくる度に、親切に答えた。

子安塔《こやすのとう》でお参りした、幸子一行は、境内を本堂の方へ歩いている。にぎわいをぬって歩く幸子の目は、自分に似た娘がいないか、動いていたけれど、心は姉の方にむいていた。

（子安塔には……子授け、安産のご利益がある。もしかしたら、姉上は……）

富子は将軍家に嫁いで二年になるが、いまだ懐妊の兆はない。

さっき、塔内でお参りした時、開眼した富子の瞳から——真剣なる風圧が如きものが、子安塔の本尊にむけて放たれた気がした。塔内には他にも、懐妊した女や、子をさずけてくれと願いにきた夫婦が、神妙な面持ちで立っていた。

もしかしたら富子は、幸子に似た娘をさがすためではなく、将軍のややを自分にさずけたまえと願う意味で、清水寺に行きたいと、言ったのかもしれない。

（きっとそうに違いない）

と、幸子には思えてきたわけである。

幸子たちは清水の舞台の上までやってきた。

最長七間弱（一間は約一・八メートル）。大ぶりなケヤキの柱を組み立てた上に、広い舞台がのっている。

市女笠をかぶった華やかな女たち、白い布でくるんだ荷を頭にのせる供の者たち、子連れの武士、破れ笠に杖をついた旅人たちを掻きわけ、舞台の東端に、行く。

ずっと眼下に音羽《おとわ》の滝が見えた。

筧《かけい》が三本、平行に並んでいて、そこから清水が落ちている。真ん中の筧の下に、近くに住むらしい初老の女が、一人立っている。粗衣を着た女の頭には桶が置かれていた。水を、汲《く》んでいた。左程強い水勢でないため……桶を頭にのせて、滝壺《たきつぼ》に立つと、水が汲める。

（——いない）

幸子は、思っている。舞台の上には、それらしき娘など、いなかったし、そこから見下せる音羽の滝近くには、彼女と同年代の娘すら、いない。

「ねえ、幸子、今日はきていないのではないかしら？」

隣にきた、富子が呟く。花見からの長い帰り道、さっきまでの興奮が冷え込んで、急にどんよりと曇った眼差しになる人が、いる。

今の富子の目が――それだった。

富子は欄干に手をかけて、葉桜や青紅葉の海原を、死んだ魚のような目で眺めはじめた。

「もう十分さがした気がするわ」

「……」

幸子が、黙っていると、

「あまり、おそくなると、皆心配するわよ。幸子」

侍女という配役をかなぐりすてるかのように、悠然とした態度で、放言するのだった。

（やはり、姉上はわたしの用事というより、ご自分の用事で、清水寺にきたかった。……それがすんだから、もう帰りたいのだ）

と、わかった幸子が、それではもどりましょう……と答えようとした時であった――。

「――もし」

幸子は、呼び止められている。

「……？」

と、振りむくと、

「……蘆山院《ろざんいん》家の姫君でありませぬか？　ほら一度、お会いした……」

富商の妻らしき、初老の女は、言った。

「………違います」

富子も不審げに、眉をひそめる。

赤面した女は、幸子の袿《うちぎ》に目をやり、

「申し訳ございませぬ。……何ともめずらしい。とても、可愛《かわい》らしい」

たしかに幸子は――少々、奇抜な意匠の袿を着ていた。今、一緒にいる御物師に縫わせたもので、幸子はいたく気に入っていたが、苗子が、

『少し変った柄じゃ。そなたは、今や将軍家の義妹。これは、人前に着てゆく柄ではないような気がする』

と、言ったものだから、一度も袖を通さず、唐櫃の中に眠っていた着物《もの》だった。今日は日野家の娘としてではなく、お忍びで動いているわけだから、幸子は満を持して――着たいのに着られなかった袿に、袖を通してきた。

上杉謙信《うえすぎけんしん》所用の、金銀襴緞子等縫合胴服《きんぎんらんどんすとうぬいあわせどうふく》なる衣が、ある。金襴、銀襴、藍色、水色、緑、黒、白――いくつもの色の大塊《おおかたまり》を、悪戯《いたずら》小僧がぐちゃぐちゃにかき混ぜて……一つの美の結晶ができた、そういう衣である。当世風に言うと、パッチワーク、あるいは、抽象絵画に近い。

注目しなければならないのは、室町戦国の頃の日本に、このような美のとらえ方が、あったことである。

幸子が着ている袿は、金襴、銀襴などはつかっておらぬが、金銀襴緞子等縫合胴服に、よく似た模様の袿であった。謙信の衣《もの》は寒色を中心としたが、幸子のそれは暖色を中心とした。

赤、橙、桃色、薄桃色、白、薄黄色が無造作に並べられ、所々に山葵《わさび》のようにキリッと、黄緑色がきいている。幸子が夢で見て、こういう衣が着たいと思い、御物師に縫わせたものだった。

また、赤、橙などを派手な色味にしすぎると、美というより愚かの領域に入ってしまうため……桃色だけは華やかにして、後の暖色には渋みをくわえ、色彩を落ち着かせてあった。

人違いだったとわび、女は遠ざかっていった。

白い首をかしげて、幸子は清水坂を下ってゆく。

両側では町屋がにぎにぎしくひしめき、沢山の人が行き交っていた。

先程は唐突すぎて、気づかなかったが、今は、自分に似た娘というのと、蘆山院家の姫というのが、頭の中で一つにつながっている。

(さっきの女《ひと》は、わたしと蘆山院家の姫を間違えた。この蘆山院家の姫が……清涼寺や、

清水寺にいたという、わたしとよく似た娘でないのか)

蘆山院家――南北朝動乱で、荘園を悉《ことごと》く奪われ、没落した公家の一族だった。

(……会ってみたい)

恐いような気持ちもあるが、やはり気になる。と、幸子と全く違うことを考えていた
――富子が、言った。

「幸子。あの者も、子安塔にきたそうな」

幸子が、隣を歩く、富子を見る。侍女の恰好をした姉は鉄よりも硬い顔様だった。富子は、刃物のような目で、前を睨んだまま、

「お今は――ややを三人産んでいる。全て、女子《おなご》であったが」

(――え? お今が、義政様の子を三人も……)

「今度こそ、男子をと……願いにきたのであろう。蛇め!」

富子は、低い声で、言った。

と――幸子の眼差しが、曇っている。

前方から、京童の一群が、にやにやと近づいてきた。童と言っても、幸子、富子と同い年くらいの、若者たちだ。真面目そうな京童なら、幸子の視線も曇らぬが……違った。細胞の一つ一つで無頼の気が横溢《おういつ》していそうな、若者たちが、真っ直ぐに幸子、富子を見据え――近づいてくる。

叡山の門前町、西坂本。広大な祇園社領。今いる清水寺の、門前町。幾多もの寺社勢力

がひしめき合う……洛東。

この時代の京の人々にとって、洛東に行くのは、ローマの市民がバチカン市国に行くような感覚だったと思われる。いくつものバチカンがひしめき合う、洛東は、室町幕府の制約にとらわれない——才気煥発《さいきかんぱつ》な人が、沢山住んでいた。

東海道の入口でもある、祇園社領、粟田口《あわたぐち》には——日本を代表する刀工集団が暮していた。三条小鍛冶《こかじ》である。彼らが鍛え上げる名刀を、関東の武士たちも、狂ったように買いもとめた。

清水の近くには、荷車で荷物を運ぶ、陸運業者、車借《しゃしゃく》も数多く暮らしていた。寺院が多いため、大炊犬法師《おおいいぬほっし》と呼ばれる、精進料理の料理人たちもいる。

米屋、土倉、酒屋。

——異様な賑《にぎわ》いである。幕府のしめつけがゆるい分、途方もない才能が、いくつも生れ、経済上の新しい発想や、企てが、常に渦巻いている場所。だが、陰もある。いくつもの勢力が隣り合っているため、諸国から流れてきた無頼の者が、潜りこみやすい。隠れやすい。

また——清水寺門前は、当時、重要な、男女の出会いの場だった。

無頼漢が多く、ナンパの聖地でもある。室町期の清水門前では、若い無頼漢による、若い女性に対する、かなり横暴な接近が、頻発していた。

十人の京童が——接近してくる。派手な帯をしめ、やさぐれた格好をした、若者たちだ。にやにやと笑っている。朱漆塗の大刀を差した者もいた。

萎縮《いしゅく》した幸子一行が、右に、よける。

すると、十人の京童たちは、見えざる糸で結ばれた人たちのように……彼らから見て左へ、つまり、幸子がよけた方へ、移動した。

「お主たち、何用じゃ！」

声の臭いが嗅《か》げそうなほど、幸子に近づいた京童に、日野家の青侍が叫ぶ。

「ええ匂いがしたさかい、きただけや。用言うほどの用は、あらしまへんがな」

朱漆塗の刀を差した、京童は、不敵に笑んでいる。

「ああ、ええ匂いやっ！」「ええ匂い」

幾人もの京童が、顔を突き出し、幸子、富子の匂いを、吸引しようとする。

叩きつけるような金切り声が、富子から出た。

「――無礼者！」

二人の青侍の手が、さっと、刀にのびる。

同瞬間――一番大柄な京童が、先頭に飛び出、物凄い樫の棍棒《こんぼう》を、大上段に振りかぶった。

金太郎みたいな、ぼさぼさ髪の大童で、身の丈、六尺強。朱色の地に、緑と白の軍配が散らされた派手な衣を着ており、腕は丸太並に太い。こいつが振り下ろす、棍棒が頭に当れば……辺りに、脳髄が液体となって飛び散る気が、した。

大童の後ろで、三人の京童の手が、刀にのびている。いずれも、十六、七歳。山犬に似た鋭い眼光で、相当喧嘩慣れしているような、屈強な、腕だった。

日野家の青侍たちも、腕の立つ男たちであったが、十人の京童も——かなり手強そうだ。はじめに怒鳴った青侍は判断に迷っていた。

自分が抜刀すれば、大童が棍棒を振り下し、戦闘がはじまる。勝つ見込みが、あるか、全くわからぬ戦いであった。最悪の場合、青侍二人は斬られ、幸子、富子、御物師の娘まで、巻き添えをくって斬《き》り死にする……そこまでの惨劇に、発展しそうであった。

だから青侍は抜刀できない。

一方、京童たちも、そこまでの騒動は望んでいないらしく、睨み合う男たちは、膠着《こうちゃく》に陥っている。

その隙に、薄鬚《うすひげ》が生えた、すばしっこそうな京童が、富子の首めがけて、ぬっと顔を突き出してきた。

富子が、

「キャッ」

幸子は、

「——姉上!」

「姉上? この侍女が、姉さんの姉上? どういうこっちゃ?」

富子を叫ばせた京童が、目を大袈裟《おおげさ》に剝《む》いて、驚く。

(姉上が、将軍家の御台所であることを明かす? 信じてくれないかもしれぬ。だけど、

信じれば、この者たちは退く）

だがそれが明かされた場合、幕府は大騒ぎになるだろう。富子は高僧と北野に行く約束を、病を理由にことわり……日野邸で寝ているはずなのだ。義政は富子を非難し、勝光は幸子に激怒するだろう。——いかなる運命の荒波が、自分たち姉妹に降りかかるか、まるでわからない。

「姉上はどないな顔しとるんやろ？　ちょい見物しとこ」

すばしっこい手が、富子の、苧の垂衣にのびる。

——めくられた。

「——。どえらい………上玉」

茫然と呟いた薄髭の京童だが、その言葉は全て出しきれなかった。しゃべっている途中で、丸っこい物体が、猛速度で飛んできて——頬に当ったからである。

粟餅《あわもち》。

誰かが、物凄い勢いで、京童の頬に、粟餅を投げたのだ。

全員、見る。

粟餅が飛んできた方に、幸子一行、粟粒が頬についた京童、彼の仲間、早くもあつまりだした野次馬たちの視線が、集中する。

幸子がからまれたのは、とある茶店の前だった。

今、茶店の一番奥に、一人の男が悠然と腰かけ、茶を喫していた。

どうもその男が、粟餅を投げたらしい。

――婆娑羅《ばさら》な出で立ちの、男である。

若い。
二十五、六。相当な、美男である。
洒落《しゃれ》た衣をまとっている。

上着は、右半分が白地に、赤。左半分が、茶地に、白。雲中飛鶴《ひかく》模様があしらわれていた。日野家の紋所は、鶴の丸だが、この男の衣に描かれた鶴は、紋などではなく、ただ単に……飛ぶ鳥の姿が好きだから、あしらわれたのだろう。

長い髪だ。赤い紐が、後ろで、たばねている。

腰元を見ると、扇が、一つ。さらに……この派手好きな男に不釣り合いなほど、武骨で、飾り気のない、黒漆塗の大小が差されていた。相当年季の入った、刀であるらしかった。

三十代の従僕をしたがえた男は、落ち着いた様子で、言った。

「……そこな女人、嫌がっておるぞ。嫌がる女に、無理矢理つきまとう男の姿を、同じ男として見たくない」

何故、彼がここにいたのか。――粟餅を投げたのは村雲兵庫。従僕とは、柴吉だった。

「おう」

歯がかけ、一際眼光がギラついている、京童が一人、茶店に、押し入る。

「わしぃ、三年坂《さんねんざか》の文七《ぶんしち》言うもんや。よくも、わしの弟に、粟餅投げてくれたのう」

三年坂の文七は、ぼりぼり後ろ首を掻きながら、兵庫に歩みよっている。

「わし別に、弟に粟餅投げられて怒っとるん違《ちゃ》うねん。

わしがお前に怒っとるのは、お前が――粟餅粗末にしたからや」

「そうか」

立ち上がった兵庫は、鉄扇で、三年坂の文七の額を打った。それだけで、文七は昏倒《こんとう》し、床に崩れ込んでいる。

「何や？　やる気か。倒《いわ》すぞっ」

立ち上がった兵庫に、別の京童がわめき、朱漆塗の鞘《さや》に手がかけられる。

山犬を思わせる、眼光が、一斉に兵庫にそそいだ。兵庫はゆったりと歩みながら、甘い相好をほころばせ、

「別にお前らと――やる趣味はないけどな」

言い終った刹那――虚無的な憂鬱をたたえた相貌から、物凄い猛気が迸《ほとばし》り出た。大河を統べ、黒い叢雲《むらくも》を掻き起し、天を飛びまわる、竜の眼光かと疑うくらい、冷たく、鋭く、強い、気であった。

茶碗《ちゃわん》が、飛ぶ。

茶店にいた、無関係の行商がもっていた茶碗が、素早く動いた兵庫の手に掠《かす》め取られ

――刀に手をかけた、京童の首領の面貌まで、一陣の風となって、飛んだ。

まず熱い抹茶、次に碗そのものが、顔面に勢いよく衝突した京童の首領が、「熱《あつ》っ」のあを言った所で、兵庫が蹴り上げた足が――顎に命中。

彼は血の塊を天高くにむかって噴きながら、仲間にむかって吹っ飛び、動けなくなっている。

血塊《けっかい》をみとめた幸子が、茫然と唇を開いた瞬間には、違う京童にむかって――二碗目が飛び、重い破裂音がしたと思ったら、抹茶と血が混じった、液体が、路上へ散っていた。

刹那も置かず――身を低めた兵庫が、まわし蹴りをくわえる。

右手を軸に、地面すれすれの高さで水平にまわる車輪と化した兵庫の足が、茶碗を顔に当てられ、茫然となっていた三人目の敵の足に、激突する――。

足をすくわれた男は、勢いよくすっ飛び、不自然な姿で、背中から地面にぶつかり……

「くぅっ――あわぁぁ……いわぁぁ！」

体をねじ切られたような、痛々しい悲鳴が、清水坂に轟《とどろ》いた。

すっと立ち上がり、完全に店外に出た兵庫は、

「で――どうするんだ？」

次の予定を恋人に訊ねる時くらい、涼しい訊ね方だった。

「倒《いわ》したれぇぇ――！」

京童どもが咆哮《ほうこう》し、一斉に刀が抜かれている。棍棒をもった大童も、兵庫へ襲いかかる。

日野家の青侍も抜刀した。

だが、幸子の家来たちの刀は、遂《つい》に振られなかった。

兵庫の働きが、あまりに、速く、的確すぎて――助太刀をはさむ暇《いとま》が、ない。降りかかる白刃を、まるで柳の葉みたいに、鉄扇で受け、ふせぐと同時に――疾《はや》い蹴りや、鉄扇の一撃をくり出し、次々に相手を、鎮圧してゆく。棍棒も、軽くよけている。

瞬く間に京童が三人ぶっ倒れると、見物の人々は、どよめいている。倒れた中には、大童もいた……。

まだ戦える京童は、四人。

と――赤い火箭《かせん》が、二本、茶店の中から、戦える四人にむかって、放たれ、一人は面に、もう一人は、衣にぶつかった。

――燃えさしだ。

柴吉が、茶店の竈《かまど》からひろい、恐ろしい勢いで投擲《とうてき》した。顔に当った方は、悶絶《もんぜつ》し、衣に当った方は、小袖で小さな火事が起きている。ボヤをかかえた男は、頓狂《とんきょう》な叫びを上げ、火を叩きながら、逃げだした――。

無傷な二人も、

「ば、化物やぁー！」

あわてて、逃走してゆく。

「……案外、あっけなかったな。怪我はありませんか」

戦いを終えた兵庫は、涼しい顔で、幸子たちに問うた。

幸子は石化したようにかたまりつづけ、姉、富子は頬《ほ》っぺたで紅梅が咲いたようになっている。上気した富子の瞳は、兵庫の端整な相貌に釘付《くぎづ》けになっていた。

「怪我がないようなら、御免」

「待ちゃれ！」

清水坂の下方に、立ち去ろうとする兵庫に、富子が叫ぶ。

傍らに柴吉をしたがえた兵庫は、首でだけ小さく振り向いた。

「その方、名は何と申す？　何処の大名家につかえておる？」

侍女の芝居を忘れてしまった富子が、威風堂々と訊いた。

「……」

兵庫はじっと、富子を黙視している。富子は、

「……そなたほどの剛の者なら、余程大きな大名の手下《てか》にあるのであろう？　細川《ほそかわ》か？　山名か？　当方は、そなたが今食《は》んでいる禄《ろく》以上で、そなたを召しかかえることができる」

「何か勘違いをしておるようだが……」

兵庫は目を細めて富子を眺め、それから幸子を直視して、言った。

「俺は――そこな娘御寮人の衣を、美しいと思ったまで。その美しいものを、そこに倒れてる連中が引き起す埃で、汚したくなかった。

ただそれだけの理由で体が動いただけで、別に禄とか仕官先とかをもとめて、したことではない。

……今の仕官先をうつるわけにもいかんのでな。失礼する」

砂埃が、吹いた。

茫然とかたまる幸子一行をのこして、兵庫と柴吉は、小さくなってゆく。我に返った富子が、

「松平」

「はっ」

今まさに、砂嵐に追い立てられるように、路地を右にまがった、二人を指し、

「あの者どもの素性をたしかめよ。早く」

青侍を一人、走らす。

だが幸子は、まだ兵庫が立ち去った時の表情のままだった。

(わたしの……袿を、美しいと言ってくれた。さっきの女も、今の男も。

あまりにも変っているから、人前に着てゆくなと言われた、着物を)

女の賞賛は……単純に嬉しかった。だが今の男の言葉は、嬉しくもあり、恥ずかしくもある気が、する。それが何故なのかは、幸子にはわからなかった。

＊

先々月。八幡を発ち、京へ入った村雲兵庫を待っていたのは、想像以上の惨劇であった。兵庫は、上忍をうしない巨大な混乱につつまれていた洛中の村雲忍者たちを収拾。都に入った翌夕には——隠密伝奏に、面会している。

当時、朝廷は、武士、つまり幕府との連絡役に、武家伝奏という役職を置いていた。武家伝奏は、この頃——万里小路《までのこうじ》家が、拝命していた。

だが——忍びとの連絡係たる隠密伝奏は、誰がつとめているか、謎《なぞ》につつまれている。当の兵庫ですら、隠密伝奏に会う日まで、それが誰なのか知らされていなかった。

隠密伝奏は……兵庫が思ったよりも、朝廷の重職にある人物だった。

近衛房嗣《このえふさつぐ》。

禁闕の変の折、左大臣の重職にあり、後南朝勢力によって御所を焼け出された帝を、自邸に匿い、現在は、関白、藤原氏の氏長者をつとめている男である。

朝廷は、足利将軍家との連絡係、武家伝奏よりも、四海の情報をあつめてくる忍者たちとの連絡係の方が、重職であると考えていた……。

なので、時の朝廷の頭脳と言っていい、近衛関白が——密《ひそ》かなる大役、隠密伝奏をもつとめていたわけである。

ちなみに禁闕の変で南方に焼かれた、禁裏、つまり土御門《つちみかど》御所は、去年、再建されていた。

夏の末、劫臈《こうろう》をへたアラ樫、スダジイなどの巨木が取りかこむ文殊菩薩《もんじゅぼさつ》の小堂で、兵庫は隠密伝奏と会った。乃ち、近衛関白と会った。

獅子《しし》にまたがり剣をもった文殊菩薩の前に、近衛関白が座していて、兵庫、風伯は、扉の近くにかしこまっている。

近衛家別邸、桜御殿。洛中とは思えぬほど、深い木立にかこまれた、文殊菩薩の堂だった。

木立では蟬時雨《せみしぐれ》が喧《かまびす》しく、堂の四囲では関東、九州から呼ばれた兵法の達人たちが、青侍の恰好《かっこう》をしてひかえている。

その席で、近衛関白は、

『兵庫……と申すか。本来なら、そなたが、丹波で村雲家の跡目をついでから、会うべきなのじゃが……今は火急の時。一刻も早く、そなたがいかなる人物なのかたしかめておきたかった』

『村雲家の跡目をつぐには、丹波にて――先祖伝来の名刀、細波《ささなみ》を継承せねばなりませぬ』

『細波は無事じゃったとか』

思ったより小柄な近衛関白は、痩せ形の体型で、銀髪が目立つ。眠ったように目を閉じながらしゃべるのが、癖であるらしかった。この時も、目を閉じていた。

『はい。弟は、斬り死にした時、細波をかたくにぎって放しませんでした。これなる風伯が、丹波にもどる際……細波をもっていきました。故に、今は村雲荘にあります』

『そなたが受けつぐのを待っているわけじゃな？』

首肯した兵庫は、

『はい。殿下。それがし、十七で京と丹波出入り禁止になり、昨日久しぶりに入京するまで、久しく上洛しておりませなんだ。故に、洛中の流行《はやり》などに疎うございましてな。ちと、お訊ねしたいのですが……』

『何じゃ』

『京都ではそれがしのような無刀の者を迎える時、このような乱暴なやり方が――流行っておるのですか？　必要とあらば……殿下の太刀をお借りし、床下に伏せた三人の者を討ち取りますが、いかがいたします？』

兵庫は果実的とも言える唇を、わずかにほころばせたが、目は笑っていなかった。近衛関白はゆっくり開眼している。老いた公卿の、感情が読み取りにくい双眸から、鉄槍みたいな、眼光が迸り出る。

二人が鋭い眼で睨み合ったのは――真に一瞬だった。

近衛関白は枯木に似た、節くれだった指を互い違いに組み合わせて、掌を見つめていたが、やがて、

『殺す気はなかったよ。兵庫』

小さく、笑った。

たろう。

——無論、嘘《うそ》である。

この男は、危機にある村雲党を、たばねられる男なのか、三人の兵法者を床下に置き、ためそうとした。もし兵庫が見切れなければ、草木を手折るように、躊躇《ちゅうちょ》なく、討ち取ったろう。

見え透いた嘘ではあったが、古狸《ふるだぬき》に似た微笑にまぶされて、くり出されると……もしかしたら本音かもしれない、と相手に思わせてしまう、不思議な修正力《ちから》が、感じられた。

兵庫は、

(何不自由なく育ち、和歌や壺などをむずかしげに、こねくりまわす話しかできぬ男……ではないようだな)

と感じた。近衛関白も、このやり取りで兵庫をみとめたようであった。

二人は自然に、仕事の話にうつっている。

まず、近衛関白は、十四年前の禁闕の変で、三種の神器の一つ、神璽《しんじ》、つまり勾玉《まがたま》が奪われたことを話した。一緒にもち去られた宝剣については、村雲黙庵が、清水寺で敵から取り返すも神璽は——尊義王、楠木流乱破と一緒に、行方がわからなくなったと告げた。

『宝鏡は、後朱雀《ごすざく》天皇の御代、内裏が焼亡した際、災いがおよび、宝剣については、壇《だん》の浦《うら》で沈み、その後、代用の剣がもちいられているのは、周知のこと。……わかるか兵庫。神璽のみが、古《いにしえ》から厳然とつたわってきた神器なのじゃ。これを取りもどすことが、そなたの父にあたえられた使命であった。だが南方の本拠である——紀伊山地《やまやま》は、あまりに深く、広大ゆえ……捜索は難航をきわめた』

勾玉は箱に入れられており天子による実見の例もない。ただ箱の形状だけが、村雲党に知らされていた。苦節、四年。黙庵は遂に敵の本拠を、熊野の森で見出し、尊義王のみ首級《しるし》はとるも、神璽の行方は——杳《よう》として知れなかった。

『そこにあるはずの神器がなかった。我らは敵の力は完全に衰え、巻き返す勢いはなく、神璽だけが見つからぬ……と考えた。じゃが、違った』

二年前——再び風の如く現れた後南朝勢力は、神璽を拠り所に、紀伊山地で挙兵。諸方に軍勢を催促する密書を飛ばした。

『彼らは、関東か九州の、反幕府の武将の許に隠れていたと思われる……。恐らくそこに、神璽もあった』

関東は、足利義教による、鎌倉足利家への弾圧と、戦によって、無数の反幕府方が決起しており、九州は……かつて南朝をささえた肥後《ひご》の菊池《きくち》、南朝でも、北朝でもない、第三の軍事勢力、筑前《ちくぜん》の少弐《しように》一族など、幕府から見ると、全幅の信頼をよせられない武将、明確な反幕府的紛争を引き起している武将で、ひしめき合っていた。

近衛関白は、関東、九州には——後南朝勢力が潜り込む隙間がある、と考えているようだった。

『わしが、そなたの弟に命じていたのは、畿南の何処かにある、南方の本拠を見つけることと、神璽を取りもどす、算段じゃった』

だが弟、実道は——使命の中途で、敵襲に倒れている。

探索の手は、半ばでくじかれた。だが弟が——探り当てた情報もある。

それは、後南朝は、京の朝廷、幕府に不満をいだく者を味方にくわえているが、その新参者たちは、必ず——三人の番人と呼ばれる者たちに会い、許しを得なければ、敵の本拠まで、行けない……ということだった。

『番人がいる、番小屋は……吉野の山々の、何処かにある。正確な所在は、つかみ切れておらぬ』

何故、左様な仕組みをととのえたのか……南方の側に立つと、わかる。

山岳地を根城とし、武士にあたえる領土もない後南朝勢力は、人材の確保に頭を痛めていた。特に、尊義王が討たれた戦いでは、多数の犠牲者が出ており、優秀かつ、今の体制に反感がある者の確保は……非常に大切な課題だった。楠木流忍者をつかってスカウトするか、噂を聞いてあつまってきた、牢人者、無頼漢らを、吸収するしかない。

しかし不雪は、「お味方したい」とやってきた者全員を……吸収するほど愚かではない。

そんなことをしたら——敵の諜者《ちょうじゃ》が入り込んでしまう。

だから不雪は、番人と呼ばれる三人の者に、味方にくわわりたい者の人品、能力を、審《あら》査《ため》させている。三人の番人の番小屋は広大な紀伊山地の全く、別の所にあった。密偵と疑われた者は勿論、少しでも疑わしい、あるいは——信用できない人物と、番人にみなされると、その場で斬り捨てられた。特に、十二代目……と呼ばれる二番目の番人の選抜は、厳しいことで有名であった。十二代目は、特別な才覚、人脈、財産がある者をのぞいて、味方にくわわりたい者の、武芸の腕も審査。使い物にならないと判断された者は、小さな使命をあたえて生国に帰し、鍛えれば何とかなると思われた者だけ、修練して、第三の番人の許へ送っていた。第二の番人に会うには、第一の番人に会うしかなく、第三の番人に会うには、第二の番人に会うしかない。

　そして自天王に会うには、第三の番人に――居場所を教えてもらわねば、合流できぬのだ。

『二番目の番人は――十二代目というらしい、そこまでは、実道は、何とかつかんでいた。他の番人の名は、不明』

　近衛関白は、

『兵庫。我らは今……普広院《ふこういん》殿、つまり、義教公のやり方では……事態を解決できぬと考えておる。まず義教公は関東を戦で治めようとした。鎌倉公方・足利持氏《もちうじ》を永享の乱で滅ぼし、その遺児、十三歳の春王丸《はるおうまる》、十一歳の安王丸《やすおうまる》を、結城《ゆうき》合戦でとらえると、美濃《みの》で斬《ざん》殺《さつ》した。じゃが――関東に平和は訪れておるか？』

　兵庫は、頭《かぶり》を振っている。

　春王丸、安王丸兄弟の弟、成氏を盟主とする勢力が、大がかりな反乱を起していた。東日本戦国時代の幕開けとなった、享徳の乱である。

『民については――言葉を狩ることで、治めようとされた。叡山を攻めた際、その噂を都で庶民がすることを禁じた。叡山の一件を噂した、商人の首を、斬られた。庶人に幕府の悪口、批判を言うことを禁じることで……今、幕府を悪しく思う人の数は、減っておるのだろうか？』

――減ってはいない。むしろ幕府の悪政への怨みは、日増しに高まり、諸国で一揆《いっき》の火がくすぶりはじめている。

『大名については、恐怖で、統べようとされた。一色義貫《いっしきよしつら》、土岐《とき》持頼《もちより》は残虐なやり方で粛清し、ただ気に食わぬというだけで、追放された大名も、多い。……そのやり方で、大名はまとめられたか？

――否。

最悪の結末……大名に将軍が討たれるという結果に、つながってしまった。南方についても同じじゃ。義教公はこう言われた……南方一流は断絶さるべし、と。幕府に従順な大覚寺統の皇胤《こういん》は、寺に押し込めて子孫を断たせ、幕府に歯向かう者は、容赦なく斬る、こういう意味じゃ。そのやり方で南方の決起はおさまったのか？』

『………』

『義教公が討たれた二年後、彼らは待っていましたとばかりに蜂起し、京都御所は焼かれ、神璽はもち去られた。今もって……彼らは、戦いつづけておる』

近衛関白は、山岳地で戦いつづける南方一流を思い浮かべるように、険しい表情で、眼を閉じた。

『戦、言葉を狩ること、粛清。……これらは、事態を解決せぬ。もつれさせるだけじゃ。故に我らは今、鹿苑院殿《ろくおんいん》、つまり足利義満公のやり方に学べぬものかと思うておる。義満公が、どのように南北朝合体を実現したかと言えば……やはり南朝内の、和平派に注目した』

具体的には、後亀山《ごかめやま》天皇を中心とする勢力である。これに対して、当時、南朝内の主戦派の中心には、長慶《ちょうけい》上皇がいた。

『京と、南朝内の和平派が結ぶことで、南北朝合体が実現した』

『つまり――今の南方の中で、和平派をさぐり……南北朝合体を再現したい、このように思われているわけですな』

『うむ』

近衛関白が、開眼し、

『したがって……まず誰かを南方に入れねばならぬ。禁闕の変の折――京にあって、貧しい暮しをしていた公家から、南方へ味方する者が、出た。この者たちは……敵を御所にみちびく役割を果たしたと、考えられる』

具体的には――日野有光《ありみつ》、資親《すけちか》親子だった。無論、日野幸子の遠縁に当る者たちだが、こちらは経済的にきわめて不遇で、京都の現体制に、強い不満をいだいていた者たちだった。日野有光は、幸子にとって、曾祖父《そうそふ》の従弟に当る。

『このように、京都の公家の中にも、南方に近づく者もおる。逆に言うと……こちらから、向う側へ……誰かを潜り込ますことも、できるのじゃ。故にわしは、一計を案じた。まず——当方が全幅の信頼を置けるが、南方から見ても、味方にくわわりたいと言われて不自然ではない、左様な者が、いたとする』

その人を——吉野へ送る。

忍び込ませるのではない。三人の番人にちゃんと会い、正規の手続きを踏んで、相手の本拠地に、味方をよそおった状態で入れる。そして、誰が和平派で、誰が主戦派かを見極め、和平派の信頼を勝ち得る。

『和平派の信頼を得た段階で、都と密に連絡を取り合い、和平を双方の主論とし……血を流さぬやり方で、神璽を京へもどす。乃ち、南北朝合体を再現する。そのためには、まず彼らに近づかねばならぬ——。三つの番小屋について、もう少し、知りたい。まず、どうすれば——一の番人に会えるのか、ここをしらべてほしい』

『わかりました。ちなみに……その潜り込ませる者というのは？』

兵庫が発した問いは……実は、近衛関白の胸に一番つっかかっている処だった。

『むずかしい。そこが非常に……むずかしい。じゃが、その人選はわしがやるゆえ、そなたは気にするな』

『——承知しました』

かくして兵庫は、まず村雲荘にもどり、累代の名刀、細波を継承。村雲家当主となると、故里で下忍五人をすぐり、都にもどっている。そして、弟がやりのこした探索に手をつけた――。

今日、兵庫が何故、清水坂にいたかと言うと……

（親父が、草薙剣を取りもどしたのが、清水寺。十四年前、楠木乱破たちは、御所から、清水寺を目指して、逃走した。……清水寺近くに、忍び宿があるのやもしれん）

左様な次第で、柴吉と門前町をさぐり、目ぼしい成果がなかったため、茶店に入った所、さっきの騒動に直面した。

「柴吉」

「はい」

歩きながら、兵庫は、

「振り返らずに聞け。さっきの青侍が、俺たちをつけている」

「……」

雑踏を行きながら、下知する。

「そこで、二手にわかれよう。俺は右に、お前は左に。そうすれば、彼は俺をつける」

「そうでしょうな」

「俺はあの侍を上手《うま》くまくゆえ、今度はお前が逆に彼をつけ、さっきの娘が――何処の娘なのか、あらためてきてくれんか？」

柴吉の眉間に、批難の皺《しわ》が、瞳に、揶揄《やゆ》の眼光が、浮き上がっている。またあんたの悪い癖が出たな——と言わんばかりの、表情だ。

「違う」

「何が違うので？」

冷たく、否定する塊にむかって、兵庫は、

「いいか……。俺は、縫物士でもある」

「わたしもそうですよ」

「縫物士は、今、どんな柄が流行っているのか、どういう色が好まれているか、常に知っておく必要がある。あの娘というより……あの娘の袿が、気になる。それを縫った御物師が気になった。場合によれば、俺の店に引き抜いていい人材だと、思った。よいか？　これは——商用の類《たぐい》なのだ」

「……ふうん。わかりました」

二手に、わかれる。

うまく青侍をまいた所で、兵庫の足が急に止まった。

左に、怪しげな路地がある。博打打《ばくちうち》があぐらをかいた横で、酒に酔った半裸の男がくだをまいている、薄暗い路地だ。奥の方に女人がいた。

——その女人の顔に、兵庫の瞳は、完全に釘付けになっている。

（……どういうことだ？）

辻君《つじぎみ》であるらしい。客らしき身なりがよい男と、低い声で話し合っている。

と、

「あ！　おった、おった」

雷に匹敵する、荒っぽい、わめき声が、した。

見る。

兵庫の後方、三年坂の方に奴らがいた——。

さっき逃げた、二人の京童、衣が燃えた京童、気絶から立ち直ったらしい……三年坂の、文七。——それだけではない。新手を、つれている。

京童より、もう少し年かさ、つまり、二十代、三十代の男たちが、くわわっていた。

薙刀をもった、いかつい男。赤い袴《はかま》で、半裸、野太刀を肩にのせ、双眸をギラつかせた、男。赤茶けた顎鬚で、額に三日月形の傷があり、木刀をもった、目付きが鋭い男。

そんな凶相の男どもが、二十人くらい、くわわっている。

（ちと、厄介だな）

強い風が吹き、大量の砂煙が、爬虫《はちゅう》に似た動きで、襲いかかってくる。同時に男どもから——殺気の叢雲が、ぶわっと放たれた。

「倒《いわ》したれぇぇ——！」

——きた。

悪獣と化した、男どもが、数にまかせてやっつけようと、恐ろしい形相で、殺到してくる。

兵庫は——逃げる。

全力で、駆けている。

忍者と、町の無頼漢。

足の速さでは比較にならない。どんどん、差が開いてゆく——。

米俵をのせた車借の荷車を跳びこし、蔬菜《そさい》売りの棚に、椀《おうこ》で土つきの里芋を運んできた百姓をかわし、大量の青竹が立てかけられた、竹屋の前を、走り、羽根つきをしていた女の子たちを、一っ跳びでまたぎ、驚きで、瓢《ひさご》を打つ手が静止した鉢叩きと、鉢叩きの間を突き抜けて——逃げる。

(もう少しで、祇園社領)

右方、八坂《やさか》の塔が、大きくなってくる。

(そうすれば、奴らも追ってこれまい)

全力で走りながらも、兵庫の頭は冷静に働いていた。


さて、祇園社領に入ったすぐそこには……犬神人が八人ほど、いた。白い覆面をかぶり、柿衣をまとい、薙刀をもった男たちだ。

この犬神人たちは、祇園社執行《しぎょう》に金を借りた男の許へ、今から取り立てにむかう所であった。八幡の町を牛耳る顔役たちに、土倉経営者が多かったように、祇園社の上層部にも、土倉をいとなむ者が多い。彼らの取り立てには犬神人がくり出される。犬神人は、祇園社領で、保安官、兼、土倉軍的な役割を果たしているわけだ。連日、債権の取り立てにくり出された犬神人たちが、このままでは体がもたない、少し休みがほしい……と、祇園社上層部に哀訴する書状が、のこされているほどなのである……。

さて、八人の犬神人は、疲れた体に鞭打《むちう》って、今から取り立てにむかう所であったが、そこに、兵庫と、それを追う無頼漢の群れが……清水寺方向から殺到してくる姿が、見えたわけである。

彼らは咄嗟《とっさ》に、あの先頭を走る、婆娑羅な男を、祇園社領《こちら》に入れてはならぬ、と判断した――。

散開している。

「ならぬ！」「こちらに入ること、まかりならぬ」「こちらに騒動をもち込むな！」

土倉軍的な、任務に出発しようとしていた、犬神人たちが、俄かに保安官の相貌になり、兵庫をふせごうと、横一列に並ぶ。

刃向けされた薙刀で、白い陽光が、反射する。

兵庫は煙玉を取り出して、犬神人たちに投げた。

膨大な白煙が生じ、視界をうしなった犬神人たちが、咳きこむ。

鍛えられた兵庫の足が、跳ね上がる――。

烏天狗《からすてんぐ》のように、軽やかに、高く、跳んだ兵庫は、煙の中に佇《たたず》む犬神人の肩に飛び降り、

「痛っ」という声を下に聞きながら、もう一度、跳躍――祇園社側の雑踏に溶けこんだ。

同時に背後で、親に取りのこされた子狐《こぎつね》が鳴いたような、あまりの衝撃に打ちひしがれた者が思わず発する、小さく、弱い悲鳴が、いくつもいくつも、聞えている。

跳躍の直前、兵庫は、鉄菱《てつびし》をまいた。

白煙に視線が釘付けにされた状態で、勢いよく殺到してきた京童、無頼漢たちは、無造作に鉄菱をブスブスと踏んだ……。

今、兵庫が顧みれば、薄らいだ煙の向うに、路上にのけぞったり、突っ伏したりしている、無頼漢どもの姿が、見えたであろう。

だが兵庫はそれをせず――人ごみに溶け込んだ。

第四章　雲谷屋

都の西郊、村雲界隈《かいわい》が――西陣《にしじん》と呼ばれるようになるのは、これより十年後、応仁の乱で、当地の少し北にある、山名宗全の邸宅に、西軍の本陣が置かれたことに由来する。したがって……この時はまだ、西陣なる地名はない。だが、堀川の西岸に、織物士、縫物士が多く住んでいた事実に、変りはない。

平安時代から、この辺りには、秦《はた》氏の系譜につらなる、織物を得意とする人々が、住んでいた。ただ、室町の初めは、堀川西岸の織物の中心は、村雲より南の、大舎人町であった。忍者との掛け持ちである村雲党より、もう一水準上の、高級織物、高級縫い物の職人たちが、住んでいる。ここが十年後の戦火で焼け、超一流の職人たちも、もう少し北の村雲界隈へ移動――西陣を形成するわけである。

京村雲に住む者の、五分の一くらいが、村雲忍者であった。残りの者たちは、忍者と関《かかわ》りない、堅気の本織物士、本縫物士だ。彼らはまさか忍者が近くに住んでいるとは知らず、両者は仲良く暮らしている。村雲党は、丹波村雲荘、および近郊農村から送られてくる絹糸で、製品をつくっていた。本織物士、本縫物士たちは、丹後《たんご》の絹糸や、明から輸入した生糸をつかって、美しい織物や、小袖《こそで》を生産している。三軒の家が焼亡した、楠木忍者の強襲も、京村雲の大半の人々は、単なる、盗賊の襲撃だと、思っていた。

古《いにしえ》の京の地図を見ると、京村雲に、寺が、二つある。雲寺と、森寺。

この雲寺と、京における村雲党の最大の拠点、雲谷屋《くもたにや》は隣り合っており、地下通路でむすばれている。——いざという時、雲寺に逃げられる仕組みになっていた。

そんな京の村雲。八月十一日、夜。

兵庫は、雲谷屋の奥まった一室にいた。他いくつかの拠点は、敵襲で燃えたが、雲谷屋は焼けのこっていた。

仲秋だ。かなり涼しい夜風が、簀虫籠《すむしこ》を垂らした太い格子窓から、流れ込んでくる。

壁の窪《くぼ》みに置かれた、油皿で揺れる赤い火が、鍛え抜かれた兵庫の体を照らしている。

兵庫は、上半身裸で——虎《とら》の爪《つめ》と呼ばれる修行に、打ち込んでいた。

砂利を、器に、入れる。その器に、指を突き入れる。何百回も……。

指の強靱《きょうじん》度を増す、乱破《らっぱ》の修行法である。

勿論《もちろん》、素人が真似《まね》をすれば、たちどころに指肉が裂け、怪我《けが》をする。何年間も、砂に突っ込む修行をくり返し、強くなった指でなければ、到底、耐えられない。

三百回、指を入れた所で、

（まだ……できておらぬ）

兵庫は、思う。体ができていないという意味だ。父を毒刀で死に追いやった、楠木不雪と戦える体に、まだなっていない気がする。

いくら、闇討《やみう》ちで忍者としての腕が落ちぬよう、研ぎ澄ましてきたとはいえ、いかんせん縫物士として生きた時間が長すぎた。風伯は、なまくら刀になっていなかったと、評価してくれたが、自分で自分に、納得がいっていない。

現在、朝廷は――吉野に優秀な人材を送り込み、内部から和睦にみちびいて、後南朝勢力を吸収しようと、考えていた。この人材に、供として村雲忍者がつく。京との連絡は勿論、もし怪しまれて脱出する際、護衛をする者が同行しなければならない。兵庫は自分が行くつもりだ。大変な任務である。近衛関白は流血をさけたく思っているが、場合によっては……楠木流忍者と死闘が起るかもしれない。

そうなった時、今の自分の忍格では耐えられぬと、兵庫は判断している。故に、上忍になった兵庫は――下忍たちに見えない所で、厳しい修行をつづけていた。

自室で深更までおこなう、虎の爪、指をつかった逆立ち。

燈火目付《とうかめつけ》と呼ばれる眼力の鍛練。

また、兵庫は――頻繁に船岡山《ふなおかやま》へわけ入った。

京村雲の北、数町の所にある船岡山で、厳めしい顔付きの樫《かし》の古木や、憂鬱《ゆううつ》な表情の大《おお》楢《なら》を相手に、飛神行《ひしんぎょう》と呼ばれる、猛烈な鍛練に明け暮れた。縄や棒をつかい、樹に素早く登り、回転しながら、飛び降りたり、他の樹に跳びうつったりする。これをくり返し、手足を、鍛え抜く。また体力の向上をはかり北山まで走ったりしている。

修行。

他にも、天狗昇《てんぐしょう》と呼ばれる跳躍の鍛練。刀術の鍛練。手裏剣を、遠くまで正確に投げる

さらに、こればかりは下忍たちに見られてしまったが……村雲党の工房にかこまれた庭に、樽《たる》を横向きに置き、その上にのり、足でゴロゴロ樽を転がしながら、落ちないように、庭を素早く動きまわる、こんな特訓も取り入れた。

体の平衡感覚を極《きわ》まで鍛え抜く——軽身《かるみ》と呼ばれる、忍びの修行法である。

虎の爪を終えた兵庫。指で逆立ちしようとした。と、

「兵庫様、柴吉、もどりました」

「入れ」

修行は中断、瓢箪《ひょうたん》の水を一口だけ飲み、柴吉を迎える。

「どうであった？」

あの後、兵庫は、三年坂近くで見かけた辻君《つじぎみ》を追い——紫野の北まで、行った。何故、兵庫に辻君への興味が湧《わ》いたかと言うと、直前に清水坂で助けた——風変りな衣を着た娘と……よく似ていたからだ。同一人物が、短い間で着替えた、とは考えられない。もしそんな、電光石火の衣替えが可能なら、その女は……くノ一であるはず。が、清水坂で助けた娘がそうであるとは考え難《がた》い。

となると、可能性は一つしかない。

――実によく似た娘が、ほとんど同刻に、清水寺近くに現れた。

一人は、公家の娘。もう一人は、辻で客を取る遊女。

狐《きつね》か狸《たぬき》に化かされたような、摩訶不思議《まかふしぎ》な出来事である。故に、どうしても気になった兵庫は、無頼漢どもをくじいた後、人目を忍んで、またそっと、あの界隈《かいわい》にもどった。そして辻君を尾行《つけ》ている。

わかったのは、清水の辻で客を取っていたのは――南北朝動乱で没落し、極貧の生活に追い込まれている公家、蘆山院家の晴子《はるこ》と言う姫だということだった。戦乱で落ちぶれた公家の姫には、時折、遊女の如《ごと》く振る舞ったり、完全に遊女になってしまったりする者が、多かったのである。富裕で権勢を振るえる公家の方が、例外なのだ。

そして、兵庫はあの日、時を同じくしてもどった柴吉から――清水坂で助けた方の娘は、その例外、いや例外中の例外に属する、日野幸子なる姫だと告げられた。

さてここで、兵庫はまた新しい疑問にぶつかっている。

何故、日野幸子と蘆山院晴子は――間違えるほど似ているのか、という問いだ。

凡俗の人であっても此処《ここ》は疑問に思うはずだ。ましてや、兵庫は……探索を生業《なりわい》とする、忍びの者である。もう少し、蘆山院晴子について突き詰めてしらべる必要がある、と感じた。

だが、すぐには下忍を差し向けていない。自分が紫野近くで晴子についていろいろ訊《き》きまわったため、怪しまれるのを怖れた。なので、数日、空けた。そして今日――真綿売りに化けた柴吉を、派遣。蘆山院晴子について、詳しくしらべさせたのだった。

「……なかなか、面白いことがわかりましたぞ」

柴吉は、板の間に置かれた藁座《わろうだ》に腰を落としている。

「もったいぶらずに、教えてくれ。柴吉」

相対する、兵庫が、うながす。

「兵庫様は、日野家には、二つの流れがあるのを御存知ですか？　いや、正確にはあったというべきか」

「今日はやけにもったいぶるんだな、柴吉」

柴吉は、何処か、河童《かっぱ》の如き湿り気が漂う、笑みを浮かべ、

「一つ目の日野は、勝光の日野です。将軍の母が大叔母、将軍の妻が妹。今を時めく日野大納言勝光の日野ですよ」

「うむ」

「兵庫様が、衣が気になって仕方がない、幸子姫の日野ですよ」

「つづけてくれ」

「二つ目の日野。没落した日野……滅んだ日野です。日野資教《すけのり》にはじまり、有光、資親とつづき――そこで絶えた日野」

「禁闕の変で、南方に寝返り、死罪になったのじゃな？」

柴吉は、うなずく。

「ことの発端は、日野有光が四代将軍・義持に、疎まれたことにあるようですな……。これにより、彼らは没落し、蘆山院家と同じ貧乏公家になった。故に幕府を深く怨み、南方に同心し、幕府軍と戦って討たれた。

梟首《きょうしゅ》された時、日野有光は……五十七歳。悴《せがれ》の資親は、三十歳くらいだったのではないでしょうか……？」

「――成程、見えてきたわ」

「念のため、わたしは、二つの日野家で雑掌をしていたという、翁をさがし当てました。この老人……滅んだ方の日野家で働いていて、禁闕の変の後、つてをたより、勝光の下で六年働き、今は市井の人になっています。この翁の話によると……兵庫様……十四年前に死罪になった日野資親は今の勝光に実によく似ていたとのこと」

日野勝光と、日野資親。同族であれば、似ていてもおかしくない。だとすれば……

兵庫の双眸《そうぼう》から――灯火が震動するくらい、強い気が放たれた。

「討たれた日野資親――勝光によく似た男には、通っている女がいた？」

「いかにも」

「それが、蘆山院家の、姫。今、晴子と一緒に暮している、白髪が目立つ女であろう？」

柴吉は、

「謀反人の娘であることを伏せるため父方の姓は隠された。彼女は、蘆山院晴子として育てられた。いくつになる？　――晴子は」

「十六歳。晴子がまだ赤子の時、父が斬られた計算になります」

「何と――。そこも……近いのか。幸子と、晴子は。同じ日野一族に生れ――顔は似ている。赤子の時、父がいなくなったのも同じ。だが……その他は………何と違うことか」

「……全く。母親の様子も違います。幸子の母、北小路禅尼は、尼とはいえ、肌も艶《つや》やかで齢《とし》よりも若く見えます。だが、晴子の母は……生れてからずっと気苦労が絶えず、通ってくれた男は、謀反人として処刑されてしまった。すっかりやつれ果て、老女にしか見えません。北小路禅尼と、さして齢は変らぬはずですが」

「……」

「兵庫様。もう一つ気がかりなことが」

「何だ？」

「実は……蘆山院晴子の姿が、昨日から見えぬようです」

柴吉の報告に、兵庫の眼《あや》が、鋭く光った。

「何？　……盗賊などに殺められていなければ、よいが……」

「いや。もしかしたら――自分で、消えたのかもしれませぬ」

柴吉は小さな頭を、素早く横に振っている。

「紫野近辺で聞いた話ですが……晴子は、都《ここ》ではない何処かに行きたいと、常日頃、もらしていたそうです。心はふさぎがち、体は病気がちという母親から、はなれたかったのかもしれない」

「……」

「つまり何処か遠国につれて行ってくれる男を見つけ、その男と消えた……というのも十分考えられます」

「………」

兵庫は、憂いが顔の隅々からこぼれそうな表情で、腕を組んでいる。この時——兵庫はまだ、蘆山院晴子の名が、此度の一件に深くかかわってくるとは、思っていない。彼は、忍者にしては、女性に優しすぎる所がある。特に困っている若い女人、不遇な境涯にある娘を見ると、放《ほう》っておけぬ、という気持ちになりやすい。この時も純粋に、晴子が問題に巻き込まれていなければいいと、案じたのだった。

と、

「兵庫様。風伯、もどりました」

庭で、河内に行かせていた、柊風伯の声が、した。蘆山院晴子、日野幸子を、胸中から押しのけた兵庫は——いつもの、さっぱりした声で、

「随分、早くもどったな風伯。そこで待っておれ。庭で、話そう」

柴吉をともない、庭に出る。

雲谷屋の庭は、奥が雲寺の築地塀《ついじべい》になっている。築地塀を正面に、右に、厠《かわや》、物置、物干し竿が、並ぶ。左に、畑があった。今は、粟《あわ》を育てている。粥《かゆ》などにして、食べるのだ。

庭で話しても、盗み聞きされる心配はない。

庭の左奥、右奥では、民屋が肩をよせ合っている。下忍たちがいとなむ、織物屋や、縫物屋だ。三軒が全焼したが、今、全速で、復旧中である。このように村雲党は、京村雲の三ヶ所に集住しているため、庭で話しても敵の下忍に聞き耳を立てられる怖れは、ほぼない。

「何かわかったか？」

星明りに照らされた粟畑の前で、風伯に問うた。

粟は、昼見ると、砂金の中を転がしたような、黄金色に眩《まばゆ》い、見事な穂を、重たげにぶら下げている。草丈は兵庫の身長くらいある。穂は、親指二本分はある太さで、長さ、一尺三寸ほどか。夜見ると、何かにうなだれて頭《こうべ》を垂れ、足元を見つめている集団に思えた。

風伯が、

「楠木党については、河内で何もつかめませんでした」

何？　という目で、兵庫が、風伯を見る。

楠木正成の生国は河内。風伯は、楠木流忍者と河内国に、まだ接点があるのではないか、という判断の許、河内へ派遣されたのである。

風伯は、言った。

「明日辺りに、続々と京師に知らせがとどくと、思われますが……本日、河内国で、新しい関所に反対する、土一揆《どいっき》が起りました。これを兵庫様にお知らせせねばと思い、駆けもどってきた次第」

「……何故、関所に反対する一揆を、俺に報告する？」

風伯の知性的な瞳《ひとみ》が、まっすぐに兵庫にむけられる。

「実は、わしは、南山城から大和へ抜け、河内に入りました。道中で思ったのは……村々で一揆の気運が高まっていることにございます」

「うむ」

「南山城では、洛中《らくちゅう》の土倉、及び、その背後にいて、朝幕でも重きをなす――土倉本主の方々、朝廷における日野大納言様、幕府における伊勢伊勢守《いせいせのかみ》様などへの、不満が今にもはち切れそうにございます。大和においても、奈良の土倉本主――はっきり申し上げれば、南都の大寺院の、もっとも上層《うえ》に君臨するお方たち、公家、大名家の出の、権力《ちから》をにぎったお方たち……このお方たちへの怒りが、今にも燃え上がりそうになっております。

――おかしいと思いませぬか？　関東の戦乱に、呼吸を合わせるかの如く、起りつつある、いくつもの土一揆」

「――」

白い雷《いかずち》の矢が、兵庫の内面を、突き抜ける。全身の血管を流れる血が、沸騰したように、波を立てている。

(俺は……とんでもないものを見落としていたかもしれない)

「——南方ということか？」

「河内の一揆に直面し、わしは思いました。もしこの一揆が、大和や山城、もっと多くの国々に飛び火したら……？

　幕府の大本は——ぐらりと揺れますぞ」

　風伯は聡明な瞳で兵庫を見たままうなずいた。

　素早く頭をまとめた兵庫は、別の下忍を呼び、急いで近衛関白に、河内の一揆について知らせるように、告げた。それから、風伯、柴吉に、淀でつばめという女に会ったこと、彼女に一揆が良い仕事になると言われたことを、つたえた。

「……考えすぎかもしれぬが、つばめは南方のくノ一で、一揆の煽動役《せんどうやく》になる男を見つけ、それを方々の村に散らす役目を負っていたのかもしれん」

「——決して、考えすぎではないかと」

　五十代の風伯が、重厚な声調で、語る。

「淀は……京、奈良、摂河泉《せっかせん》、これらの重要な地域の中心にあります。西国からの知らせについては、京都よりも早く接せられる。いわば——天下《てんが》の情報《こえ》が、あつまる町。もしこの一揆の背後に、忍者がいるとして、その上忍がわしなら……煽動の元締めは、淀に置きます」

決断した兵庫は、

「風伯と柴吉は、宇治に入る前に通った村へ、飛んでくれ。そこで、」

「兵右衛門と、美濃獅子」

柴吉は素早く言っている。惣村《そうそん》の寄合で、一揆を煽動していた、二人の男だ。

「その二人に近づき、いかなる手段で、南方に近づけるのか、一の番小屋は何処《どこ》にあるのか、上手《うま》く訊き出せ」

決して眠たいわけではないが、眠たそうな目をキュッと細めた、柴吉が、

「ごねられたら、どうします？　あるいは、疑われたら？」

「——斬《き》ってかまわぬ」

「承知しました」

風伯が、

「兵庫様は？」

「俺は淀に行き、つばめを見張る」

「——いや。それは止《や》めた方がよろしい」

風伯は、意見した。

「不雪が、煽動の元締めとして、つばめを淀に置いたなら……相当手強《てごわ》い女ですぞ。幾人の下忍が、一緒におるか知れぬ。顔を知られている貴方《あなた》が行くのはまずい。しかも、兵庫

様は我らの将。特徴を教えていただければ——この風伯が見て参る。兵庫様は、柴吉と、件《くだん》の村へ行かれた方が、よろしい」

岩のように、大きく、硬い自信が漂った、柊風伯の言い方であった。忍者としての、風伯の、豊饒《ほうじよう》な経験に信頼を置いている兵庫は、素直に認容《ききい》れている。

「——そなたの言う通りだ。出発は、明日。俺と柴吉は、あの村へ。風伯は、淀へ発《た》つ。風伯、他に若い者など……」

「その必要はございませぬ」

苦く笑んだ風伯は、

「つばめが、恐るべきくノ一であればあるほど——若い下忍などつれて行っては邪魔になります。魔性とも言える域に達したくノ一は、たった一つの言葉で、敵を味方に変えてしまうもの。……枯れかけの男一人で、十分にござる」

＊

灯明の火が起す、光の細波《さざなみ》が、兵庫を睨《にら》む獅子《しし》の、水晶でできた瞳で、揺れている。

木獣とは思えぬ重い迫力の積乱雲を獅子は全身から放っていた。獅子の上には、文殊菩《もんじゆぼ》薩《さつ》がのっていた。

近衛家別邸、桜御殿。昼でも薄暗い、文殊菩薩の堂。

一揆が後南朝の策動であると、見抜いてから三日後のことだった。

兵庫の報告を聞いた近衛関白は、相変わらず、口と目を閉ざしている。やがて、呟《つぶや》いた。

「西の京に、吉野に入る口があったとは……。村雲から、宴の松原をはさんだ、すぐ向う側ではないか、兵庫」

「はい」

あの翌日――兵庫、柴吉は、件の惣村へ出発。一揆を煽動していた牢人《ろうにん》、兵右衛門が一人になるのを見計らい、近づいている。が――何らかのきっかけで、兵庫らを妖《あや》しいと直覚した兵右衛門は、抜き打ちに斬りつけようとしてきた。しかし兵庫は、兵右衛門の体どころか、思惑までも、一刀のもとに、斬った。乃ち、兵右衛門が自刀を抜くより先に、それを奪い、刺し貫いている。

村雲荘で――先祖たちが眠る、苔むした塋域《えいいき》に行った後、秘密の湖で身を清め、水辺に上がった所で古老たちから受け取った、名刀、細波。村雲荘を襲った大蜘蛛《おおぐも》退治など数多くの伝説にいろどられた細波には……不吉な言い伝えが一つ、ある。

刀を受けついだ者が最初に抜刀する時、その相手が弱い敵であったら大いなる災いが刀の持ち主に降りかかる……というのだ。兵右衛門は、そこそこ腕に覚えがある男だったが、まだ、細波がみとめるつわものではない気がした。だから抜かずに、成敗した。

さて、兵右衛門の骸《むくろ》を栗林に隠した二人は、もう一人の男、美濃獅子をさらっている。

そして、兵右衛門の屍《しかばね》を見せ、指を一本ずつ折るやり方で、南方へ入る手段を問いつめた。

美濃獅子は、指を二本折られた所で、知る全《すべ》てを吐き出した。

美濃獅子によると——

彼らは、西の京に住む烏《からす》の姥《うば》なる老いた巫女《みこ》から、煽動の指示を受けていた。必要な金子も、烏の姥から、出ていた。さて烏の姥は南方にくわわりたい人間の窓口的な役割を果たしている。勿論、烏の姥だけが後南朝へ入る窓口なのではない。奈良には、また別の烏の姥的人物が、伊勢には、また別の烏の姥的人物が、置かれているわけだ。

京における——後南朝の扉が、烏の姥なのである。

後南朝に入りたい人間は、まず烏の姥に会いに行く。すると、烏の姥は手紙を書く。紀伊山地の何処かにいる、一の番人への、文だ。——推薦状と言っていい。文を読んだ一の番人はその者が必要かどうか判断し烏の姥に返書を出す。この返書に必要、と書かれていた場合だけ、烏の姥から、南方に合流したい人間に、使いがくる。この使いによってはじめて——一の番人の名、一の番小屋の所在が、知れるわけだ。

美濃獅子が、番小屋の場所を知っていればよかったが……彼は一の番人すら、会った覚えはなかった。つばめも知らないという。

つまり美濃獅子は、後南朝をトカゲにたとえれば、尻尾《しっぽ》の先と言っていい、もっとも末端の小者で、本拠地の位置、どういう指導者がいるのか、今、何を企図して動いているのかなど、何も知らなかった。

これらのことをつかむと、兵庫は柴吉に命じて美濃獅子を斬らせ、屍は藪《やぶ》に隠している。

そして、京へもどった。

一方、淀から帰った風伯の目には、悔しさがにじんでいた。

つばめは……まるで初めからそこにいなかった者のように、淀から、ふつりと消えていたのである。つばめが消えたのは、河内で一揆が起る二日前だったという。怖ろしいのは――隣の小屋の遊女も、つばめとしたしくしていた遊女も、わずか三日前にいなくなったつばめを……ほとんど、忘れかけていたことである。

つばめが何をしゃべっていたのか覚えている者はほとんどいなかったし行き先を聞いていた者は絶無であった。立つ鳥、跡を濁さずと言うが、忍びは、立つ鳥、跡を消す、くらいを心がけねばならない。自分がその町なり村なりを出発する日に合わせて、己の存在感、思い出を――人々の心から消してゆくのである。

(じゃが、そこまでこれを完璧《かんぺき》にできる乱破を――わしは一人《いちにん》も知らぬ)

と、風伯は感じたという。

西の京の老女、烏の姥に接近すれば、南方へ潜り込む道が開ける。だが、潜り込むには、村雲忍者だけでは駄目だった。

隠密伝奏・近衛関白が言う……京方が全幅の信頼を置けるが、南方から見ても味方にくわわりたいと言われて不自然ではない人材……が、中心にいなければならない。この人材は、後南朝内部の和平派を見つけ出し、その者の信頼を勝ち得、京都との和平交渉をはじめさせ、南方を内側から瓦解《がかい》させねばならない。——非常に高度な知性《インテリジエンス》、豊かな外交力が、もとめられる。外交力の基盤になるのは、広範な歴史の知識、弁舌の力、そして何よりも……相手の信頼を獲得できる、人間的な懐の深さであろう。いくら忍者に警固されていても、敵中に入り込むわけだから、勇気も必要である。

内側に、知性、歴史の知識、弁舌、人間的な懐の深さ、勇気をもち、外面的には、南方の味方になる要因が、ある。だがミイラ取りがミイラになってはいけない。隠密の世界では、敵に潜り込ませた諜者《ちょうじゃ》が、いつの間にか敵の思惑や、目標に共鳴し、本物の敵になってしまう場合が、よくあるのだ。——つまり、全面的に、近衛関白が信じられる人でなければならない。

左様な人材が、今の都に払底していることに、深く悩んでいた近衛関白は、

「…………わかった、兵庫。後はわしの人選を、待つのみなのじゃな」

——その時。外の木立で、二羽の鳥が、同時に鳴いた。カワラヒワと雀《すずめ》。刹那《せつな》——兵庫は、背筋に、電流が如きものが、一気に流れた気がした。

今まで別個に存在した青と赤が混ざって紫になり黄色と青が溶けて緑が誕生するようなばらばらの二つのものが一つになって全く違う様相を呈する時に似た現象が兵庫の心中で起きている。

「殿下……」

かすれた声で兵庫は、

「日野幸子と蘆山院晴子という、二人の娘がおります」

――その長い話が終った時、近衛関白は、目を閉じ、白髪混じりの頭を、やや上にむけていた。やがて瞑目《めいもく》したまま口を開き、

「蘆山院晴子には、南方に同心する理由がある。祖父と父は、南方に味方し、十四年前に斬られた。生れた時から、地を這《は》いつくばるような貧しさと隣り合わせで……おそらく、この都で権勢を振るう、一握りの者たちに、強い憎しみをいだいて育ってきたことじゃろう」

「はい」

「じゃが、晴子は……病気の母を見捨てて、周りの者に何も告げず、不意に男と遠国に行くような処《ところ》ももっておる」

「この数日間、京、及びその周辺で、盗人に斬られた辻君は見つかっておりませぬ。……十中八九そうかと」

近衛関白は、

「蘆山院晴子の母親はどうしておる？」

「大いに取り乱しているそうです」

「……そうであろうな。晴子を見つけ出して、説得し、吉野へ送り込んだら、本当に向う側になってしまうかもしれんな」

兵庫が、うなずく。近衛関白は目を閉じたままつづけた。

「じゃが、日野幸子は違う。姉は……将軍家の妻。京方を裏切るとは思えぬ、いや裏切れぬと言うべきか」

兵庫から、柴吉の報告にあった幸子像が語られる。

「我が手の者によれば、幸子は日野家の文庫にある、書物を八割方読み終えている様子。彼女が好きなものは、和漢の歴史と、野遊び。……足は相当に丈夫だとか。また、他の公家娘と遊ぶ時は、控えめですが、屋敷の中では……兄の日野大納言とよく議論をし、言い負かしたりしているそうです」

「――あの大納言を言い負かす？　それは、面白いなっ」

開眼した近衛関白は、少年のように目を輝かせ、膝《ひざ》を強く打って、笑っている。


当時、朝廷で帝の次の立場にいたのは近衛関白だが、もっとも権勢を振るっていた公卿は、二十九歳の日野勝光であった。

勝光は幕府に出る時は、朝廷の権威を背景に強い発言力をもち、朝廷に出仕する時は、将軍の義兄という立場を駆使し、思うがままに朝議をあやつっていた。

勝光の最大の敵は――将軍の愛を勝ち得た美女、お今である。お今と結んで勝光を追い落とそうとする公家もいたが……朝廷内で、勝光をおびやかすほどの勢力ではなかった。

ほとんどの公家は、日野家とお今の争いに、なるべくかかわらないでいようと、しているのだった。

「兵庫。そなたは——日野幸子を、蘆山院晴子として、南方に入れる、村雲党は蘆山院家の家来として、同道する、こう申しておるわけじゃな？」

「左様にござる」

兵庫の双眸から、青く鋭い眼光が、放たれている。

「兵庫……雲間から光が差した気がしたわ。——妙案！　実に、妙案よ」

重厚にうなずいた近衛関白は、険しい顔でつけくわえるのを忘れていない。

「じゃが、幸子の前に、まず大納言を説得せねば。それは……わしがやろう。さらに幸子が任務に耐えられる娘かも、見極めねばならぬ。……一休禅師《いっきゅうぜんじ》もつれてゆこう」

「一休禅師？」

一休宗純《そうじゅん》は——南山城の庵《いおり》に住む、奇僧である。

「一休禅師の父は、後小松《ごこまつ》帝、母は、南朝遺臣の娘であった。南方の諜者という疑いをかけられた母君は御所を追われ……禅師は寺に入るしかなかったのじゃ」

（南方と京方、双方の立場に立てる男なのか）

「此度の計画——一休禅師のご発案であられる」

＊

烏丸一条にある日野邸に、近衛関白と風変りな禅僧がぶらりと訪れたのは、その翌日のことだった。まるで人目を忍ぶかのように、訪れた近衛関白たちは、書院に入ると、兄、勝光と半刻ばかり話していた。幸子は、自室にいた。

一昨日、姉は、花の御所に帰っていった。

一昨日と昨日、幸子は、水やりを忘れた茄子《なす》の如く、ぐったりとしている。姉がいた時、ずっと振り回されっぱなしだったからだ。

今日は自分を取りもどし、障子から差す光で、書見していた。と、江田島が、

「幸子様。殿がお呼びになっておられます。近衛様からお話があるそうです。書院にて、お待ちになっておられます」

（…………？　近衛様が、わたしに……。何だろう？）

てっきり、兄との先日の喧嘩《けんか》と関係する話でないかと思った幸子が、微妙な表情を浮かべ、自室を出る。

書院にむかった幸子は、小さく驚いた。かつてない、鋼に似た硬さをもつ、厳戒が、兄の書院を取りまいていた。

三河の出の、青侍、松平を中心に、五人の日野家の者が、庭に立っている。書院に入ろうとする者がいれば、確実にふせげるが、中でおこなわれている会話は絶対に聞こえない位置に、間隔を空けて立っていた。日野家の青侍と、青侍の間には、必ず一人、見なれぬ

顔の男が配置されていた。近衛関白がつれてきた人数と思われた。

　幸子は、兄の書院が、ここまでの緊張に凍てついているのを、はじめて目にした気がする。

（二年前……姉上が嫁がれた前後、幕府や朝廷の様々な人が、しきりに訪ねてこられた。その時も……ここまで張りつめたものはなかった）

　一体、今日、いかなる用向きで近衛関白は日野邸にきたのか。そして、これから……いかなる話が自分に語られるのか。潮の如く、冷たいものが押し寄せてきて、総身をおおっている。

「幸子様をお連れしました」

　江田島が外で言うと、

「幸子だけ中へ入れ。江田島は、下がれ」

　中で、兄の声がした。

「かしこまりました」

　江田島の手が、障子を開けてくれる。幸子が中に入ると後ろで同じ手によって障子が閉ざされた。そして、老女が下がってゆく衣擦《きぬず》れの音がした。

「こちらに、こよ」

　勝光が、言う。

　上座に近衛関白と、奇妙な僧が、いた。近衛関白は幸子を見ていたが、僧の方はあらぬ方をむき、脛毛《すねげ》を抜いたりしている。

相当年季が入った、薄汚れた僧衣。乱雑にのびた髪は、灰色。長さ三寸ほどか。僧の方が、近衛関白より、年上らしい。

二人と相対する位置に座った幸子は、

「はじめてお目にかかります。日野大納言勝光が妹、幸子と申します」

深々と、お辞儀をした。

「わしが、近衛じゃ」

相手は、言った。

「こちらは、一休禅師」

幸子は会釈するも一休はすねたように脛毛を毟《むし》りつづけていた……。

近衛関白は目を細め、じっと幸子を眺めている。会話する前に、どういう娘か、知り得る全てを読み取ってみようとしているように思えた。

幸子にとって、とても長い沈黙が、訪れた。

と、空の青い壁を、突き破り、向う側までとどいてしまいそうな、甲高く、鋭い声がひびいた。

（鳶《とび》）

日野邸上空を、鳶が旋回しているようである。

一休は、反応しない。小さくあくびをすると、今度は足を掻《か》きだした。掻かれた皮膚が、白くなってゆく。

近衛関白は花頭窓越しに鳶が見えるかと、顔をかたむけたが、姿はたしかめられず、ただ声だけを目で追っていた。しばらくして、ふっと、視線を、窓から幸子にうつし、

「書物を読むそうな」

温顔で、問うている。幸子は答えた。

「はい」

上座に座った近衛関白は、穏やかな表情のまま、静かな声で訊《き》いてきた。

「では幸子……そなたが書物を読んで、今までで一番心にのこっておる言葉を、わしに教えてくれぬか？　なければ答えなくてもよいし、もし後で思い出したら、その時に教えてくれるのでも、かまわぬ」

小さく首をかしげた幸子。頬が紅潮するのを、覚える。勝光は、幸子から見て、近衛関白の左手前に、神妙な面持ちで座している。兄の面に、二人が何故来訪したのか知る手がかりは、ない。幸子は思うがままを答えるしかないように感じた。

「……是《こ》の故に君子はまず徳を慎む。徳あれば此《ここ》に人あり、人あれば此に土あり、土あれば此に財あり。

……徳は本《もと》なり。財は末なり。

本を外《うと》んじて末に内《した》しめば、民を争わしめて奪うことを施《おし》うるなり。

……大学の一節です」

「――いかなる意味か」

「人の上に立つ者は、まず徳……優しさや寛大さを、心がける。徳があれば……自《おの》ずと民があつまってくる。民があつまれば、領土が確保できる。領土が確保できれば、財もあつまる。……徳は根本《もと》で、財は末端《すえ》である。根本をうとんじて、末端にだけ夢中になれば…………民に争い、奪い合いを教えるようなもの。とても世の中が治まるとは、考えられない。斯様《かよう》な意味です」

途中から目を閉じて聞いていた近衛関白は、幸子の話が終ると、

「――他には？　……同じくらい強く、心にのこっておる言葉はあるか？　もしあれば、聞いておきたい」

「…………子曰《のたまわ》く。

老者はこれを安んじ朋友はこれを信じ……少者はこれを懐けん。

孔子は……言われました。人間の理想とは、老人を安心させ友達から信じられ、子供から懐かれることであると。この言葉に出会ったのはもう何年も前ですが、わたしの胸からどうしてもはなれません」

足を掻く一休の手は、止っていた。だが、まだ、こちらを見ぬ。

近衛関白は微動だにしていない。十五歳の幸子が発した言葉を、噛《か》みしめているようで

ある。やがて、目を開き、言った。

「そなたは、日野家の姫。日野家は代々、将軍家の御台所を出す家。鹿苑院殿の頃から、左様なしきたりになっておる。……そうじゃな？」

「はい」

「もし、そなたが将軍家の御台所になったら、そなたはどのような御台所になりたい？何をもっとも、大切にしたい？」

「……当代の将軍家には、姉上が嫁がれていますが」

「たとえばの話じゃ」

（もしかして兄上は足利家の誰かにわたしを嫁がせようとしている？　今日は……そういう話なのか）

——朱色の憤りが、幸子の総身を駆けめぐっている。

つまり、幸子は、こう思った。勝光は、先日の口論で自分の意志力に危機感を覚え、近衛関白、一休禅師まで巻き込んで、自分を誰かに嫁がせようとしている、と。

さっきまで緊張が、幸子の頰《ほお》を赤くしていた。今は、違う。兄への怒りで、幸子の頰は真っ赤になっている。目は爛々《らんらん》と光っている。

だからと言って幸子は近衛関白が発した問いに嘘《うそ》をつくのは嫌であった。

静かに、言った。

「……心にのこっているお話があります。春秋左氏伝の中に出てくる趙姫《ちょうき》の物語です」

「晋《しん》の文公《ぶんこう》は、娘の趙姫を、家来の趙衰《ちょうし》に嫁がせました。趙衰の子を三人産んだ趙姫は、ある日、夫、趙衰に……前妻がいたことを知ります。

この前妻は、当時、中国の覇王であった文公の姫が嫁いでくるということで……狄《てき》という異郷で、自分が産んだ子と、ひっそりと暮らしていたのです。

この話を聞いた趙姫は、夫にたのんで、前妻と、彼女が産んだ子を宮殿に呼び寄せました。そしてこの前妻の子と話す内、自分が産んだ三人の子より……領主としての才覚、民を思いやる豊かな心があることを知ったのです」

「…………」

「彼女も、人の母です。自分の子が……とても可愛《かわい》い。ですが、彼女には、自分の子らと同じくらい、可愛い者がありました。

それは……夫が治める、趙に住まう……沢山の無辜《むこ》の民です。

民の幸せと繁栄を願う時、自分の子よりも、前妻の子が当地を治めた方がよい、趙姫はこのように判断いたしました」

三人の男は、沈黙している。

「この後、趙姫はどうしたか？

夫にたのんで、前妻の子、盾《とん》を世継ぎとさせ——自分の三人の子の地位を、下げさせたのでございます。血のつながらぬ盾を、ささえる態勢をととのえたのです。

「ほう」

「……全ての人にできることではありません。誰しも……自分の子が、もっとも可愛い。これは人に生じる自然な情ですから、これを否定するものではありません。

ですが――人の上に立つ者には、自分の子の幸《さち》を願う気持ちと、同じくらい強く……自分が治める民の幸を願う気持ちが、必要なのではないでしょうか？　そのような人だからこそ、他の者に比して圧倒的に強い権力《ちから》を、あたえられるのではないでしょうか？

これが……関白殿下が先程発せられた問いへの、わたしの答です」

端厳と、言った。

一休が、

「ふヒャ」

――笑った。

目の前に座る、奇怪な禅僧の中で、幸子に対して構えていた目に見えぬ壁が――音を立てて、氷解してゆくような気がした。

近衛関白が、にっこりと微笑《ほほえ》み、深く強く、うなずく。

そのすぐ傍に座った兄、勝光に目だった変化は見られない。

今の話は、幸子にとって、勝光への皮肉をふくむものであったが、上手《うま》くつたわったのか、全くつたわらなかったのか。それどころか勝光は――近衛関白が、

「大納言。よい妹御をおもちじゃな。幾人も……お持ちであるな」

と、富子をおもんぱかった呟《つぶや》きをもらすと、

「――祝着至極に存じます」

おっしゃる通りですというような表情で、重厚にうなずき、近衛関白を眺めたりしている。

近衛関白は、

「そなたが、わしがさがしていた人材だとわかった。幸子……一つたのまれてくれぬか？」

――切り出してきた。

（きっと、誰それに嫁げと言うのだ。どういう事情で、近衛様が、兄に協力しているのか知らないけど……）

と、感じた幸子は、毅然《きぜん》とした声調で答えた。

「それが、わたしの道にそうものでしたら、喜んでお引き受けいたします」

何を言い出す、という目で、兄が睨んでくる。彼が内側にもつ、独善性、攻撃性が、一気に噴火したような、険しい顔付きであった……。

「そなたの道から大きくそれる場合は、ことわるということか？」

近衛関白が、言う。兄の目から強圧の凄風《せいふう》が吹いてくる。

だが、幸子は一向に意に介さず、

「――はい」

「ふヒャヒャ、ふヒャヒャヒャ！」

一休は大笑いしている。

近衛関白も扇で膝を一打ちし、高く笑っている。

「どうです禅師、この娘」

「――いいと思うわい」

はじめて一休は――幸子を眺めた。無邪気な、少年みたいな、目だった。

近衛関白が、

「いやはや……。幸子。ますます気に入ったわ。頼みというのはな、吉野へ行ってもらえんか？」

「花の吉野山でしょうか？」

「それは、口《くち》吉野。吉野のほんの入口じゃ。また……幕府の手がとどく、南限でもある。わしが行ってほしいのは――その南。幕府の手がとどかぬ、奥《おく》吉野の、広き山々へ行ってほしいのじゃ」

「………」

さしもの幸子も茫然《ぼうぜん》としている。

近衛関白は、言った。

「南方へ入り、和議を実現させるべく、働いてほしい。奪われた神器を――都へ取りもどしたい」

第五章　一揆

三日後——。

八月十八日、日野幸子、村雲兵庫、柴吉、そして、村雲党のくノ一、おゆんは、紫野、蘆山院邸に入った。

あの日、長い熟慮の末、幸子は引き受けると返事した。いくつかの動機が翕然《きゅうぜん》とからまり、一つの蔓《つる》となり、幸子の心は、そちらにかたむいている。

一つには巨大な戦が起きるのをふせぎたいという思いであった。

近衛関白は、言った。

『今、関東で戦乱が起きておる。

この東国の戦と、南方皇胤《こういん》が連動し、吉野の自天王を新しい帝《みかど》に、関東の足利成氏を新しい将軍に、などという動きになれば……日本中が戦火につつまれかねん。

——南北朝動乱が、再び起りかねん。わしはその事態をもっとも恐れておる』

それは幸子とて同じであった。

巨大な戦乱が起きれば——敵勢は確実に都を目指してくるだろう。住み慣れた町が、猛火に喰《く》らわれ、したしい人々が、薙刀《なぎなた》や刀に、斬《き》りきざまれるのを、どうしても見たくなかった。

二つには、任務を引き受けるのが、自分が信じる道にそうている気がしたからだ。幸子は、何か一つ世の中のためになることをしたい、このように考えている。大戦をふせぐべく、厳しい自然の紀伊山地へおもむくという任務は、自分の目標とする道にそう気がした。

さらに、兄への反発もある。

兄の生き方が、兄一人の中で完結しているなら、まだよい。

問題は兄が己の欲を満たすため、幸子の人生まで——強く左右してこようとする所であった。兄が左様に振る舞う背景には——奢《おご》りがある気がする。

ここで任務を引き受け、別種の人生もあることを、兄にしめしたかった。

そういう、様々な動機から、幸子は吉野へ旅立つ決断を、している。

一方、勝光は……幸子の吉野行へ、特に反対しなかった。——何か思惑があるのか、薄気味悪いほど喜んでくれた。

幸子は兄の態度を訝《いぶか》しく思ったけれど、何故賛成するのかなどと、訊《たず》ねるわけにもいかない。もう一つ幸子には釈然としない所があった。それは、日野幸子としてではなく、蘆山院晴子として吉野へ行かねばならない、偽名をつかわねばならない、という部分である。

だが、その釈然としない気持ちも、日野邸から、蘆山院邸にうつる日に……あの、清水坂で自分を助けてくれた、妖《あや》しいまでに美貌《びぼう》な男が現れ、志能便《しのび》にござる。
『――また、お目にかかれて光栄です。村雲兵庫と申しまする。禁裏の、
さて、幸子様には――今日から蘆山院晴子になっていただきます。
日野家の幸子姫が、南方にくわわりたいなどと言っても、彼らは嘘《うそ》と見破る。故に蘆山院晴子でなければならない』
と、水辺の柳に似た涼しい調子で説かれると、もやもやした思いは、煙みたいに、一瞬で消えてしまったのであった。

さて、近衛関白は、蘆山院晴子の母に金子を贈り、行方知れずの娘とよく似た娘を、ある目的のためにしばし住まわせることを、承諾させている。兵庫は――新規に召しかかえられた青侍《村田《むらた》文七》として、紫野、蘆山院家あばら屋に入った。吉野で――つばめに会う怖れもある。兵庫は、もじゃもじゃの付け髭《ひげ》、偽物の頬傷《ほおきず》をつけた。どんな忍びにも、見破られぬ自信がある――変装だった。また、同じく紫野入りした柴吉とおゆんは――蘆山院家につかえていた、小者の夫婦になりきっている。夫は柴吉に似た背格好。妻は、病気がちな晴子の母を看病していて、あまり外に出なかった。近衛関白はこの従僕夫婦に十分な褒美をにぎらせ暇を取らせている。顔に浅黒い顔料を塗った柴吉は、垂れ気味の偽眉《にせまゆ》をつけただけで、夫である従僕そのものと化した。おゆん演じる下女の方は、看病のため、室内にいることが多かったから、面相を覚えている者が、少なかった。

かくして、蘆山院晴子の母、晴子、従僕夫婦――という世帯が、いつの間にか……蘆山院晴子の母、晴子のふりをした幸子、兵庫、従僕夫婦に化けた柴吉とおゆんに変ったのだった。

柴吉が――《蘆山院晴子》の使いとして、西の京におもむいたのは、兵庫、幸子らが紫野に入って、丁度一月目のことであった。

何故一ヶ月も空けたかというと、兵庫は、楠木流忍者による、身元調べを警戒したのである。兵庫は、自分が一の番人なら、味方になりたいという、《蘆山院晴子》について、下忍たちをつかってしらべさせると、考えた。仕官したての青侍がいるという情報を彼らがどう判断するかわからない。兵庫は、作州牢人《さくしゅうろうにん》、《村田文七》として、蘆山院家に仕官したが、この偽りの仕官から、南方への初めの接触まで……最低一月は空ける必要があると、思案した。

さらに、日野幸子へ、敵地へ赴く心得や、最低限の武芸――小刀の使い方など――を伝授する時間も必要だった。

その鍛練でも、一月は必要と考えられた。

知的な消化力が高い幸子は、隠密行動の心得や、敵に疑われた際の身の処し方など――座学としての忍術を吸収するのは、とても早かった。しかし、武芸の方は……手間取った。兵庫がつきっきりで、短刀の突き方を教えても、全く形にならず、村雲忍びたちは頭をかかえている。けれど、幸子の上達を待ってもいられない。河内の土一揆《どいつき》が、ますます白熱化し、山城国へ飛び火する可能性が、濃くなってきたからだ。

故に、九月十八日。

《蘆山院晴子》の使者、柴吉は——西の京、烏の姥方を訪ねたわけである。

(よそ者には、厳しい眼差《まなざ》しじゃな……。当然か)

柴吉は、思っている。

西の京。

北野社の南に広がる一角で、十三年前、室町幕府軍に、焼き払われた。ある案件に強く抗議すべく、北野社に立て籠《こ》もっていた麴屋《こうじや》たちを、幕府軍が鎮圧。門前町をも焼き払ったわけである。世に言う、文安の麴騒動だ。

柴吉は、戦災から復興しつつある草葺《くさぶ》きの小屋小屋に住む勧進聖《かんじんひじり》の窪《くぼ》んだ眼窩《がんか》や、焚火《たきび》で沸かしたヒエ粥《がゆ》を頰張りながら、通行人を警戒する、痩せた裸足《はだし》の童子の視線から……非常に強い、殺伐とした圧を感じた。

町自体が、己を焼いた幕府に、怨念を吐き出しているように思える。

(烏の姥のような、南方へ与同する者が出ても、おかしくない町じゃな……)

烏の姥の居所は既につかんであった。だが、柴吉は、わざと、

「のう。烏の姥の小屋を、知っておるか?」

道端にしいたむしろに、算木を置いていた、片目が白濁した老人に訊ねている。犬歯が欠けた翁の口が、ニイッと開き、日焼けした指が奥まった所にある薄暗い小屋を差す。

「かたじけない」

柴吉は、小屋に入った。

小さな老女が一人、座っていた。盲目であるらしい。

草葺屋根のそこかしこにある裂け目から降りそそぐ線状の淡い外光が薄暗い小屋にちょこなんと座す老女を照らしていた。

道具箱に置かれた、梓弓《あずさゆみ》。それを叩《たた》く、竹棒。普賢菩薩《ふげんぼさつ》が描かれた原色がきつい掛け軸。そこかしこに立てられた幣帛《へいはく》。

雑然とした、部屋である。

柴吉は、

「烏の姥殿か」

相手が、こくりとうなずく。

「わしは、紫野の蘆山院様におつかえしている者じゃ」

「……」

「西の京の出の、さる男に、貴女《あなた》の噂《うわさ》を聞いてきたのじゃ」

柴吉は美濃獅子を連想させる話を、烏の姥にした後で、ただ、何という男かは聞いていないとつけくわえている。

烏の姥は、柴吉が話している間、ずっと黙っていた。この、呪術的《じゆじゆつてき》な部屋にふさわしい、人間にそっくりな木像か、歳月を経た器物の物の怪かと疑うくらい、長い沈黙であった。

「……あんたの夢占は、よく当たるそうな。我が女主が見た、不思議な夢について訊ねたくてな。こうして、足を運んでまいった」

「……それは、ありがたいことで。いかなる夢ですか？」

はじめて口が開く。――なまめいた声であった。

烏の姥は、皺《しわ》くちゃの老婆である。この老婆の何処《どこ》に、こんなあだっぽい声が隠れていたのかと驚くくらい、湿度をふくんだ、声だった。

――柴吉は一瞬、瞳《ひとみ》を光らせている。老婆のふりをした娘でないかと疑ったのだ。だが、違うと、すぐにわかった。老婆のふりをした娘なら……声も嗄《しやが》れ声を出すはず。声を一番の商売道具と大切にしてきたからこそ、この艶《つや》やかさがのこったのだと知れた。柴吉が、声に湿り気がある、嫗《おうな》に、言う。

「わしのつかえておる御方は、蘆山院晴子様と言う。今は母君とお住まいじゃが……お父君は、日野資親様と言う」

「……」

「お祖父《じい》様は、日野有光様……」

烏の姥に――変化は見られない。石地蔵に似た、無表情だ。柴吉は、

「双方、十四年前の、禁闕の変で、南方に味方し、幕府に討たれたお方じゃ。近頃、晴子

姫の夢枕《ゆめまくら》にこのお二人が立ち――無念を晴らしてくれと、言われるそうな。この夢をどう見られる？」

長い沈黙の後、ニコリと笑った鳥の姥は――さっきとがらりと変った不気味に低い声で答えた。

「……成程。左様な夢でございましたか」

柴吉は、鳥の姥から次の如《ごと》き指示を受けている。遅くとも一月以内に、使いの者を出す。夢占いの結果は――その使いが、知らせる。もし使いがこなかったら、あきらめてくれ。

同日、柴吉の報告を受けた兵庫は、腕を組んで呟《つぶや》いた。

「でかした。よくぞ、怪しまれずに、もどってまいった。後は……使者とやらを、待つのみだな」

幸子が、

「兵庫……いや、《村田》よ」

《村田文七》を称している村雲兵庫は、

「何でしょう？《晴子様》」

「もし使者とやらが、こなかったら、いかがするつもりか？」

蘆山院家、奥座敷。今にも床板が抜けそうな、古ぼけた一室に、赤い西日が差している。

小さく荒れた庭では、伸び放題にススキが茂っている。すらりと長い茎は、緋色《ひいろ》に染まり、先端に真綿のようにふわふわした、花穂がついていた。

今まで荒れていた庭が、急に綺麗《きれい》になったら――南方の乱破《らっぱ》がしらべにきた場合、確実に、怪しまれる。

したがって兵庫らは荒廃した庭に全く手をつけていない。

兵庫は、

「――その時は、別の手を考えまする。ただ、南方がお味方したいという貴女の申し出をことわるのは、十中八、九ありえないこと。何故なら、ことわる理由が見当らない。故に、《晴子様》ではなく幸子様だとばれる、あるいは村雲党だとばれる、このような大変な失敗をこちらがおかさぬ限り――その使者は間違いなくくる、と心得ます」

荒《あら》ち男《お》の如き逞《たくま》しい体に、優形の相貌をもつ、兵庫は、百万の自信を漂わせ、回答している。

だがまだ幸子の面に浮かんだ不安は、ぬぐえぬようであった。兵庫が、まじまじと幸子を眺める。

日野家の豪邸から隙間風《すきまかぜ》が入る蘆山院邸にうつった幸子だが、心細さは感じていないようである。何故か……せいせいしているようにすら、見えた。一ヶ月共に暮らした、兵庫、柴吉、おゆんとも、幸子は打ちとけている。

心根のよい娘だと、村雲党は幸子を評価していた。だが一方で……兵庫は、幸子の溢《あふ》れんばかりの正直さが、身分を偽って敵地に忍び入る、此度《こたび》の任務に、悪い影響をおよぼさないかとも、案じていた。

と、

「《晴子殿》。おお、ここにいたの。さがしたのじゃ」

蘆山院晴子の母が、入ってきた。

「母上」

幸子が、立ち上がる。

晴子の母……勿論《もちろん》、幸子の実母と別人であるが……晴子の母は——実の娘が家出をし、悲しみの淵《ふち》に沈んでいる時に、近衛関白から、極秘任務への協力を請われた。褒美をもらったとはいえ、娘の失踪《しっそう》で裂き破れた穴は、なかなか、ふさがらない。だから、初め、晴子の母が幸子を見る時の眼差しは、悲しみと苦痛、娘と似た娘が屋敷にいることへの警戒——様々な負の思いが溶け合った、何とも硬いものだった。

だが次第に幸子の人柄にほぐされた晴子の母の眼差しはやわらかくなってきた……。

晴子の、母が、兵庫を見る。

「大事なお話の途中でしたか？」

「いえ。もう大丈夫です」

答えると、

「千本釈迦堂《せんぼんしやかどう》に操り人形師がきているそうな。……楽しそうだから行ってみませんか？

貴女、幼い頃……操り人形がとても好きで……。

あら、嫌だ……。あんまりあの子に似ているものだから、つい――」

「いいのです。是非、まいりましょう」

幸子は爽《さわ》やかに笑むと、立ち上がっている。と、柴吉が皮肉っぽい調子で、意見をさしはさんだ。

「じき、暗くなりますぞ。操り人形師は、帰ってしまうのじゃありませんか?」

「暗くなったら暗くなったでかまいません。紫野を歩くだけでも、楽しいですし」

幸子が、ぴしゃりと言う。

「お供いたします」

おゆんが、腰を上げた。二十三歳。屈強の体に、浅黒い肌をもつ、山の娘であるが、今は柴吉と従僕夫婦を演じているため、粗末な衣に、山の精気を隠している。

おゆんは藤丸の姉だった。藤丸は、兵庫をしたい、楠木党に討たれた、若者である。

そこはかとない寂しさが溶け込みはじめた、秋の夕日に照らされて、三人の女が外出する。兵庫と柴吉は、見送った。

柊風伯は――蘆山院家に、入っていない。風伯は別経路で、吉野入りする予定であった。

さて、南方からの返答は……なかなかなかった。敵は慎重に蘆山院晴子を味方にくわえるかどうか吟味しているようであった。

兵庫達は、自分たちの素性が、南方の探索網に気取られはしないかと案じ、幸子は、本物の蘆山院晴子が帰ってきたらどうしよう、と不安を覚える、緊迫した日々が、経過している。

その間に……

九月二十八日。年号が、変った。康正から、長禄《ちょうろく》に、なった。

十月初旬。怖れていた事態が、勃発《ぼっぱつ》している。

河内の土一揆が、山城国へ波及。いくつかの農村が、蜂起した。――荒ぶる農民たちの群れは、幕府に借金の帳消し――徳政をもとめ、京都へ殺到。都から東にむかう街道を、占拠する挙に出ている。

つまり、京の東半分が、封鎖された。――経済封鎖だ。

戦でも、一揆でも、焼き討ちや殺戮《さつりく》がはじまる前、封鎖という段階を踏む場合が、多い。故にこれは対応を誤ると、途方もない混沌《こんとん》につながる局面ゆえ、室町幕府の上層部は大いに動揺している。

特に動揺したのは、将軍義政の義兄、日野勝光。

政所の重鎮――伊勢伊勢守貞親《さだちか》である。政所とは、当世の、財務省、最高裁、内閣官房が、合さったような役所だ。

この二人に共通するのは、一人は朝廷、一人は幕府の重職にありながら、複数の土倉を傘下におさめる、強力な土倉本主であった事実《こと》だ。つまり、徳政によって、もっともダメージを受ける二人だった。

公家である勝光は、一瞬、一揆という現実に打ちのめされ、頭が真っ白になってしまったが、武士である伊勢伊勢守の対応は——猛速であった。

伊勢伊勢守麾下《きか》の土倉軍は、同時に伊勢家の侍という側面ももっていたが……この者たちを中核に、洛中の全土倉軍の、連合軍のようなものを組織。

この土倉軍連合を、因幡堂《いなばどう》という寺にあつめ、農民一揆が京都へ雪崩《なだ》れ込んできた場合、素早く駆逐できる態勢をととのえた。

伊勢伊勢守が日野勝光を訪れたのは左様な慌ただしさの最中《さなか》であった。伊勢伊勢守来訪を家人に告げられた時、勝光の双眸《そうぼう》では不審の閃火《せんか》がきらめいている。

同じ土倉本主。商売敵、でもある。

勿論面識はあったが、したしい交際はしていない。大方、此度の一揆について打ち合わせしにきたのだろうが、余程用心してかからぬと……いいように利用される、と勝光は考えたわけである。

書院にやってきた伊勢伊勢守は、四十代。

能面を縦にのばしたような、表情の乏しい、顔付きだった。青白く細い指は、戦働きにはむかず、部屋仕事にむいていそうだ。

猫に似た雰囲気の、男であった。

顔は能面に似ているが、静かな所作や、決して他人に心を許していない、鋭い目などが、猫を想起させる。

伊勢守は、

「日野大納言様。日野家土倉軍を因幡堂の方へまわして下さり、重畳《ちょうじょう》でございます」

「一揆が都に討ち入れば困るのは、お互い様。当然のことをしたまででござる」

勝光が茶をすすめると、伊勢守は一服喫した。そして一しきり座敷飾りをほめそやした後、思い出したように呟いた。

「大納言様。人数を因幡堂に出していただいた上で恐縮ですが……今一つおたのみしたい儀があるのですよ」

きたぞ、と思った勝光は、

「……何でしょう？」

「ふぉっ、ふぉっ、そう固くならずに」

勝光の警戒心を看破したようにやわらかく笑んでいる。伊勢守は、言った。

「幕府が徳政を出さぬよう、八方手を尽くしました」

伊勢守は将軍・義政の側近で、幕政を動かせる立場にある。伊勢守はつづける。

「朝廷が幕府に徳政をもとめぬよう……日野大納言様に動いていただきたい。因幡堂で戦の采配《さいはい》をしておりますでしょう？　そこまで、手がまわらないのですよ」

もっともだと感じた勝光は、徳政になびかぬよう、朝廷の諸方に、猛烈な働きかけをおこなっている。一方で、一揆側も負けていない。はじめは洛南のいくつかの農村が蜂起して、京の東口をふさいだだけであったが、今度は……都の西、西岡の農民たち、馬借衆が、決起。

恐ろしい数の、一揆勢が、京へ猛進してきた——。

彼らは土倉軍側が、因幡堂を本陣としたのに対し、京の南、東寺と三十三間堂《さんじゅうさんげんどう》を占拠し、そこに布陣して、都をうかがう動きを見せている。

南方の使者が、《蘆山院晴子》を訪れた、十月十日。都では、一握りの富める者たちと、多数の、貧しい者たちが白熱する睨《にら》み合いをつづけ、室町幕府が、根本からぐらぐらと揺れていた。

使者は、二人の、うら若き、白拍子であった。

市女笠《いちめがさ》をかぶった白拍子が、門前で掃除していた柴吉に、

「烏の姥からたのまれました」

と、文をわたしたのだ。柴吉は急いで、門をくぐると、兵庫、幸子に密書を見せている。

待ちに待たれた手紙は兵庫が渇望した濃密度の情報を、ふくんでいなかった。

実に、淡泊。あっさりした文章だった。

十月十九日　金峯山寺　蔵王堂《ざおうどう》にて待つ　一の番人

――これだけしか書かれていなかった。

(一筋縄ではいかぬ人物のようだな……一の番人！　まだ、俺たちを警戒し、己の名も、番小屋の所在も明かさぬとは)

戦慄《せんりつ》する兵庫の横で、幸子が、生唾《なまつば》を呑《の》む。

「いよいよですね、《村田》」

幸子が、呟く。

「はい。十月十九日に吉野にこいということは……十月十五日には、京を発《た》たねばなりますまい。後、五日です」

金峯山寺は、千本桜の吉野山にある、山岳修験道の聖地である。かつて後醍醐天皇が立て籠もり、南朝の本拠地になっていた。今は当然、室町幕府の勢力圏内に入る。

しかし、昔、南朝の本拠だった場所なので、そこにいる山伏の一部は……いまだに、南方に心よせているかもしれない。

また、口吉野、金峯山寺が、幕府の勢力がとどく南限であり、その南に広がる深遠な大山岳地帯こそ――後南朝勢力の活動拠点であった。

一の番人は、精神的にも、物理的にも、京方と、南方の、境にある場所であいたいと、つたえてきた。

＊

康正あらため長禄元年、十月十五日。

早暁――

日野幸子、村雲兵庫、柴吉、おゆんは南方へむかうべく――蘆山院邸を発っている。

兵庫は奈良街道で、奈良に出、そこから吉野へむかう計画を立てていた。

だが今……京都は、無事に奈良に行けるかすら、妖しい雲行きになっていた。

というのも、現在、一揆勢は、京から東と南へむかう全街道を、遮断している。奈良街道に出るには、三十三間堂の近くを通るが、三十三間堂は今、一揆軍の本陣になっていた。奈良街道を通らず奈良へ行く道もある。西国街道で、八幡へ出る道だ。だが西国街道に出るには、東寺付近を通るわけだが……東寺もまた、一揆のもう一つの本陣と化している。つまり正規の街道で奈良に行くには――どうしても、土一揆の坩堝《るつぼ》を、くぐり抜けて行かねばならぬ。また大和国でも一揆が起りそうだという報が、雲谷屋の下忍から、入っていた。

五条通。因幡堂前を通過した四人の耳は、つんざけそうになっている。

因幡堂は今、伊勢伊勢守を総大将とする、土倉軍側の本陣になっていた。早鐘が始終鳴らされ、怒号が飛び交っている。

昨日から一揆側と小競り合いがはじまり、血だらけの負傷兵が、次々と運びこまれてくる――。殺気だった猛者どもが、周りを固めていた。

伝令の鐘、出発の法螺貝《ほらがい》。大喝、笑い声。負傷兵の泣き声、別の土倉に属する土倉軍同士の激しい口論。

あらゆる音が、混ざり合い、地獄の洪水みたいな騒ぎになっていた。

「大名どもの兵も、くわわりはじめておりますな」

柴吉が、声を潜めて呟《つぶや》く。

うなずいた兵庫。幸子の方を、見る。

因幡堂から発せられる殺伐とした気が、幸子の面を……強張《こわば》らせている。

「恐ろしゅうございますか？」

兵庫が訊《たず》ねると幸子は無言で兵庫の方を眺めた。やがて彼女は小さく頭《かぶり》を振った。

行く手に――五条大橋が、見えてきた。先日の五条大橋とは様相を異にしていた。

橋の手前に、土倉、幕府側の、陣ができている。

楯《たて》がいくつか置かれ、弓矢をたずさえた者、薙刀をもった者が、警戒に当っていた。兵庫の嗅覚《きゅうかく》が、立ちこめる――死の瘴気《しょうき》を、嗅《か》ぎつける。

鴨川に、視線を走らす。

屍《かばね》が、あった。

昨日、三十三間堂の一揆側が、橋や、浅瀬を渡り、都へ入らんと——大攻勢をかけてきた。橋の上で斬り負けて下に落ちたり浅瀬を渡る途中で矢に射られた者が、ばらまかれたように流れや石の上で倒れていた。

死体は百近くある。両陣営、ほぼひとしく、倒れている。

早くも、黒く騒々しい烏の群れや、骨が浮き出た、白や茶色の野犬どもが、あつまっていて……さかんに死体をかじっていた。

土倉側の陣が、どんどん近づいてくる。と、兵庫は、袖《そで》を幸子に引かれている。

いかがされました、という目で見ると、幸子は、

「……知り合いがおる。当家の内者《うちのもの》じゃ。富小路と、吉次……という」

竹杖《たけづえ》をもち、市女笠をかぶった幸子は、真に小さい声で告げた。

でっぷりと太った男が錆固《さびかた》め塗りの鎧《よろい》を着こみ九州訛《なま》りの牢人たちに甲高い声で指示をあたえていた。その隣に、黄色い美服の上に鎧を着こんだ、四十がらみの男が、いた。

兵庫は一揆側の動きにくわえ、土倉側の布陣も、下忍たちにしらべさせている。日野家の土倉軍がいない橋を渡り、京から、出たかったからだ。

だが戦とは——常に不測の事態が起きるものである。

(五条大橋の守りが手薄になり、急遽《きゅうきょ》、日野家の土倉軍がまわされたのであろう)

と、判断した兵庫は、

「御安心下さい。貴女は《晴子》。呼び止められても、気づかぬふりをして、通りすぎて

下さい」

幸子の耳朶《じだ》近くで、ささやいた。

「……わかりました」

「顎を引き、顔を隠そうとしなくて結構。堂々としていた方が、面妖と思われず、通り抜けやすいゆえ」

「……承知しました」

案じていたようなことは起らず、簡単に、身元と目的地を告げただけで、通してもらえた。富小路と吉次は、部下への指示に夢中で、すぐ横をすり抜けていった幸子に、全く気づいていない。

いつかの中島をこえて、川の東岸へ渡る橋を踏むと、今度は前方に――一揆側の前衛が、見えてきた。鴨川の東岸に、百姓たち馬借たちがこさえた、俄《にわ》か仕立ての関所が、現れている。

四人は、無事に通してくれと念じつつ、橋の上を、一揆側の関へ、近づいてゆく――。

「何や！」

「何処《どこ》へ行くんやっ」

二本の竹槍《たけやり》が、四人の行く手で、×印にくまれる。

八十人くらいの百姓たち、馬借たち、彼らに共鳴した無頼漢が、五条大橋東側を固めていた。兵庫に怨みをもつ、例の無頼漢たちはいない。傷がまだ……いえぬようだ。

炊煙が、さかんに立ち上っている。薙刀や槍をもった百姓もいたが、まともな武装をしていない者も、多い。そういう者たちは、鎌《かま》を帯に差し、鍬《くわ》や竹槍をもっていた。

兵庫は、茶色い鉢巻をしめ、黒く日焼けした四十くらいの鋭い目付きの百姓に、告げた。

「こちらは、蘆山院家の姫であられる。ただ姫……と申しても、蘆山院家は、土倉に沢山の質物を取られている家。かかえている思いとしては……貴公らと、全く一緒にござる。故に、貴公らをさぐりにきたわけではない。ただ、大和へ物詣《ものもう》でに行くのでござる」

「このご時世に……物詣で？　何とも、悠長な話じゃな」

細いが、重いものを運んでも、悲鳴を上げない腕が、皮肉の笑いで、揺れる。

「で——姫様は、」

土で汚れた苧《からむし》の衣を着た百姓は、氷で研いだ刃に似た眼光を迸《ほとばし》らせ、問うている。口元は笑っていたが、目は笑っていない。

「今日はどちらに物詣でへ行かれるので？」

何人かの百姓が、薄く笑った。幸子を守るように立ったおゆんが、

「薬師寺《やくしじ》。姫様の母君が……重いご病気でね。快癒を願ってさ、奈良の薬師寺へ詣でるの」

丹波の山里の出のおゆんは、竹を割ったような性質で、はっきりとした物言いをする娘である。屈強な肩は厚く、きりっとした、意志の強そうな目をしていた。

おゆんは、言った。

「あんたらが、一揆を起すのは、いいよ。別にそこにあたしは一つも反対しない。だけどさ……病気の母親のために、奈良に行く娘を止めんの？　そこは——一揆の本筋からはずれているんじゃない？　あたしは少し……がっかりしたよ」

「…………」

おゆんの啖呵《たんか》に、百姓たち、馬借たち、無頼漢たちは、冬の湖の周りに佇《たたず》む樹々のように、静まり返っている。

と、誰かが、

「ええ女や」

別の男が、つづく。

「気持ちがええ、女やっ」

「通したれ！」

「鉄《てつ》やん、通したれ！　この四人」

この一行を通してあげてくれと、鉄やんというらしい、兵庫と問答した男に、次々と大声が飛ぶ。橋の東にいた一揆勢は、たしかに、四人を通してやるという流れに、ぐらっと大きくかたむきかけた。

鉄やんが何か言おうとするも、柴吉が、

「ありがとうございます！　ありがとうございます！」

深々と頭を下げたため、機を逸する形になった。

「此処を通すか、通さぬか、わしが決めることではない。殿原が決めることじゃ」

鉄やんが苦り切った表情で言うと、兵庫は落ち着いた様子でたのんだ。

「では、殿原を呼んできていただけぬか？」

やってきたのは――三人の男であった。

一人は、焦げ目がついた鏡餅《かがみもち》に似た、真ん丸い顔に、胡麻《ごま》塩髭《しおひげ》という男。

この餅顔の男に、そっくりな若者。

三人目が、一際、背が低く、体も細いが、動作に隙《すき》がなく、誰よりも眼差しが厳しい男。

――であった。

はじめの二人は、惣村《そうそん》で指導的立場にある、地侍――半農半武士――の親子。三人目は、どこぞの村に、銭でやとわれた、牢人者、と考えられた。いずれも甲冑《かっちゅう》を着こみ、大小を差している。

ここにいる八十人の、統率者であるらしい、壮年の地侍が、実に穏やかな声調で、問うてきた。

「奈良に、物詣でに行かれるとか？」

この地侍は、いろいろな男をたばねている。あらゆる規則からはみ出てしまう、酔漢もいれば、斯様な情勢下でも、自分にあたえられた仕事を忠実にこなそうとする、鉄やんのような男もいる。今、この機会に、都の権門によってふくらんだ憤りを、ありったけぶちまけてしまおうという、荒ぶる若者も、いる。そんな様々な種類の男の中心にいる地侍は、誰よりも温厚で落ち着いた雰囲気を漂わせていた。

その地侍に、幸子は言った。

「蘆山院晴子と申します」

蘆山院と聞いた時、牢人者の眉《まゆ》が、ぴくりと動いた。

「病の母の……平癒をお祈りすべく、薬師寺へ行こうと思っております。道を空けて下されば、幸いです」

胸が、痛い。晴子の母の面倒は、近衛家からつかわされた者がみる約束になっている。その心配はない。

が、胸中に、嘘《うそ》がこぼれるのを、止める錨《いかり》がある。この二ヶ月、兵庫は、紛争地域などをくぐり抜ける際、その場限りの嘘をつく必要もあることを、口を酸っぱくして説いていた。その成果が出たとは言い難い、ぎこちなさがのこる、幸子の物言いであったけど、一揆勢に怪しまれるほど、つたない様子ではなかった。

地侍は、じっと幸子を正視している。

と、一際厳しい目付きの牢人者が――軽く、咳払《せきばら》いをし、

「実はそれがし、京にいる知人から……ここ数日以内に、蘆山院家の姫が、ここを通るか

もしれぬから、その時はお通しするように、という言伝《ことづて》をいただいております。昨日の乱戦で頭に血が上り、すっかり忘れておったのですが、今日こられたのですな」

(京にいる知り合い……)

兵庫が思案する横で、

「成程。そういうことなら、わしも異存はない。お通りいただこう。関銭のようなものは、無用! 無用にござるぞ、これ、鉄」

地侍から、鉄やんに、指示が飛ぶ。

「三十三間堂の方でも、何か言われるかもしれぬゆえ、奈良街道がはじまる所まで送ってやりなさい」

「承知しました」

と、牢人者が近づいてきた。そして野犬の如《ごと》く双眸《そうぼう》を光らせ——幸子と兵庫にしか聞こえぬ低い声で、言った。

「——烏の姥から、晴子様をお通しするように、言われております」

つまりこの牢人、楠木不雪が、土一揆を煽動《せんどう》すべく、畿内各所にばらまいた者の一人であった。

兵庫は敵の手際の良さに感服すると同時に、巨大な戦慄もいだいている。端倪《たんげい》すべからざる、組織力をもつ南方。もし自分たちが、《蘆山院晴子》一行ではなく、日野幸子一行だと明るみになったら……生きて京へもどれぬのではないか、という戦慄だ。

鉄やんと数名の百姓が同行してくれたので、三十三間堂に置かれた、一揆勢本陣も、無事通りすぎた。

奈良街道を、少し行った所に、黒衣の老人の如くふしくれ立った榎《えのき》の大樹があった。その木陰にぼろぼろの破れ笠をかぶった怪しげな雲水が一人、立っていた。

通りすぎる。

と、

「――ふヒャ！」

「一休禅師」

幸子が、立ち止る。

面貌を笠で隠した一休宗純は、

「幸子。禅家に祈禱《きとう》というものはない。

ただ……祈っておるわい。――息災でな」

「はい、ありがとうございます」

後は、赤トンボが飛び交う奈良街道を、ひたすら南下した。

巨椋池の北岸から、東岸にまわり込む形で、三室戸《みむろど》の辺りにきたのが、未《ひつじ》の初点（午後

（晴子様》」


笠をかぶった兵庫が、麗眉をひそめ、隣を歩く幸子を、のぞきこむ。

「さぞお疲れでございましょう。じきに、宇治橋。そこを渡れば、宇治です。今日は宇治に泊るので、もう少しでゆっくり休めますぞ」

「兵庫……いえ、《村田》。前にも言ったでしょう？　わたしは、幼い時から歩くのが好きで、足は丈夫なのです。だから、全然疲れていません。今日だって、宇治より先まで歩けるのよ」


と、幸子が言った時――柴吉が、異変に気づいている。

「何じゃ……あの煙は」


宇治橋の方から、不吉な予感を凝縮したような黒煙が上っていた。

ただ何ゆえ煙が上がっているのかは、わからない。

我がもの顔に茂った、竹藪《たけやぶ》。

葉が一葉《いちよう》のこらず落ち、むき出しになった体に、眩暈《めまい》がするほど沢山、赤い実をぶら下げた、柿《かき》。

壁に、稲を架けた百姓家。

左様なものが邪魔立てし、煙の原因が突き止められない――。

街道は弓なりになっている。

兵庫たちの足が、自《おの》ずと早まる。

街道が、宇治橋へむかって、直線になる。

と、黒煙が、段違いの威容、黒竜に匹敵する圧迫感をもって、一行に迫ってきた。

だが、行く手に——近隣の住民や旅人で厚い人垣ができており、煙の根本《もと》が、究明できない。

「たしかめてこい」

兵庫は左手にあった地蔵堂の陰で幸子を休ませ柴吉を走らせている。

柴吉は、すぐに、もどってきた。

「ちと、厄介ですな。管領《かんれい》が、橋を焼いたようです」

「管領が橋を焼いた？　どうしてだ？」

管領・細川勝元《かつもと》は、室町幕府で、将軍の次の地位にいる男である。

「はあ、そこな旅の僧に聞いたのですが……」

柴吉の話は、こうであった。

昨日、細川管領の京屋敷の門を、叩く者があった。その者の知らせによると、洛南、西岡につづき——今度は、南山城の百姓たちが、大がかりな徳政一揆を起そうとくわだてているのだという。

驚愕《きょうがく》した細川管領は、大軍を率いて、宇治橋へ南下。一揆軍が上洛できぬよう、橋を焼いてしまったのだった。

「雲谷屋から、細川軍が何処かへむかったという知らせがあったが……ここに動いておったか」

兵右衛門、美濃獅子は既にいないが、彼らやその朋輩たちが蒔《ま》いた種が、今、一気に芽吹こうとしていた。

「今度は……南山城でも一揆か。橋が焼かれてしまったら、宇治へ行けまい。どうすればよいのか？」

眉目端正な幸子から、不安で青ざめた声が、こぼれる。

「巨椋池に出て、舟をひろいましょう」

兵庫はすかさず答えている。

四人は、狐色《きつねいろ》にすさんだススキの原に、わけ入っている。白銀色に輝く、無数の穂にくすぐられながら、湖畔に出た。

島が、見えた。槇島である。

この頃の槇島には、漁業を禁じ、布曝《ぬのさら》しを生業とする、風変りな島民たちが住んでいた。

何でも、最初、島民たちは漁業をいとなんでいたが、鎌倉時代に叡尊《えいそん》がふらりと現れ、殺生を戒め、代りに、茶色っぽい布を白くする技を、つたえて立ち去ったという……。島民たちは、舟を足代りにつかっていた。

槇島の舟を、おゆんが、よく通る声で呼び、乗舟する。

この方法で、対岸に渡れると気づいた人々が湖畔に殺到するのは、もう少し後のことだった。

四人をのせた舟は、巨椋池を、宇治の方へすすんでゆく。

宇治川が湖に流れ込む所まできた時、四人は息を呑んでいる。

京側の岸に、細川軍と思《おぼ》しき鎧武者たちが、雲集していた。

紅蓮《ぐれん》の炎につつまれて最後まで立っていた三本の橋脚が、ドボドボと飛沫《しぶき》を立てて川に倒れ込む。

青くすがすがしい秋の空に、黒い異物のような、大煙柱が立ち上っていた。

太い黒煙は、何処か、挑発的ですらあった。

舟に揺られながら、幸子が、青ざめた顔で、言った。

「………もっと、恐ろしいことが、起りそうな気がする。……わたしの知る世界《よのなか》のいろいろな所に破れ目ができ……壊れてゆく気がする」

「…………」

兵庫も、じっと黒煙を黙視している。

黒煙の背後に——南方の思惑が、いや、南方屈指の謀将、楠木不雪の深謀が、はたらいている気がした。川上からくる風は炎の作用で頬《ほお》が火照《ほて》るほど熱い。戦という、巨大な獣が、忍び足ですぐそこまできていて、生暖かい息を、吐きかけられた気がする。

幸子が、静かに、呟いた。

「そうさせては……ならぬ」

＊

平等院《びょうどういん》のほど近く、縣社《あがたしや》の、白い月明りが照らす森で、兵庫は柊風伯と会った。

幸子たちは、旅店《りよてん》にのこし、一人できている。

先にきていた風伯は、苔《こけ》むした岩に腰かけ、兵庫を待っていた。他に二人の下忍がいた。

時折、モモンガが梢《こずえ》から梢へ跳びうつる音がする他は、静かだ。時が流れているのを忘れてしまうくらい、静穏な、月夜であった。

「南山城の百姓衆は、細川勢を警戒。宇治へ入る頃合いを、うかがっておるようですな」

「……戦《あらし》の前の静けさというやつか」

兵庫の言に、風伯が、うなずく。

「先方との、対面の日時は？」

「特に変りはない」

兵庫は、答えた。風伯、二人の下忍は、耳を澄まして聞いている。

「十八日夕刻には、吉野に入る。宿坊に泊り、翌朝、堂が開くのと同時に、蔵王堂に顔を出す。大体何刻という指示もないゆえ……そうする他あるまい」

「承知しました」

「番人そのものが現れるのか、使いの者がくるのか、不明だが、そなたは我らをつけ、一の番小屋の所在をたしかめてほしい。気取られぬようなら、そのまま、二の番小屋、三の番小屋……相手の宮というふうに、潜行して、所在をたしかめてくれ」

「はっ」

吉野に入ってから、都への使いを担当する者が、必要になる。連絡人《つなぎ》だ。連絡人は——二種類、必要だ。まず、口吉野にいて、京へ走る者。次に兵庫たちにそっとついて、奥吉野まで行き……第一の連絡人がいる、口吉野まで、走る者。その者は、番人など南方の者に気づかれぬよう、本隊についてこなければならない。また、万が一、兵庫たちが番人に怪しまれ、都に帰れなくなった場合……番小屋の所在を、仲間に知らせねばならぬ。番人は相当な力量の者と考えられたから——密林を忍び歩きでついてくる忍者は、余程優秀でなければならない。柊風伯を置いて他にないと、兵庫は考えていた。

風伯が「ついてくる忍者」、二人の下忍が口吉野へ「置かれる忍者」だ。

「兵庫様」

「何だ？」

「隠密伝奏は——」

近衛関白が隠密伝奏だとは、一般の村雲忍者には謎《なぞ》なので、普段はこのように呼んでいる。

「隠密伝奏は、言われていましたな。もし、吉野で、危険を感じたり、交渉に限界を覚えたりした場合……ためらわずに逃げ帰れ。ただその場合、幸いにも、盗まれた神璽を取りもどせる隙あらば……神璽と共に、京へ脱出せよ……と」

当時の京都朝廷は、三種の神器を天皇になる絶対の条件とはとらえておらず、上皇などの治天の君が、国をゆずる宣言をする——院宣を、即位の条件ととらえていた。

三種の神器がない状態で即位した帝には、古《いにしえ》の継体《けいたい》天皇、平家都落ちの際、平家軍が安《あん》徳《とく》天皇と神器をもち去ってしまった状況下で即位した、後鳥羽《ごとば》天皇などが、いる。

後鳥羽天皇の血を、持明院統も、大覚寺統も、引いている。

したがって、京都朝廷は、神器を天皇の印の一つとは考えていたが、絶対の条件とはとらえていなかった。それよりも、現実に京都に在ること、政治をおこなう将軍にささえられている事実に、重きを置いている。神器を一つ奪われたから、後花園天皇が偽者の帝になってしまうなどということは、ない。

だが、南方は違う。

彼らは神器を絶対の拠り所としている。神器を一つ奪ったことを根拠とし、今、その統率者は、帝を号していた。裏を返せば、奪われた神器を取りもどせば、南方に大きな動揺をあたえられる。だから近衛関白は、神器の奪還に強くこだわったと考えられた。

「しかし風伯……」

兵庫は、言った。

「それはとてもむずかしいだろう。疑われて逃げる場合……追いすがる敵を払いのけ、死地を脱するのに全力をそそぐことになるだろう。その時に、神器を取り返して逃げるというのは……至難の業である気がする」

「思ったのですが……」

風伯はあたためていた思案を、慎重に開くような口ぶりで、言った。

「左様な局面になった場合――敵は全力で、幸子様、兵庫様を追おうとする。敵に……大きな隙が生れる。この虚を突き、わしが、神璽を奪還する……左様な動きもできる気がしました。あらかじめ、兵庫様たちが神璽の在《あ》り処《か》を突き止め、それを、こちらに教えていただければ……ですが」

「……それは、一理ある。ただ、風伯。今は――三人の番人の目をくぐり抜け、無事に本拠地に行くことに、全力をそそごう」

「わかっています」

いくつかの打ち合わせを重ねた後、彼らは、わかれている。去り際、兵庫は、

「頼りにしている。風伯」

「わしは……左程すぐれた乱破ではありませぬ」

風伯は硬い面持ちを崩さず答えた。帰り道、漠たる不安が兵庫の体の隅々まで満たした。

風伯が傍にいた方がいいのではないか、という思いであった。

だが、老練な乱破たる風伯を、本隊に置くと、柴吉かおゆん、あるいは他の誰かが、風伯の役目につかねばならぬ。

風伯が二人いれば――全ては、解決する。だが、風伯は一人なのだった。

第六章　一の番人

厠《かわや》から出ると、帯刀が柄杓《ひしゃく》で、手に、水をかけてくれた。

東の空が白みはじめている。朝日はまだのぼっていないけど、青くやさしい光が、森をつつんでいた。

幸子たちが旅店を出た頃——

サンギリ峠。

不雪の凄《すさ》まじい剣の稽古《けいこ》を受けた後、自天王は厠にきたのだった。

濡《ぬ》れ手に、帯刀の手拭《てぬぐ》いが、さっと差し出される。

「……ありがとう。帯刀はよく気がつく」

「いえ、そんなことは……」

丹生谷帯刀は、二十八、九歳か。鼻が高く、ととのった顔立ちだが、笑うと目尻から愛嬌《あいきょう》がこぼれる。気さくな青年であった。

厠は、庭にある。

今、厠の前にいるのは、自天王と帯刀、そして不雪の下忍が一人だけだった。

「……さきほどの打ち傷痛みませぬか？」

帯刀が訊《たず》ねてきたので、大丈夫だとうなずく。

と――暁の森の底の方で、鳥が、啼いた。

……名も知れぬ鳥であった。

そして、最初の一羽の啼き声で寝覚めた山雀《やまがら》が、控えめにさえずり、山雀の声を聞いたカケスが低く呻《うめ》き、カケスに起された山鳥が、小さく叫んだ。

姿は見えない。

囀《さえず》り声だけがするのである。

そうやって、梢《こずえ》から梢へ、樹から樹へ、声の波紋が広がってゆき、しまいには――山のそこかしこで、沢山の囀りがあふれた。

奥吉野と熊野の境にある、この深山に、朝がきたのである。

「…………それがしの生れた谷にも、このように……朝が参りました」

丹生谷帯刀の瞳《ひとみ》は、まだ朝日が差し入らぬ暁の森に、固着されている。自天王は、本能的に、この若者とは魂の底の方でわかり合えるのではないかと、感じた。目を見て、そう思った。

「……そなたの生れた谷？」

「播磨《はりま》にあります。いや……もう、無いと言うべきか。そこに在った家々は——悉《ことごと》く、幕府軍に焼かれたため」

「……そうか」

自天王は、不雪が、

『丹生谷兄弟は、赤松の牢人《ろうにん》にござる』

と、語っていたのを思い出した。

赤松満祐は播磨の守護大名で、暴君、足利義教に粛清されることを怖れ、謀反してこれを討った。幕府は赤松討伐軍を差しむけ、赤松家を潰《つぶ》し、播磨国は幕府軍による略奪、焼き打ち、撫《な》で斬《ぎ》りなどの被害にあっている。またこの戦いで、相当な数の、赤松牢人が生れた。

赤松牢人衆は、当代の将軍、義政にとって父の仇《かたき》。さらに播磨国の人々は、幕府軍の蛮行を今でも恨んでいるゆえ、彼ら赤松党は二重の意味で決して裏切らない味方なのです、と不雪は語っていた。

一年前に味方となった、丹生谷帯刀と、弟、四郎左衛門尉《しろうざえもんのじよう》は、二の番人・十二代目が、

『かの兄弟の太刀筋を見るに、全く……教えることはござらん』

と、太鼓判を押したほどの、逸材だった。

丹生谷兄弟と一緒に帰属を申し出た、上月満吉《こうづきみつよし》以下二十八人の、赤松浪士が、十二代目の許《もと》で数ヶ月間、訓練する羽目になったことを考えれば……その実力の程が知れるだろう。

（だけど、不雪は言っていた）

自天王は思い出している。

『帝《みかど》。……くれぐれもご注意くださいませ。

十六年前――赤松を討つべく、幕府が差し向けた討伐軍の総大将は誰だと思います？

……山名宗全なのです。

つまり、赤松牢人衆は、宗全を深く恨んでいる。我らが宗全を味方に引き入れようとしていることを、赤松牢人衆が知ると――彼らの気持ちが一気にはなれる恐れがあります。故に、宗全引き入れの計画があることは、彼らに内証でお願いいたします。幸い、左様な計画があるのを知る者は、僅《わず》か……。我ら臣下は徹底いたしますゆえ、帝、是非ともよろしくお願いいたします』

と、念を押されていた。

「……どうされました？　……今、かなり思いつめたお顔をされているように、お見受けしました」

帯刀が、愛嬌の残り香が漂う目で、問うてくる。

「……いや。何でもない」

後ろめたさが唇ににじんだ答え方だった。

同時に、鈍痛が、腹を襲った。自天王の手が腹部を押さえると、

「お加減が悪いのではありませぬか？」

「……」

「これから馬術の鍛練とか。具合が悪いのに、馬に乗られ、怪我《けが》などされては元も子もない。この辺りは岩場が多いゆえ……気をつけねばなりませぬ。ちょっと、かけ合ってきます」

自天王は、

「あっ、待て！　帯刀」

呼び止めても、帯刀《やかた》は聞かぬ。不雪がいる方へ、ずいずい歩いてゆく。今日は大事を取って、馬術の鍛練は止めた方がよいと、言ってくれるつもりらしい――。

ふと自天王は、自分の白い表面が、茜《あかね》に照っている気がした。

いつの間にか、サンギリ峠の砦に、赤く澄んだ朝日が差している。朝日のせいでそうなったのでは、ないように思えた。

十月十六日。幸子一行、奈良に入る。幸子、薬師寺まで足をのばし、蘆山院晴子の母の病気快癒と、姉の心がすこやかになるよう、祈願。おゆんが一揆勢に咄嗟《とっさ》についた嘘《うそ》だったが……南都に入る頃には、幸子は、本当に薬師寺に行かなければ、気が済まなくなっていた。

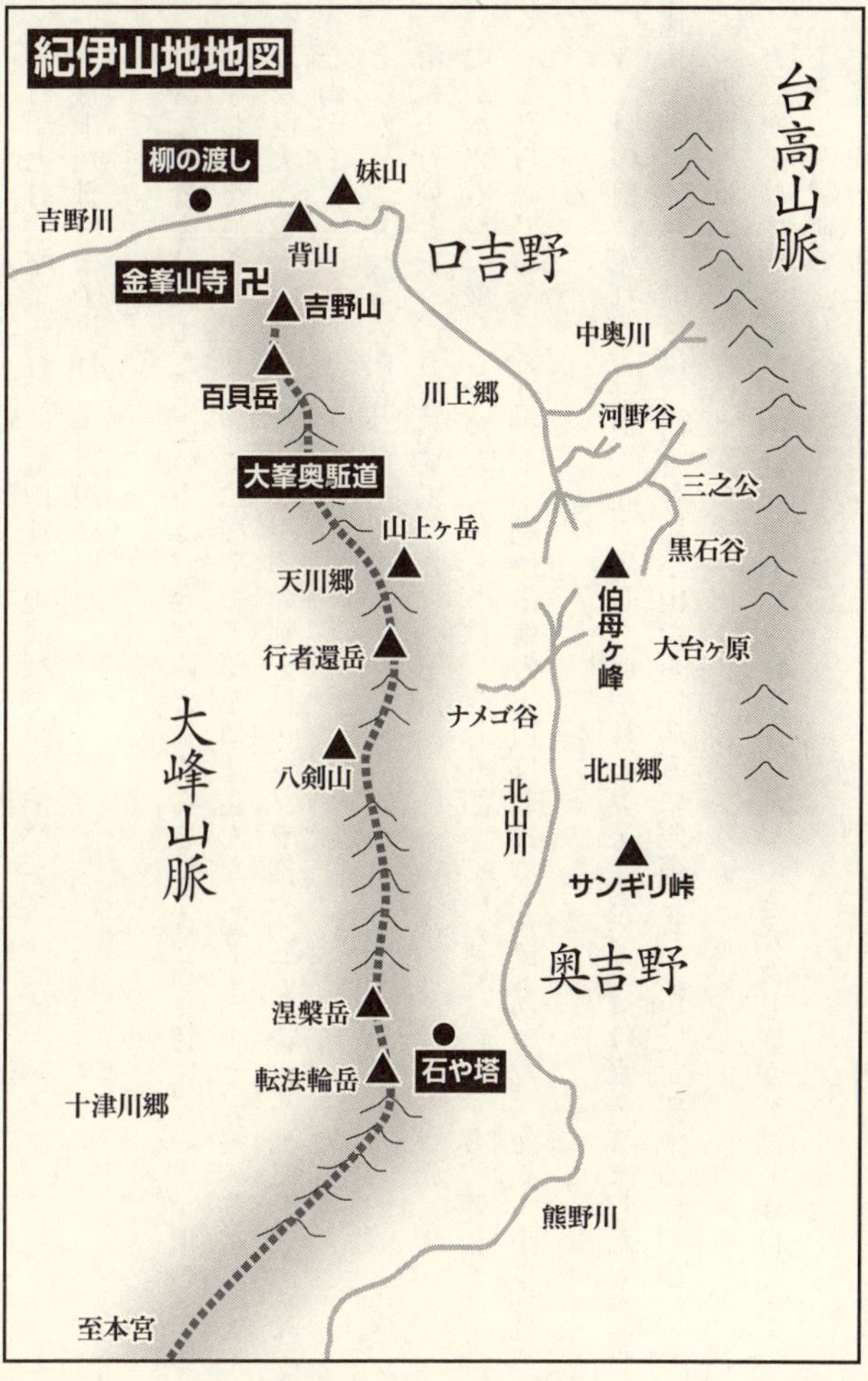

紀伊山地地図
柳の渡し
妹山
吉野川
背山
金峯山寺
吉野山
口吉野
台高山脈
中奥川
百貝岳
川上郷
河野谷
大峯奥駈道
三之公
山上ヶ岳
黒石谷
天川郷
伯母ヶ峰
行者還岳
大台ヶ原
ナメゴ谷
大峯山脈
八剣山
北山郷
北山川
サンギリ峠
奥吉野
涅槃岳
石や塔
転法輪岳
十津川郷
熊野川
至本宮

十月十七日。幸子一行、三輪山《みわやま》近くの農家で、一泊。

十月十八日。幸子一行、吉野川にいたる。

豊富な水量をたたえた、広い川は、今、西日に照らされて柿色《かきいろ》に輝いている。川の両側には、お椀《わん》を逆さに伏せ、そこに桜やモミジを植え込んだような山……天地の創造にかかわった巨大な亀が、動きを止め、甲羅の部分に、ツブラ椎《じい》や、アラ樫《かし》が生えてしまったような山……。

とにかく、丸っこい山が、いくつも、いくつも、両岸に、並んでいた。

滑稽《こっけい》な行列と言うべき光景であった。

山が本来もつ、厳しさ、鋭さ、険しさは、少しも漂っていない。ひたすら、優しく、丸く、なだらかである。これが……紀伊山地の入口における、姿であった。勿論《もちろん》——本性は、隠されている。

今、目の前に流れる吉野川を吐き出した原始林の奥深さや、雪解け水をこぼした大絶壁地帯が獣に見せる酷さは、口吉野の小山たちに巧みに隠蔽《いんぺい》されていた。要するに、山はまだ、仮面をはずしていない。

「ようこそ、柳の渡しへ」

と、夕焼けの渡し場に立つ兵庫たちに、南岸から帰ってきた渡し守が、話しかけてきた。

枯木に似た、細身の老人だ。

「四人様でございますか？　渡し賃は、五文にございます。本当は、六文いただきたいのですが、三途の川と一緒だと縁起が悪いと言われて……五文にしてあります」

「ねえお爺《じい》さん。この小さい舟に、あたしたち、全員のれるの？」

「大丈夫でございますよ」

不安そうなおゆんから、毟《むし》り取るように、荷を奪い、舟にのせてゆく。

漕《こ》ぎ出すと、

「川上を見て下さい。左が妹山《いもやま》、右が背山《せやま》、二つ合わせて妹背山にございます」

「吉野山はどちらですか？」

幸子が訊ねると、船頭は顎《あご》で差した。

「あちらでございますよ」

桜で有名な吉野山が、どんどん近づいてくる。

もっとも狭義の吉野は、今、眼前にある、千本桜の吉野山であろう。だが、吉野という地名は、古来、ひたすら山の奥へ、奥へ――広がっていった。広義の吉野は、吉野山はおろか、その背後に広がる――

雲を突き破る、厳厳《いかいか》しい高峰どもが、長く、深く、険しく、縦につらなる大峰《おおみね》山脈。石楠花《しゃくなげ》や、五葉ツツジの原野が雄大に広がる、一千メートル近い絶壁の上に開けた、大高原、大台《おおだいが》ケ原《はら》。

恐ろしい磊石《らいせき》の間を落ちる、瀑布《ばくふ》が白くしぶく下で、極限まで翡翠《ひすい》を研いだような色の淵《ふち》が横たわる、秘境、天川郷《てんかわ》。

山深き十津川《とつかわ》の大森林。

……などを、ふくむ。その広い意味での吉野こそ、後南朝勢力の活動拠点であった。

そういう意味では吉野山へ登った兵庫たちは、まだ、広い吉野のほんの入口に入っただけだった。

翌朝、宿坊に泊った村雲兵庫、日野幸子、柴吉とおゆんは、金峯山寺蔵王堂にむかっている。別の宿坊に泊った風伯も、半町ほど後ろを歩いて境内に入り、蔵王堂が見える場所で立ち止った。

山中の寺だから、人気《ひとけ》はないかと言えば、そんなことはない。

さすが飛鳥時代に役小角《えんのおづぬ》が開いた、修験道の本山。——にぎわっている。

まず、この金峯山寺を起点、もしくは、終点にして、遥《はる》か南——熊野まで、魔の大峰山脈を突っ走る山伏の修行の道があった。熊野古道・大峯奥駈道《おくがけみち》だ。

この道をこれから走るべく、諸国から山伏の一団があつまっていた。

山伏の一団があつまるわけだから、門を出た所に、宿坊が軒をつらねている。金峯山寺の山伏や、山伏の妻で女呪術者《じゆじゆつしや》の山伏女《め》が、いとなんでいた。

宿があるわけだから、商人もいる。大工や、左官も、いる。

要するに町ができていた。

町があるわけだから、広い境内を遊び場にしてしまう、腕白小僧の一団だって、いる。朝霧の境内をすすむ兵庫たちは、硬い決意をみなぎらせた山伏たちや、単なる呑気《のんき》な物詣でや、叱《しか》られながら境内で隠れん坊をする童たちや、甘酒売りの親父《おやじ》などとすれ違いながら、蔵王堂を目指す。

厳厳《いかいか》しい憤怒相で、人々を見下し、片足を大胆に上げた蔵王権現の前には、既に灯明が焚《た》かれ、朝の行をつとめる山伏や、参拝客がいた。

山岳寺院独特の、氷の蜘蛛《くも》糸《いと》が張りめぐらされているような、重い緊張が立ちこめる中、兵庫たちは——待った。

半刻ほど、蔵王権現の前を、行ったりきたりしている。が、誰も、話しかけてこない。

(……早くきすぎたか。あまり、長くいるとこの寺の者に怪しまれる)

これほど半刻という時間が長く感じられるのは、はじめてであった。

しかし、堂を出た所で南方の使いがきたら、元も子もない。どうしたものかと、思案した兵庫。幸子と、目が合った。

幸子が何か言いかけた時である。

——一人の山伏が、堂内に入ってきた。

五十歳くらいの長身の男で、頬《ほお》がこけている。

兵庫は、一瞬でその山伏が只者《ただもの》でないと感じた。堂に入った刹那《せつな》、山谷で鍛えられたのとは別の、激しい猛気が如《ごと》きものが、放たれた。頰がこけた山伏は猛気を隠しているが、堂内にいた沢山の人々の気に押されて、思わずこぼれ出た感じだった。兵庫は――それを見逃していない。

村雲党《おのれら》と、同じ類《たぐい》の男である気がした。

頰がこけた山伏も、こちらをみとめている。かすかに笑うと、まっすぐに幸子を見つめ、近づいてきた。だから幸子も出しかけた言葉を呑み込み山伏の方を眺めた。

「蘆山院晴子様でございますな?」

「はい。わたしが、《晴子》です」

幸子が緊張の面持ちで、答える。行者をよそおった、頰がこけた忍者は、低い声でささやいた。

「わしの少し後から、堂外へ出るように。……間をあけて、わしについてきて下され。次にわしが話しかけるまで、貴女《あなた》の方からわしに声をかけてはいけない。いいですな?」

吉野金峯山寺は、室町幕府の勢力圏内にある。男は――反幕府方の諜者《ちょうじゃ》であった。故に、境内で誰かに接触するのも、相当な注意を払っているようであった。

幸子、付け髭《ひげ》の兵庫が、無言で首肯する。

一瞬、頰がこけた男は、物凄《ものすご》い探索力がこもった眼火を燃やして、幸子、兵庫、柴吉、いゆ、おゆんの面相、雰囲気をあらため、この者たちなら大丈夫だというふうに、自分に対して小さくうなずき――堂から、出て行った。

少し間隔を空けて、幸子らが表に出る。男は境内をとぼとぼと歩いている。見うしなわないように、跡をつけた。そして、四人の背後に、またさらに間隔を空けて――風伯がついてきた。

男は、寺から出ると、宿坊にはさまれた道を、中千本《なかせんぼん》方面に上ってゆく。かなり坂道を登った所で、不意に山林へわけ入っている。つまり上《かみ》千本には上らず、桜紅葉の林に入って行った。

兵庫が、さっと、顧みる。風伯はいなかった。近くを歩きすぎて先導する男に怪しまれるのを警戒し、相当に間隔を空けているか、物陰に隠れているか、どちらかだった。

兵庫の手が素早く動き、懐中から木の実を一つ、取り出している。

――クヌギの、実。

ただの実ではない。針で穴を開け、炭を少しつけてある。凡俗の人が見れば、虫穴が開いて、やや黒ずんだドングリにしか思えない。斯様《かよう》な際、仲間への合図として、兵庫が採用した手段《もの》である。

兵庫は上忍になるに当って――弟がつかっていた、暗号と合図を全てあらためている。弟が嫌いでそうしたのではない。村雲党の暗号の一部が、楠木党に知られたから……あの悲劇が起きたのではないか、と分析したからだ。

兵庫は、針穴が開いたクヌギの実を地面に置き、風伯よ気づいてくれと念じながら、初冬の林に入った。

桜林を下っている。

はじめて吉野にきた幸子は、花が咲き優《まさ》る頃なら、さぞ見事であったろうと、思った。朝霧が煙《けぶ》る山肌に、雲と見まがうほど花咲かせた山桜が、並んでいる。フジツボがひしめき合う岩礁かと思うと、それは、無数の落花がちりばめられた、山中の岩である。その岩は、苔におおわれ、節くれだった根に這《は》われ、いつもむずかしい顔付きである。

だが、春のこの季節だけは、沢山の花びらに飾られ……何処か、満悦げな、微笑を浮かべているように思える。

(そんな、吉野山を歩いてみたかった)

と、幸子は、思った。

何故なら……桜の紅葉はあまりほめられたものではない。

今、幸子は数知れぬ桜樹の迷宮を歩いているけれど、渋い、赤紫に色づいた葉は、一風吹けば、バサバサと落ちてくる。葉が落ち、身ぐるみはがされた梢は、寒々とした、寂しさが漂っている。大量の落葉も、泥で汚れていたり、鹿の糞が転がったりしていて、何処か痛々しかった。

と、

「もう大丈夫でしょう」

先導の男が、止った。

「拙者、一の番人・熊殺《くまごろ》し鉄蔵坊《てつぞうぼう》の使いの者です。鉄蔵坊の庵《いおり》は、百貝岳《ひゃっかいだけ》にあります。吉野山の、一つ南の山です」

（一つ南の山……どれくらい遠いのだろう）

幸子の面が曇る。幸子は富子にくらべて、随分、足が丈夫であった。だが、やはり都育ちなので、四日間歩き通しであった昨日までの旅は、きつかった。特に昨日の山登りがこたえ、今日は足に鉛が入ったようになっている。

（都で高い山と言えば、叡山と愛宕《あたご》。吉野山は叡山くらいの高さ、だろうか。……辛かった）

だが、その辛さを、幸子は兵庫たちに開陳できなかった。

（二の番小屋、三の番小屋は、吉野山などより遥かに高き山に、つくられているかもしれぬ……。こんな所で音を上げるわけには）

だが、そんな幸子の憂いは、宇治や奈良の宿で、ずっと相部屋で寝てきたおゆんには、つたわったようである。

「《晴子様》。山登りで本当は足が疲れているんでしょ？　少し、休みます？」

全く飾らないからこそ、分厚い温かみがにじみ出てくる、おゆんの言い方だった。

「まだ、今日は少し登っただけでしょう。大丈夫」

「本当に大丈夫ですか？　じゃあ、水でも飲みます？」

「……そうね。水はいただきます。ありがとう」

竹筒の水を飲むと、力が湧《わ》いた。幸子の竹杖が突かれると、五人は、百貝岳にむかって、歩きだしている。

刹那、後方でカケスが啼《な》いた。鳥ではなく、柊風伯の合図だとわかった、兵庫の唇は、わずかにほころんだ。

巳《み》の初点（午前九時）。兵庫たちは、百貝岳に到った。

先導の男が、金剛杖で差すと、西側の視界が開け、雲海の向うに葛城の山々が見えた。

何処かで山伏の法螺貝が、聞こえた。

そこから、とんでもない栃《とち》の巨木や、全身をツタや苔におおわれた、イチイ樫や、老いた、蛸《たこ》の帝王みたいに暴れ狂う、怪物並に大きい、ツブラ椎が立つ、底知れぬ森に入っている。やわらかい、霧雨が降ってきて、五人の肩を濡《ぬ》らした。

と、樫類の森が開け――行く手に、黒い巌《いわお》が、現れた。

大きい。

黒い、鯨《くじら》の化物のような、巨大岩石だ――。

凡俗の鯨と比較にならぬほど大きな鯨。

その鯨が――くわっと大口を開ける。鯨の上の歯の部分に、注連縄《しめなわ》がかかっている。巨大な口腔《こうこう》の奥に、不動明王像が一つ、据え置かれている。そして、鯨の頭の上に、各種シダ植物、幾本ものひょろひょろしたリンボク、石楠花などが、生えている。

そういう、大きな、岩屋だ。

黒い大岩の右に、鄙《ひな》びた行者堂が、ある。行者堂の裏に森厳とした趣の杉が立っていた。天突くほど高い、杉だ。

杉の隣に、栗。負けずに、太く、高い。波打つような逞《たくま》しい枝を、天の広い範囲にのばしていた。行者堂や岩屋の手前は、こいつが落した無数のイガ栗で茶色い海と化していた。

霧雨に濡れた先導者が、

「――一の番小屋です」

「行者堂は、役小角の堂。畿南の山々を開いた小角を、象徴《あらわ》したような、場所ですね」

幸子が、言う。

兵庫も同感だ。

役小角――修験道の祖。さらに、紀伊山地で修行した、最初の名のある宗教者である。

幾筋もの沢水が一つになって白くしぶいた怒濤《どとう》、その怒濤に似た超人《おとこ》が小角だ。

小角がしたことは、それまで様々な対立を引き起していた、仏教と、日本の神への信仰を、一つに混淆《こんこう》するという、作業であった。さらに小角は、中国起源の神仙思想、乃《すなわ》ち道教から抽出したエキスをも、取り入れたと思われる。

つまり、天竺、中国、日本、三つの異なる思想をまとめて、創《つく》りあげたもの——それが、修験道だった。だから今、不動明王の前に、注連縄が張られているわけである。

注連縄をくぐり、岩が開けた口腔に、入ってゆく。先導者がそのようにうながした。兵庫は罠《わな》がないか、鋭く目を光らせるも、鉄菱《てつびし》などはまかれていなかった。四人が、岩屋にしゃがむと、

「此処《ここ》でお待ち下さい。熊殺し鉄蔵坊は、すぐ参ります。御免」

そう言い置くと、先導者は——森の中に消えていった。

兵庫たちは待つより他にない。何となくこういう時に何かしゃべるのもはばかられ、言葉少なに一の番人がくるのを待っていた。

四半刻ほど、たったろうか。雨が止《や》んでいる。

と、雨を何処かでさけていたらしい、一匹の狸《たぬき》が、四人の眼前を——右から左へ、ふわふわと走って行った。

かなり太った奴だ。

そんな愛嬌のある、狸が、イガ栗をたくみによけながら、かなり素早く、走ってゆく。

幸子の唇が嬉《うれ》しそうにほころんだ。

刹那——

「あいつ、随分、太っているだろう？　この山は食い物が豊富なんだ」

いきなり、声がした――。

後ろからだ。誰もいないはずの、不動明王が置かれたきりの、岩の窪みの奥から――声が、したのだ。

物凄い鋭気を、面から発した、兵庫、柴吉、おゆんが、後ろへむきかける。兵庫は、まずいと感じた。

稲妻の速度で、兵庫の手が――動く。柴吉の腕を、押さえている。柴吉は、わかってくれたようだった。

乃ち、振り返る丁度中点の所で、顔面に浮かんだ殺気を掻《か》き消し、大きく驚いたような表情をつくって、岩屋の奥にむいている。

兵庫の手が動いたのを見ていたおゆんも察してくれた。おゆんは鬼の形相をあっという間に消し――恐怖でおびえた女の顔で、不動尊の方に、むいた。

腕に覚えがある元牢人で、蘆山院家の用心棒、という設定の兵庫だけが、双眸から鋭い猛気を放ちながら、岩屋の奥を、睨《にら》む。幸子は大きくのけぞったような姿で、岩屋の奥を見ている。これは全く、問題ないように思えた。

(やはり誰もいない。隠し部屋でもあるのか)

兵庫が感じた瞬間、ゴトッと音がして、青い不動明王の右手に置かれた石が動いた。

「驚かせてすまなかったな」

やはり隠し部屋があるようで、穴の向うから髭面の男がのぞいた。穴は男の髭面でいっぱいになっている。

「さっき、堂に帰ってきたんだ。ちょっとあんたらを脅かしてやろうと、思ってね」

さっき、堂に誰か帰ってきた気配も、今、岩屋の隠し部屋に、誰かがまわった気配も、微塵《みじん》もなかった。氷の龍に襲われたような戦慄《せんりつ》が、兵庫の背筋に、起った。

「そこのほっそりした、娘さんなら、この穴は通り抜けられる。だが、俺は体が大きすぎて無理だから、ちょっと待っててくれねえか？」

さっき動いた石が、元の位置に、もどされた。

一の番人、熊殺し鉄蔵坊。

熊の王が体にのりうつり、樫の巨木が、人間の皮をまとって手足に生れ変ったような、恐ろしく頑丈そうな、大男であった。

身の丈、六尺三寸――約、一メートル九十センチ。

横にも太く、前後に厚い。髭もじゃ。ぼさぼさの長い髪。頭の上に、この男の大きな顔に不釣り合いなほど小さな頭襟《ときん》が、ぴょこんと、のっていた。黒い熊皮を衣代りにまとい、頑丈な藤蔓を、帯代りにしめている。

山の臭気を発していそうな男だが――無臭であった。

毎日、清流で、徹底的に体を洗う習慣があるようだった。勿論《もちろん》、綺麗《きれい》好きでそうしているわけではない。臭いがすれば、敵に位置を読まれやすいゆえ、執拗《しつよう》なほど丁寧に体を洗っていると考えられた。

そんな鉄蔵坊は、岩屋の前に立つと、

「なあ、昼飯を一緒に喰わんか？」

兵庫たちは、拍子抜けしている。つまり、南方に入るための厳しい試練、問答があると、兵庫らは考えてきた。想定された問いに対する理想的な答を、幸子と兵庫はこの二ヶ月幾度も打ち合わせしてきた。兵庫は幸子の知性に舌を巻いている。兵庫が用意した答より、上手《うま》い答を、幸子が思いつく場合が多かった。

今日のために用意に用意を重ねてきた。

だが……そういう問答は、何もない。

鉄蔵坊は、岩屋の近くにあった木に、鉄鍋《てつなべ》を吊《つ》るし、焚火を熾《おこ》し、煮炊きをはじめている。

昼飯を振る舞ってくれるらしかった。

火の近くに立つ、幸子は、

「あの……それは、何のお肉ですか？」

まだ、水の状態の、鍋に放り込まれた、武骨な肉塊について訊ねた。

「熊だ。熊の味噌汁《みそしる》だ」

鉄蔵坊は、石の上で、かなり大胆にネギを切りながら答えた。

「貴方《あなた》は……行者でありながら、熊とネギを食べられる？」

幸子はぶつ切りの熊肉と鉄蔵坊の頭にのった頭襟を見くらべながら訊ねている。通常、修験者は、肉食と、五辛《ごしん》――ニンニク、らっきょう、ネギ、野蒜《のびる》、ニラを、忌む。

鉄蔵坊はネギを切りながら、顔をしかめ、

「俺は、弁慶《べんけい》にあこがれている。

どうして弁慶があれほど強かったか……俺なりに考えた結果……やっぱり肉を喰っていたに違《ちげ》えねえと思った。だから、肉を喰う。んでネギだけどよ」

包丁が、止る。少年のように目を輝かせ、爽《さわ》やかに笑った。

「肉に火ぃ通す時、ネギは必要だよ。……肉の臭みを、取ってくれるじゃねえか。なあ、米あるか」

「あるが」

兵庫が、干した生米を出す。

「おぉ、いいじゃねえか！　もう何ヶ月も栗しか喰ってねえ。そこに、放ってくれ」

青ネギと一緒に、大分煮て、肉と米に火が通ると、まず味噌が入り、仕上げに、白いネギが散らされる。はじめ、熊と聞いてぎょっとした幸子も、熊肉が、温かい料理という体裁をととのえるにつれ、胃袋が刺激されたらしい。兵庫の横で、食欲がにじみ出させた生《なま》唾《つば》を、呑《の》む音がした。

杓子《しゃくし》で、熊の味噌汁、いや味噌雑炊をまわしながら、鉄蔵坊が、

「美味《うま》そうだろ？　ふふ。だけどな、俺は、こう見えて、無益な殺生はしねえ。熊狩りしかしねえし、熊肉しか喰ったことがねえ。……本当だぜ」

味見をし、ご馳走《ちそう》をつくったぜ、という面差しで、強くうなずいた鉄蔵坊が、どろどろの熊肉雑炊をよそいはじめる。よそいながら、

「山女魚《やまめ》を獲《と》った覚えも、鴨《かも》をつかまえたこともねえ。猪《しし》狩りも兎《うさぎ》狩りもしねえ。狼《おおかみ》がきても、追い払うだけ。

ただ……熊とだけ、俺は戦う」

「どうして熊だけなんだ？」

自分の味噌雑炊をいただいた、兵庫が訊くと、鉄蔵坊は当り前のことを訊くなよという目で見てきた。

「……決ってるじゃねえか。この山々で、熊だけが……俺と同じくらい強い。後は、俺より弱い。弱い者との戦いで、腕を磨いても、弁慶になれねえ」

兵庫はこの男の内側に、自分と同じ臭いを、嗅いでいる。兵庫は、町で、悪事を犯してもさばかれていない有力者《もの》を狙《ねら》い、乱破《らっぱ》としての腕が落ちぬようにしてきた。鉄蔵坊は、山で、自分と対等に強い熊とだけ戦い、戦士としての腕を研磨しているようだった。

鉄蔵坊が、自分の味噌雑炊を、がっつりよそった。

「ただ殺《あや》めただけでは――その熊に申し訳ねえ。肉を喰らわねば……。俺は、自分が狩った熊に感謝をいだきつつ、肉を喰らうんだよ」

「──熊以外の殺生は、しないんで？　鉄蔵坊の旦那《だんな》は」

柴吉だ。鉄蔵坊が、言う。

「──する。敵兵だ」

今まで鉄蔵坊は温かい山男のような様子で会話していた。だが、その言葉を呟《つぶや》いた時だけ──猛気の風圧が如きものを、瞳《ひとみ》から迸《ほとばし》らせている。

「弁慶が平家の武者どもに、容赦しなかったのと同じだ。俺も敵兵に対しては……。さて、喰おうぜ」

後はもう──直前までの鉄蔵坊に、もどっていた。


飯を、喰らう。美味かった。

冷えた体が芯《しん》からあたたまり、力がむくむくと湧き起ってくるような、美味い飯だった。

幸子にとって熊肉は硬そうであったが、それでも美味しそうに食べている。

鉄蔵坊は薬草の原っぱや、美味い木の実がなる林など、他愛《たわい》もない話ばかりして、京がどうの、吉野がどうのという話題は、一切出てこない。

唇についた、米粒をぬぐった兵庫が、

「鉄蔵坊。百貝岳のお話、実に面白いのだが……我らは、南方へお味方すべく参った。その我らに貴公からお訊ねになることは、ないのかな？　何か問答のようなものは」

鉄蔵坊が自分で作ったという、竹の箸《はし》が──止る。咀嚼《そしゃく》すらやめた鉄蔵坊は静かな眼差《まなざ》しで兵庫を見つめてきた。

「………」

自分がかかわることなので、幸子も真剣な双眸を鉄蔵坊にむけていた。

鉄蔵坊が何か言うのを全員が待つ、じわじわと重くなる、沈黙が一の番小屋前をつつんだ。

老いた、枝が、栗の大木からふるい落とされ、地面に叩きつけられる音がした刹那――

「もうはじまっているぜ。問答ならよ。

一緒に飯を喰えば………人間てのは、大抵わかるもんだ。

山はよぉ、ゆっくりと時間《とき》が流れているんだよ。あんまり、焦るんじゃねえ。俺のやり方で、ゆっくりと――あんたらを、見ているんだよ」

鉄蔵坊は、瞬き一つせず、眼を細めてじっと兵庫を睨み、

「――それとも、あんたには何か、焦らなきゃいけない理由が……あるのかよ?」

忍者という兵庫の本質まで斬り込みそうな、氷刃に似た眼光が放たれる。

幸子が、言った。

「鉄蔵坊。我らは都からきたゆえ、山で生きる貴方にくらべ、いささか気が早いようです。

当家の者が、貴方のやり方を乱してしまったこと、わたしがお詫《わ》びいたします」

優しいが、端厳とした言い方である。

鉄蔵坊から、放たれようとした、熊に似た猛気が、幸子がその眼前に送った、蝶《ちょう》に似た

温気にいなされて、出口をうしない、霧消している。

その後は——また、世間話にもどった。だが、会話の所々で、鉄蔵坊は、幸子に、蘆山院晴子の子供時代、性質にかかわる問いを、発した。幸子は、《晴子》として淀《よど》みなく答えた。また鉄蔵坊自身の話によると……彼はかつて東国で、さる主君のために戦っていたようだった。

百貝岳に西日が差しはじめると、鉄蔵坊は、「キノコ汁をつくってやる」と言いのこし、意気投合した柴吉をつれて、山へ入っていった。刹那——森の深みで、カケスの啼き声がひびいている。

近くにおります、という風伯の合図であった。

兵庫が小さくうなずいていると、

「兵庫。いや、《村田》……」

危ないですぞという目で、兵庫が幸子を見る。そして、

「何でしょう？」

「わたしは……ああいう答え方でよかったでしょうか？」

「《晴子様》に問題はありませんでした」

柴吉もついていったから、まさかとは思ったが……一応、念のため、あの石を動かし、岩屋の奥の隠し部屋に鉄蔵坊がいないのを確認してから、兵庫が、言う。

「むしろ――俺が危なかった。そこを助けていただきました」

「……この後は、どうすればよい？　たとえば、夕餉《ゆうげ》のキノコ汁は食べてよいのか？」

「――食べましょう。今までのやり取りで、鉄蔵坊が俺たちを怪しんだ場合……毒キノコを入れてくる恐れは、十分あり得る。だが、一緒に行った柴吉《あいつ》は――鉄蔵坊がいかなるキノコをつむか、見ているはず。そこは、村雲《うち》の者を信じて下さい。キノコ汁を喰わねば、怪しまれます。

だから、ここは潔く――食べましょう」

「……わかりました」

幸子は、硬い面持ちでうなずいた。おゆんも、首肯する。兵庫は幸子にというより、自分に言い聞かせるように、

「そして、この後だが――舟にのった気持ちでいる他あるまい。船頭は、鉄蔵坊。彼奴《きやつ》がすすむ方に、我らもついてゆく。もし、船頭が我らを怪しみ、貴女様に危害がおよびそうになったら――その時は、俺が一刀のもとに奴を、斬る」

「なかなか手強そうな男ですが」

おゆんから率直な感想が、もれる。兵庫は、石を自然な位置にもどしつつ、

「……そうだな」

指に突き刺さって、なかなか取れない刺のように、兵庫の心に引っかかっている疑問が、ある。

熊殺し鉄蔵坊は……何一つ武器をもっていない。山刀も、斧《おの》も、野太い杖も。武器と名がつくものは、一つも携行していない。

それがやけに心に引っかかる。

彼には熊殺しの異名がついているが、何も武器を所持していなくて、どうやって熊を狩るのだろう?

鉄蔵坊は――弁慶になりたいという抱負を語っていた。弁慶を目指すからには、弁慶並の武勇、ほとんど戦獣と言っていい、闘力をもつか、もう少しで弁慶にとどく、実力を、内に秘めているのであろう。なのに鉄蔵坊は得物をもっていない。一体どう、戦場《いくさば》ではたらくつもりなのか?

鉄蔵坊が丸腰で山をぶらぶら歩いている事実が、忍者、村雲兵庫の胸に、大なる不安を掻き立ててしまうのだった。

と、

(百人潰し鉄蔵坊)

唐突に、一つの名が、兵庫の脳中を駆けめぐる。

忍びは機械《マシーン》ではない。危機的状況において、忍びは……機械が思いもよらない正解を、経験や、勘で、みちびき出し、死地を脱したりする。だが記憶の容量で、忍びは機械に劣る。

今かかえている任務と関係ない名前や地名は、記憶の古層で埃《ほこり》をかぶっている場合が多い。その埃をかぶった名の一つに、今、光明が当った。

兵庫は懸命に、百人潰し鉄蔵坊が誰であったたか、思い出そうとしている。そして、血管が、慄然《りつぜん》とするような、驚きと共に、

（わかった。……結城合戦！）


結城合戦——十七年前、日本中の軍兵が、足利春王丸、安王丸兄弟が立て籠もる、関東の田舎城、結城城を包囲、城一つ抜くのに、一年かかるという苦闘が、展開された。何故、幕府軍が斯程までに苦戦したかと言えば、結城城が難攻不落の堅城だったのにくわえ、籠城側、つまり関東勢に、猛牛のような複数の猛者が、くわわっていたことに、因る。

（……百人潰し鉄蔵坊はその猛者の一人であった。この男が城側にいたせいで天下の軍勢があつまっても——たった一つの城が、落ちなかったとか）

百人潰し鉄蔵坊は、一日の戦で百人を屠《ほふ》ったという伝説的な猛者だ。ただ、結城城陥落後の消息は——杳《よう》として知れず、幾年《いくとせ》もたった今は、はじめから鉄蔵坊などいなかったのではないかという、風説まで飛びかっている。

主君のために東国で戦ったという、熊殺し鉄蔵坊の過去と、重なる気がした。また、春王丸、安王丸兄弟を室町幕府に斬殺《ざんさつ》された、百人潰し鉄蔵坊が、別の目的で反幕府活動をつづける、南方に身を投じるというのも、納得できる気がする。

と、

「椎茸《しいたけ》とナメコが、とれたぞぉ！　今宵は、とろとろのキノコ汁だぁ」

雷鳴に匹敵する、熊殺し鉄蔵坊の吠《ほ》え声が、した。

森を、見る。

ツブラ椎の木立が、キノコをどっさりかかえた、巨大な鉄蔵坊と、小さな柴吉を、赤々と西日が照らす下に、押し出した所であった。柿色に照った二人の面は実に満悦げであった。

＊

夕餉が終ると鉄蔵坊は黒文字《くろもじ》の枝を口に突っ込み、歯の掃除をしている。ふと手を止めて、童のような目で、幸子たちに言った。

「お前たちも……やった方がいい。歯が痛くなると、大変だ」

幸子、柴吉とおゆんが、思わず吹き出す。兵庫の相好も崩れたが、心からの笑いではない。鉄蔵坊は会ったばかりの人の気持ちもときほぐす不思議な魅力をたたえた男であった。だがそんな鉄蔵坊にほぐされて、全警戒感をなくしてしまうような兵庫ではない。今、この瞬間も——鉄蔵坊が自分たちの何を測ろうとしているのか、兵庫は真剣に見極めようとしていた。

そんな兵庫に、だが表面上は大きく笑っている。鉄蔵坊が、

「おい、村田。笑い事じゃないぞ。俺は……さる戦で、歯が痛くなってな。一ヶ月くらいずっと痛くってな。その時は、目の前にいる敵の武者より、自分の歯の方が気になるんだ。──本当に、大変だったよ」

「戦とは、吉野と京との戦？」

幸子が問うと、鉄蔵坊は、口に入れていた枝を、藪《やぶ》に放った。

「いや。……別の場所でおこなわれた戦だ」

遠い目で答えた。


通してやるとも、通してやらぬとも言われぬまま、日が暮れた。

星が瞬いている。

鉄蔵坊は行者堂で、兵庫たちは岩屋でやすんでいた。

幸子はなかなか寝つけないようだった。はじめての野宿が、動物的な不安を掻き立て、眠気を払い飛ばすのだろう。兵庫もまたまんじりともしていない。変心した一の番人が襲ってこぬか、警戒している。二人の下忍は、やすませていた。

行者堂に注意をくばりつつ、兵庫は、鉄蔵坊について思案していた。

──何を考えているのだろう。

いつになったら、二の番小屋に通してくれるのだろう。

と、俄《にわ》かに──総毛が、戦慄をおびて立った。

同瞬間、兵庫は、柴吉、おゆんがぱっちり開眼したのを直覚した。

何かが……近づいてくる。

夜の森をひそかに近づきながら凍てついた殺気を飛ばした。それを、三人の村雲党は鋭敏に感じている。

(何だ?)

人間ではない気がする。

殺気の種類が、違う。

人間の猛者が放つ殺気が氷室で研いだ刃の如き鋭さなら、今、飛ばされた殺気はもっと武骨であった。冷たいみぞれの大塊《おおかたまり》を、一気に投げつけたような、殺気なのだ。

兵庫は幸子様をたのむというふうに柴吉たちにうなずくと、岩屋から出た。

行者堂にむかって、音もなく走る。

「鉄蔵坊」

小堂の前で、小声で言う。

「鉄蔵坊」

返答はない。

扉を、開ける。

中には——誰もいなかった。

(……どういうことだ)

森を潜行してくる殺気は、どんどん近づいてくる。

一つではない。複数だ。

三方向から、殺到してくる。どちらに逃げても殺気群にぶつかるだろう。

兵庫の手は本能的に、田舎仕立ての黒漆塗の鞘《さや》にのびている。

村雲家秘伝の名刀、細波が、抜かれようとしていた。

掌《てのひら》が、止る。

ためらいを覚えた。


細波を継承した者が、最初に抜刀する時、その相手が強敵であればよい。だが弱敵だと……剣《つるぎ》をもつ者に大いなる災いが降りかかるという。


抜くべき敵か、抜くべからざる敵か、兵庫は迷った。兵庫の手は結局、細波を抜かず太枝をひろった。栗が落したかなり太い枝《やつ》だ。大人の腕をこす太さで、長い。

太枝を構えつつ、幸子たちを守るように、岩屋の前に立つ。

刹那――殺気群が正体を現している。

(山犬か)

現れたのは十数頭の狼の群れだった。月明りに照らされた狼どもは、犬に似ているが犬よりずっと大きい。灰色の狼たちは月光の下では黒い塊の如く見えた。

地面近くを黒色《こくしょく》の疾風となって、迫ってきた。

凄い速度で駆けてきた、狼どもは。すぐ前まできている。

太枝に力がこもる。

若い狼が一頭——兵庫の左前で、跳ねた。信じられぬ跳躍力だ。

兵庫を無視して岩屋に直行する進路で走りつつ、いきなり向きを変え、兵庫めがけて跳びかかった、狼——。

奴は何と兵庫の頭上を跳びこえるくらいの高さまで一気に跳んだ……。

跳びながら何か引っかけてきた。

——尿だ。

日本狼は人間を狙う時——恐ろしい高さまで跳躍し、逃げる人の顔面に、尿を引っかける。目潰しをするわけだ。相手が逃げられなくなった所を、全頭で猛襲し……骨になるまで、喰らってしまう。犬とはくらべものにならぬ跳躍力をもつ野生の狼は、左様なやり方で人を狩る。

だが、丹波の山里の出の村雲兵庫は——幼少の頃より、古老たちから、狼についての戒めを受けていた。少年時代、山で修行中、幾度か狼に襲われ、撃退したりしている。

若狼《じゃくろう》の跳躍が、兵庫に起した条件反射は——左手をかざす、という所作だった。

右手は枝をにぎった状態で、左手が顔を守るように、動く。

左掌に、小便が引っかかる。熱い。だが、顔面は守った。

若狼が着地した。

同瞬間――兵庫の右前方に駆けつけた隻眼の雌狼が――跳んでいる。

とげとげしい、枯木に似た痩《や》せた狼だ。が、動きは素早く、苛烈《かれつ》だ。

黒い突風となって跳揚した雌狼は、もう……この人間には小便はきかぬ、と読んだようだ。

直接――喉《のど》を襲いにきた。首の動脈を喰い破る気だ。さらに恐るべきことに、雌狼は鋭利な爪《つめ》がのびた前足をまっすぐに、出し、村雲兵庫の右眼を突き破ろうとしている。

出羽《でわ》のマタギの男たちの口承に、次のような話がある。

ある夜――狼が村を襲いにきたので、猟犬と退治に出た。逞しい体躯《たいく》の猟犬と、狼は、闇の中、死闘に発展した。

狼は、鋭い爪をもつ前足を――犬の顔面に、突き立てた。まず目を潰し、動けなくなった所に、一気にのしかかり、マタギの男が止める間もなく……喰ってしまった。

人間に飼育され、毎日餌《えさ》をもらえる、猟犬に、戦いの時――爪で相手の目を潰す、などという発想は、ない。

だが、狼は山に棲《す》み、毎日、臨機応変に動き、自分の餌は自分で確保する。左様な過酷な状況下で、マタギが見た狼や、今、兵庫を襲っている雌狼は――自分の爪が、相手の体に食い込ませ、逃走をはばむ他に、いろいろと使い道があると、悟ったのだろう。

時間がやけに引きのばされたように感じる。

肉迫してくる雌狼の、物凄い牙《きば》と牙のあわいでしぶく涎《よだれ》を、乱破の夜目がみとめた。

枝が——猛速度で、動く。

凶暴な野獣の体に太枝がぶつかった。

雌狼は——金属的に甲高い叫び声を上げ、恐るべき力で吹っ飛ばされた。

栗の落葉の上に、黒い影が転げ落ちる。

さっき後ろに着地した若狼がさっと跳びかかろうとするも、猛速度で太枝が薙《な》がれ、打ち据える。

「キャン!」

という悲鳴がひびいている。

のこり十数頭の狼は、さっと静止した。

一際大きい狼が、この人間は手強いと判断し足を止めると、全狼がそれにならった。この大狼こそ——首領であろう。

(どうしたものかな)

兵庫は、冷静に思案する。

狼がひるんだ隙に、幸子たちと森に逃げる、これは最悪の決断だろう。

集団で狩りをする狼は、混乱した獲物を、地の利を知り尽くした野山に追い込み、徹底的に走らせる。もう走れないというくらいまでばてた所を、一気に急襲したり、疲れがたまってきた瞬間、前にまわり込ませた別動隊を現させ、絶望に陥った処を——全頭で襲ったりする。

百貝岳を詳しく知らない兵庫らが山林に迷い込むのは、わざわざ狼の術中にはまるようなもの。

どうしてもこの一戦で、狼たちを威圧し、しりぞかさねばならない。ふと兵庫は——幸子の視線を背中に感じた。幸子は、すくんでいるようであった。だが、取り乱したり、泣き出したりはしていない。己の運命を兵庫にゆだね静かな瞳で兵庫を眺めている、左様な視線を、兵庫は感じた。

都で何不自由なく育った娘に、なかなかできることではない。幸子には凛《りん》とした芯のようなものがあるのではないか……。

（美しい……娘だな）

兵庫は思った。

顔貌を言ったのではない。

生き様、心の姿勢のようなものが美しい娘だと、兵庫は思ったのだ。

石火の光の間であったが非情の忍びである兵庫は——幸子の笑顔をもっと見ていたい、その幸子が狼に引き裂かれるような光景は見たくないと、強烈に感じている。

と、

「さぁて、さてさて、夕餉の時間じゃ」

後方、岩屋から柴吉が出る気配があった。おゆんに幸子をまかせ狼を刺激せぬようゆるりとした足取りで兵庫の隣にやってきた柴吉は、丸腰である。

何処か飄々《ひょうひょう》とした気をまとった柴吉は、両手に骨をもっていた。

昼飯で食べた熊の骨だ。

数頭の狼が、低い唸《うな》りを発する。柴吉は一切動ぜず、骨をにぎった右手を高々とかかげた。

「餌をあげるでのう、美味しい肉がたっぷりとついた骨じゃ」

肉など一かけらもついていない。

だが……人語がわからぬ狼どもは、柴吉が言わんとする処を呑み込んだのか、真剣な面差しで彼が手にもつ骨を見つめはじめた。

兵庫に打ち据えられ、人間への怨《うら》みでわなないていた、二頭は、柴吉への敵意を剝《む》き出しにし、襲いかかろうとした。だが、柴吉が、

「夕餉じゃ」

温暖な説得力をこめて駄目押しとばかり呟くと、はたと思いとどまり、他の狼と同じく真剣に熊骨を見つめはじめた——。

(遇犬《ぐうけん》の術か)

兵庫は、わかった。

人の館でかわれている動物の中で、忍者がもっとも警戒する相手は……犬である。故に忍びは、荒ぶる雄犬に雌犬を引き合わせてご機嫌を取ったり、毒餌を投げて大人しくさせたり、偽餌でつって惑わしたり、と、様々な対処法をあみ出した。これらを全て遇犬の術と呼ぶ。

柴吉は今――猛々しい山犬たちに、番犬につかう遇犬術を応用しようとしていた。

柴吉が右手にもつ、骨。あらぬ方へ――投げられる。

何頭かが、素早く動く。

だが何頭かは、やはり兵庫が気になるらしい。ちらっと眼を偽餌にうつしただけで己の持ち場を微動だにしなかった。投げられた骨に殺到した、六、七頭は、争いはじめた。まず小さい狼が、はねのけられる。一際、大きい狼が、骨に顔を突き出した。すぐにはかぶりつかなかった。用心深く臭いを嗅ぎ、その後、舌の先で二、三回なめている。

――好きな臭いはするけれど、食べる所がないと悟ったらしかった。

大狼は、名残惜しそうな様子で骨を顧みつつ、元の位置にもどる。二、三頭、他の狼も骨に行くが、同じだった。やがて全部の狼がすごすごと兵庫たちをうかがう場所にもどってきた。また、唸りだしそうになった。

柴吉が——左手をかかげる。硬い沈黙が、狼どもをおおった。左手にも骨がにぎられている。全狼が、柴吉の左手に視線を釘付《くぎづ》けにされている。

柴吉は、さっきのは食べられなかったのか、残念だ、今度こそ本当にお前たちの餌だぞ、という思念を、総身から、放出させた。

人語が通じる相手ではない。

だが往々にして、人と獣が気持ちを通じ合わせることは、ある。特に深山を修行場とする忍びは、その術《すべ》にたけていた。

柴吉が——投げた。

今度は、十頭の狼が動く。疑り深い数頭は、微動だにしない。十頭は甘えるような声まで出して、彼らが肉塊と感じた物体に殺到していったが、何のことはない、それは単なる骨だったから、またすごすごともどってきた。

柴吉が——左手を高々とかかげている。左手は、何もにぎってはいない。もう骨はないのだ。

柴吉が肩を大きく躍動させ、遥か遠くにむかって投げる仕草をした。

勿論、何も投げていない。

いわば幻の肉を放ったのだ。

だが、首領格の狼が体を翻し、幻の肉を追いはじめると、全頭の狼がそれにならった。

我こそが餌をいただくぞという衝動が、群狼の足を兵庫らから遠ざけてゆく——。

狼がすっかり見えなくなると柴吉は肩をすくめている。

「あの分では、朝まで肉を追って走りつづけるでしょうな」

「……《村田》！　怪我は……怪我はなかったか」

弾《はじ》かれたように岩屋から駆け出たのは幸子である。幸子が、兵庫の傍に立つ。華奢《きゃしゃ》な体は小さくふるえていた。兵庫が、首肯する。

「はい。怪我はございませぬ。《晴子様》こそ、さぞ恐ろしかったでしょう？　よくぞ、耐えられた」

小さくふるえる影は、星明りの下で長い垂髪を横に振った。

「わたしは……ただ見ていただけ。何もしていない」

そして幸子は、柴吉を見、

「見事でした。戦わずして……山犬をしりぞかせてしまった」

「あんた、よくやったよ！　凄いよ」

柴吉の妻役のおゆんも、叫ぶ。

——その時である。

「全くその通りだ。何処であんなやり方を覚えた？　いつ、あんな術を覚えた？」

ずっと上方で、鉄蔵坊の声がした。

はっとあおぐ間もなく、ドスンと大音声立てて鉄蔵坊は大杉から飛び降りている。

この大男、三人の村雲党に一切気づかれず、行者堂を出、大杉に登って、一部始終を見ていたと思われる。巨体に似合わず異常な敏捷性《びんしょうせい》をもつようだ。

のしのしと、大きな影が近づいてくる。

「俺が狼を呼んだ」

「――俺たちをためしたのか？」

兵庫から、鋭気が矢となって、飛ぶ。鉄蔵坊は兵庫の前で立ち止った。

「悪く思わんでくれ。いよいよ危なくなったら、助けに降りるつもりだった。本当だ。お前の戦いぶりがあまりに凄まじく、これなら狼も退くだろうと思い、降りなかったまで」

「………どうして、狼を呼んだのです？」

幸子が、問う。鉄蔵坊は答えた。

「お前たちの人柄は二度飯を喰ってわかった。気持ちがいい連中だと、思ったよ。だがよ、これからは………それだけじゃ駄目だ。

幕府と決着をつける時が迫ってる。

向うは大軍、こっちは寡兵。

お前たちの………勇気の程を見させてもらった。狼に襲われた時、どう動くか、これを見たかった」

酸っぱさをともなう不安が、兵庫の喉にからまった。

勇気は思う存分見せたろう。

臆病者《おくびょうもの》という理由で、下山を迫られる心配はなさそうだ。

だが、必要以上の勇猛を見せつけてはいないか？　柴吉の遇犬は、あまりに鮮やかでなかったか？

その二つの疑念が掻き起した不安である。

兵庫のすぐ傍で、鉄蔵坊は柴吉に訊ねている。

「それよりお前、答えてくれよ。さっきの術は——何処で教わったんだよ？」

「……うわっ！　ちびりそうだっ、鉄蔵坊の兄貴……今になって、狼の、その……」

今になって狼の怖さが身に沁み、尿意につながったと、柴吉は体でしめした。

「術なんて、そんな大したもんじゃありませんよ」

柴吉が口早に説明する。

「昔、若狭《わかさ》に旅した時、狼に襲われましてね、その時……今のやり方でたまたま助かったんだ。だから、同じようにしたまでです」

「それがこの人の唯一の自慢なんですよ」

おゆんが、助け舟を、出した。

「………」

星々が瞬く下で鉄蔵坊はじっと柴吉を見据えていた。コウモリがはたはたと、五人の上を飛んでゆく。鉄蔵坊はふっと微笑し、ポンと、柴吉の肩を叩いている。

「お前、普段はそそっかしくて、何かと心配だが……いざという時、頼りになる。……面《おも》白《しれ》え男だな」

腕をくんだ鉄蔵坊は、兵庫たちの前をゆっくりと歩きはじめた。

「村田、お前の腕も見せてもらった。全く……たのもしい奴らだぜ」

嬉《うれ》しげに言った。

「答が、出た」

頑丈な足がピタリと止る。幸子の、前であった。

月明りに濡《ぬ》れた鉄蔵坊は、ゆっくりと幸子にむいた。

「蘆山院晴子」

「はい」

幸子は心臓が早鐘の如く高鳴るのを覚えた。

「明日、二の番人の所に出発する。――俺は、あんた方を通す」

何処か、ごく近い樹上から梟《ふくろう》の啼き声がこぼれている。

呟くような寂しげな声であった。

幸子は――ぞくりとした。

後ろ首に何か冷たいものを突きつけられた気がしたからだ。

それはきっと、山というものがもつ、野性的な獰猛《どうもう》さ、厳しいまでの鋭さが、冷気と化したものだった。

通してくれると宣言した鉄蔵坊は夜空を見上げ、

「お……流れ星だ」

澄み切った夜空に幾多もの星が浮いていた。

鉄蔵坊が、白い息を、吐く。

「ある戦に出たと言ったろう？」

冷たい、憤怒の焔《ほむら》が、巨体で、揺らいだ気がする。

「その戦で……俺は全てをうしなった。大切なものの一切を、踏みにじられ、壊された。だから今、吉野《ここ》にいる」

幸子は兵庫から、現在、畿内で起きている土一揆の背後に、後南朝勢力がいると、聞いている。彼らは一揆で幕府を揺るがし、京へ侵攻しようとしていると、考えられた。

（左様な戦が起きれば……また沢山の、この人と同じ思いをかかえた人が生れてしまう）

朝廷の諜者として、吉野へ入った幸子だが、内側に大きな悩みをかかえている。まず、日野幸子という本名ではなく、蘆山院晴子という偽名をつかわねばならぬこと。次に、敵でなければ、腹の底からしたしくなれそうな、鉄蔵坊のような男を、味方のふりをして騙《だま》さねばならぬこと。この二つは、まっすぐな幸子の心に、重石のようにのしかかっていた。

左様な大きな葛藤に幸子は今の今まで苦しめられていた。

だが今——すとんと何かが落ちたように、決意が、生れた。

鴨川に転がっていた百姓たちの死体や、宇治橋を焼いた紅蓮《ぐれん》の炎が、胸の中で、ぐるぐるまわっている。

(——誰かが、止めねばならぬ。今起りつつある、巨大な戦乱を……。あそこに倒れていた百姓たちや、大切なものを全部、踏みにじられ、壊されたと口にする、鉄蔵坊のような人を産まないためにも)

「晴子」

「……」

「……晴子？」

自分が呼ばれていると、一瞬気づかなかった。危機一髪、《蘆山院晴子》の表情にもどった幸子は、鉄蔵坊に、

「はい」

「あんたは、親父《おやじ》と爺《じい》さんを、幕府に斬られたんだってな。わかるだろ？　俺の気持が」

「……はい」

「ただ、それだけじゃねえ。んなこと抜きにして、二度飯を喰ってさ、気に入ったんだよ。あんたらが。狼の件は許してくれ。怖い思いをさせちまったな。

普通、二の番小屋の地図をわたすだけなんだが、これはって思う人には、俺も……二の

番小屋まで、同道することにしている。二の番人は、十二代目って奴なんだが……かなり厳しい野郎なんだ。——厳しすぎるんだわ。だから、気に入った奴の時は俺も一緒に行って、こいつは仲間に入れた方がいいぜって、言いに行くんだ。

だから、一緒に行くぞ、明日」

「ありがとう、鉄蔵坊」

「かたじけない」

幸子、兵庫が、口々に礼を言う。

「よし。じゃあ、明日は早いからもう寝よう。なあ寒くねえか? 熊皮、一枚で足りねえなら……もう一枚もってきてやるからよ」

「大丈夫です鉄蔵坊。十分温かい」

鉄蔵坊の優しさが胸に突き刺さる幸子だった。

だが丹波村雲党に——左様な甘さは、ない。

第七章　罠

翌、黎明《れいめい》。

紅梅色の朝日に見送られながら、鉄蔵坊と、兵庫たちは、東に、出立した。

白い息を吐きながら、大峯奥駈道を横断。

千古斧鉞《ふえつ》の入らぬ、高野槇《こうやまき》の高木が佇《たたず》む、朝霧につつまれた森。

ミズナラや楢柏《ならがしわ》など、全高木が黄葉し、林床の笹たちまでも真似《まね》をして、可愛《かわい》らしい葉っぱの半分を黄色くした林。その黄色が全てを席巻しつつある林には、何故か青々とした針葉樹の幼木《おさなぎ》が、所々に立っていた。イチイだ。この柴吉くらいの丈の、イチイには……必ず、山葡萄《やまぶどう》の黄葉した蔓が、ぐるぐるからみついていたが、残念ながら——実がない。

もうとっくに、猿、鳥が喰っているのだ。

ところが、ある山葡萄だけは、偶発的にたっぷりと紫色の果実をのこしているのを、おゆんが、発見している。

さっと走って山葡萄を蔓ごともってきたおゆんが、幸子に、差し出す。

「……何です、これは？」

やや疲労が頬ににじんだ幸子が、訊ねると、

「山葡萄。美味しいですよ」

「…………！ 美味しい！ 山葡萄、何と美味なる果物《なりもの》なのか」

「鉄蔵坊さんも、いかが？」

おゆんの申し出を、鉄蔵坊は固辞した。

「俺は、いい。今年の秋……腹痛《はらいた》を起こすほど、山葡萄を喰ったからよ」

「そなたらも、食べませんか？」

甘い果実で元気を取りもどした幸子が、微笑《ほほえ》みを浮かべて、兵庫、柴吉を眺める。

「では、いただきましょう」

兵庫は掌を差し出した。幸子は、蔓から、小さな山葡萄の房をもぎ取って、二人の手にそっと置いた。一行は、何処かで山鳥の啼き声がするその森で、しばし休憩している。

鉄蔵坊、柴吉は、夕餉用の山芋採りに行ったため、しばらく兵庫やおゆんと談笑した。

幸子は、不気味に低い鳥の声に耳をすませている。兵庫に、

「今啼いた鳥は何と申すか？」

「はて、どの鳥でございましょう。今――六種類の鳥が、同時に啼いておりますので」

「六種類……」

幸子の目は丸くなっている。

「そんなに沢山の鳥が……啼いておるのか。ほら、あの……地の底から出た妖鳥が如く

……ビエー……ジェー……という面妖《めんよう》な声で啼く鳥です」

「地の底から出た妖鳥……面白い表現にござるな。あれは、カケスにございます」

「カケス……」

幸子の指が、ダンコウバイの小木にむいて、

「あの、鳥？」

「あの頭が黒く頬が白い鳥？　違います。あれは、ヒガラと申します」

「ではカケスは何処におるのか」

「カケスは、ついさっきまで、そこの槲柏におったのですが……俄《にわ》かに飛び立って、今は、あれなる、ムクの樹の上におりまする」

「ムク……どの樹か？」

「あの高い樹です。上の方で、二羽で並んでおるのが、カケス」

「…………」

幸子の目は——益々、丸くなっていた。

「そなた…………あれほど遠くの樹におる鳥が、見えるのか？　何故……そんなことが——」

「——幼少の頃より、左様な修練をつんでおりますゆえ」

と、同刹那——秋や冬の森にふさわしい、高く清らかで、人の心の中までも澄み切らせてしまうような、鳥の声がした。

耳を澄ませて下さい……というような仕草をした兵庫は、その鳥が啼き終るのを待って、静かに言った。

「幸子様……今のが、ヒガラにございます」

幸子は目を細めてじっと兵庫を見つめている。

「……そなた、わたしの知らぬことを、沢山知っておるな」


昼過ぎ、吉野川を通過。

この吉野川は、渡し舟で渡ったのより、ずっと上流で、狭く速い。

急流に落ちぬよう気をつけながら、岩から岩へ、跳びうつるようにして、渡った。

万一、踏みはずした場合、すぐ引き上げられるよう、幸子は兵庫と手をつなぐ形で、渡っている。

吉野川東岸では、長身の体を、全部蔦《つた》で隠された、老いた柏や、凄まじい沢胡桃《さわぐるみ》の大木、成敗された大蛇のように、横たわり、一切を苔におおわれた大倒木が、出むかえてくれた。

その、蔦と、苔におおわれた森を、日暮れまで歩き、その夜は、枯葉の上で眠った。

伊勢国との国境に近い、中奥川《なかおくがわ》上流の森に入ったのは、翌日、巳の刻（午前十時）頃だった。渓流を登る兵庫だが、先程から――異変に気づいている。おそらく、柴吉、おゆんも感づいていよう。

物理的な臭気ではなく、人がのこした、生活の気配《におい》が、兵庫の第六感を刺激していた。

おそらく、幸子は気づいていない。幸子は二間ほど下でしぶく、急流に落ちずに、すすむことに、全神経をかたむけていた。飛沫《しぶき》を舐《な》める趣味があるのか、清流にむかって、斜めに生育したイチイの根に、右足をあずけ、左足を、真に小さな窪地に入れ、川を見ずにすすんだり、巨大な巌《いわお》に、横に這った、太めの木蔓を両手でつかみ、ボロボロと土をこぼしながら、足の力ではなく、主に腕の力で前へすすんだり、意地悪なイバラにいたぶられながら、頼もしい馬酔木《あしび》に手をかけて、人間が川に落下せずにいられない角度でかたむいた斜面めを、前進する作業に、彼女は夢中であった。

だがもう少し余裕があっても——幸子は、この場所にきざまれた人の痕跡《こんせき》に、気づかなかったかもしれない。それくらい巧みに、それは隠されていた。だが兵庫は——気づいている。似た場所を、一つ、知っていた。

丹波村雲荘。

忍びの隠れ里、村雲荘では、村人が薪《たきぎ》を取りに行く道も、墓地に行く道も、余所者《よそもの》が見つけられぬようになっている。忍者の里は、叢《くさむら》に忍んだ毒蛇のような、静かなる殺気を、孕《はら》むものである。

その静的な殺気をこの場所も色濃くもっていた。

「此処から上へ登る」

鉄蔵坊が指したのは、草の滝と言っていい場所であった。

恐ろしく大きな草が、滝状に茂っていた。

葉は、熊殺し鉄蔵坊の身長より、長い。そんな化物みたいに巨大な草が、わさわさと、茂っている。

常緑の大型シダ――ウラジロだ。

ウラジロがつくった、緑の洪水にわけ入る前に、鉄蔵坊が告げる。

「ちょっと、気をつけてくれ。ここ……マムシと、山蛭《やまびる》が、うじゃうじゃいるからよ」

幸子は泣きそうな表情になっている。そして、実際にウラジロの密生を上がり終った時、幸子は泣いてしまった。

後ろ首に三匹、足に四匹、いつの間にかくっついた山蛭が、一つも痛覚をあたえず、血を吸っていたから……。

幸いマムシには誰も咬《か》まれなかったが、全員が山蛭につかれた。幸子は、黒いナメクジのようなそれに、ふれられず、泣きながらおゆんに取ってもらい、村雲党は自分で取って、潰した。

鉄蔵坊は面白そうに毟《むし》り、叢に放っている。簡単におゆんに手当してもらった幸子が、兵庫らになぐさめられ、どうにか立ち直ると、

「じゃあ、今から、古藪《ふるやぶ》って所に入る。古藪は……いろんな所に罠があるから、必ず俺がすすんだ道をついてくるように。じゃねえと、冗談でなく、死んじまう」

鉄蔵坊が、残念そうに呟く。

「……地図にいろいろ注意してあるんだが、味方にくわわりたくても……二の番小屋に、たどり着けなかった奴が、何人かいるんだ」

「………」

「よし。行くぞ」

――うなずくしかなかった。

古藪に、入る。

モチやタブの、青い密林で、榊蔓《さかきかずら》やツタウルシ、定家蔓《ていかかずら》など、木質の蔓が、いたる所で、這ったり、互いに絡み合ったり、空間を斜めに走ったりしている。怪しい鳥声がそこかしこで聞え、所々に白骨が落ちていた。

不気味に薄暗い、森であった。平坦ではない。かなりきつい登りの森である。

密林を己と幸子の安全に気を払いつつ、登る兵庫は、

（忍びの隠れ里に住むらしい、十二代目……。一体、どんな奴なのだ）

もう一つ、熊殺し鉄蔵坊のことが、兵庫の頭に、引っかかっている。いざ敵にまわした場合――どういう戦い方をするのか。百人潰し鉄蔵坊と同一人物である場合、斬るでも、突くでもなく、潰すという動詞《ことば》が、重大な手がかりになる気がした。

「ついたぞ。名もない村だ」

前方をふさいでいた枝葉が、鉄蔵坊の太い腕で払いのけられる。古藪への侵入を許された、陽光が、兵庫らの目を襲う。

「……………」

人里が、一行の前に、開けていた。

切り開かれた畑。ヒエ島がいくつも立っている。畑に、杭を、立てる。一本の杭に、八束ずつ、秋に取り入れたヒエを、立てかけてゆく。島というより枯草でできた大きなとんがり帽子が、幾列も畑に並んでいるように見える。

ヒエ島によってくる、小鳥たち。

ヒエを収穫した後、麦を蒔《ま》いたのか、可憐《かれん》な芽が顔を出している、畑。

左様な畑の間につくられた、直線ではなく、迷走するような形で、集落にのびる道を、鉄蔵坊と、兵庫たちが、すすむ。

畑にはさまれた道に入って少し行った所で兵庫はふと——誰かに、見られているような気がした。

兵庫が、そちらを睨む。微弱な視線はすぐに掻き消えた。

「……」

が、柴吉に引っ張られた兵庫の関心は、今の視線よりも村の子供たちにむいている。

裸足《はだし》の子供たちがヒエ島の間をぬうように走ってゆく。

遊んでいるわけではない。

子供たちの進行方向に、弓矢をもった大人たちがいた。

子供たちは、自分めがけて……ビュンビュン矢が殺到する方向に、ヒエ島を盾につかって、鬼神の速度で走り、畑に置かれた木剣をひろって、矢を叩き落とす修練を、つんでいた――。

子供たちにまじって走っている男や、女もいる。収穫、脱穀など今年の畑仕事を既に終えた人たちだと思われた。

ただの村ではないのは――幸子にも、わかったようだ。下の方がふっくらした唇は、かすかに開いている。

こうなってくると、ヒエ島から十分干したヒエを、民屋に運んでいる男や女、家の前で雑穀を棒打《ぼうち》している、歯のかけた老婆など、全ての村人が、危険な戦巧者の如く思えてきた。

戦士の村の中心には、擂鉢《すりばち》状の窪地があった。

窪地の左奥に、一際大きな農家がある。村の他の家はヒエ葺《ぶき》屋根なのに、この家だけは板葺で、広い庭では、大量の栗、小豆がむしろ干しされていた。たわわに実った、山柿の樹もあった。

村長の家、かつ、第二の番小屋でないか――と、兵庫は直覚している。

二の番小屋と思《おぼ》しき農家の隣は、萱葺屋根の、作業場になっていた。十五人くらいの男が、弓と、矢をつくっている。つくられた矢は整然と並べられた箙《えびら》に入れられてゆく。

(――戦の仕度――)

この村を守るには十分すぎる弓矢の量が、戦の前に必ず漂う不穏を、兵庫に、嗅《か》ぎ取らせる。

弓矢をつくっている男どもは鋼に似た硬質な眼差《まなざ》しをこちらにむけてきた。されど、弓矢をつくっていた男たちは——忍びではない気がした。また作業場の背後は、鍛冶場《かじば》になっていると思われた。

問題は、男たちがいる工房と、兵庫たちの間にある……擂鉢状の窪地だ。

今、兵庫がいる所と、二の番小屋の方から、石段が下りていて、下に行ける。それ以外の場所は砂地になっている。つまり、登るのに、とても、難儀しそうだった。

底は土俵になっていた。

土俵の中心に、赤い揚羽蝶《あげはちょう》の模様が浮き上がっていた……。禍霊《まがつひ》に似た、獣性すら秘めた、怪しい蝶だ。

赤い石が、土に沢山埋め込まれ、全体で、一つの大きな蝶になっている。

「土俵に降りて、待っててくんねえか。俺、十二代目、呼んでくるからよ」

と、言いのこした鉄蔵坊が、大きな農家にむかって、すたすたと、歩いてゆく。素直に降りようとした幸子を、おゆんの手が止める——。どうします、という目でおゆんが見てきた。

何とも嫌な場所だ……というのが、三人の村雲党の正直な感想である。

降りた所で、南方に疑われたら、上に上がるのに、尋常ならざる苦労が待ち受けている気が、する。

幸子がまっすぐな瞳で見てくる。

放し飼いの鶏どもが走ってきた。

瘦《や》せた一羽の雄鶏が、兵庫の後ろで止り、催促するように、けたたましく鳴く。

いざという時、細波を抜く覚悟を兵庫は固めている。

「——大丈夫です。参りましょう」

四人が土俵で待つ赤い大蝶にむかってゆっくりと石段を降りる。一番、下まできた時、
幸子が、

「蝶……平家《へいけ》一門の紋章」

と上でドンドンと太鼓が轟《とどろ》き、高らかな声が、ひびいた——。

「——十二代目・平 維盛《たいらのこれもり》公、お成ぁりぃーっ!」

「十二代目・平維盛だと……」

兵庫の双眸《そうぼう》が、剝《む》かれる。

無縁所《むえんじょ》という言葉が、ある。昔に日本に在った、地上の権力が立ち入れぬアジールだ。山や、巨大な寺社の境内、その門前町、海原……これらは全て、無縁所だった。

必然的に無縁所は、権力に背をむけた者、権力と距離を置きたい者、権力に敗れた者を、ブラックホールのように吸い込んだ。

そして、京と奈良に程近い……紀伊山地ほど、この国の歴史で、敗れた者たちの軍勢を受け入れてきた場所は、他にないのではあるまいか。

平家残党。木曽《きそ》の残党。義経《よしつね》一党。後醍醐天皇の南朝。

都での勢力争いに敗れた彼らは――必ず、この畿南の、奥深き山々に逃げ込んだ。特に平家については、紀伊山地のそこかしこに、維盛を長とする、落人《おちうど》伝承がのこっている。

中奥川の――名もなき村。

維盛を長とする平家落人が、この地の山の民と婚姻、そこに、木曽の残党、義経の敗軍などを受け入れ、南朝と結ぶことで今日までつづいた、戦闘集落である。特に南朝の忍び頭、楠木一族は、この村の衆のいちじるしい武力に目をつけ、下忍たちを集住させて、忍びの修練をもほどこした――。元々、高い戦闘力を誇っていたのに、忍術までそそぎ込まれた、名もなき村。

ここは今や、落人の隠れ里であると同時に、後南朝の忍びの村であり、新兵の訓練所であり、武具の製造拠点でもあった。

名もなき村の長、楠木不雪の片腕で楠木流忍者中忍、第二の番人。三つの顔をもつ、十二代目・平維盛は、でっぷりと太った、中年男であった。

四十ほどか。

赤い絹の上着で、金の蝶模様が光っている。

頭に、茶色い萎烏帽子《なええぼし》。桃色の顔は、恵比須《えびす》に似ていて、余程暑いのか、てかてかと汗で光っていた。

この村の住人たちは平家都落ちを受け止め切れていない。武力による上洛を、ずっと夢見てきた。彼らの時間は、平家が源氏に敗れた瞬間で止ったままなのだ。だから維盛の名を、十二代もつかいつづけてきた。

先頭に維盛、鉄蔵坊。その後ろで屈強な二人の若者が、黒い布につつんだ、何か長く太いものを、重たげに運んでいた。正体不明の、運搬物。世の中の不吉という不吉があつまり、具象化したような、底知れぬ殺気が孕まれている、気がした。二人の若者の後ろに、武装した村人が、四人つづく。

維盛が、

「蘆山院晴子殿か？　都からはるばる、よう参られた、よう参られた！」

油でかためたようなてかてかした髭《ひげ》のあわいで、唇が、笑んでいる。だが維盛の、一見優しげな瞳は、いささかも笑っていない。一年中、氷雪におおわれた惑星の、冷たさすら漂っていた。

「十四年前、禁闕の変で散った、日野有光殿、資親殿を当方に引き込んだのは、実はわしでな……。いや、実に懐かしい。懐かしい」

幸子は、

「そうでございましたか。……真、数奇な縁でございます。今日、お会いできたことを父も、草葉の陰で喜んでいることでしょう」

維盛は、

「父上は、公卿《くぎょう》でありながら、武張ったお方で、弓矢が得意であられたの？」

「はい」

幸子が答えると、維盛は小さく首をかしげた。

「待てよ。……弓矢が得意だったのは貴女のお祖父《じい》様ではなかったか」

維盛は唇はほころばせていたが冷徹な観察眼は矢よりも鋭く幸子を見据えていた。

兵庫の血液が、細波を立てている。

日野有光か資親が、弓矢が得意であったという情報は、村雲党がつかみかねていた事実であった。つまり今――幸子がどう答えるのが正解なのか、まるでわからぬ。

後方に、気配があった。複数の村人が、まるで退路を断つように、石段の上に立つ気配が……。一人一人が、単なる村人ではなく、恐るべき力を秘めた忍者なのは、たしかだった。

さっき、山蛭に泣いてしまった幸子は、維盛相手に少しもひるまず、兵庫の横で、自信の巧笑《えみ》すら漂わせている。幸子はまっすぐに維盛を見返して、答えた。

「……さて、わたしが幼い頃、父は亡くなりました。父が弓の名手であったのか、祖父だったのか、そう言われると判然としませぬ」

これは、この状況では、適切な答と思われた。

「………」

二の番人、十二代目・平維盛の冷眼が、幸子をじっと黙視している。

「お住まいは、たしか――」

「紫野です」

やわらかい衣の下に鋭い刃物が隠されたような、維盛の問いかけがつづく。

「お父君のお住まいは……」

これは想定質問であったため、幸子はすらすらと回答した。他、二、三、蘆山院家について問うた、維盛が、兵庫の方を、むく。

「貴公は、青侍の村田文七殿じゃな？」

「いかにも」

「一の番人から、貴公は相当な手練《てだ》れ、と聞いておる」

維盛が言うと、鉄蔵坊の首が、縦に振られた。

「……いやいや、それほどのことはございませんが」

「御謙遜《ごけんそん》めされるな。村田殿……武勇をもって、当方につかえていただく場合、この土俵で、腕前をためさせていただく。……よろしいか」

兵庫は微笑して、

「ご存分に」

「頼もしいお答え。誰か、村田殿の相手ができる者、おるか！」

維盛が呼びかけると、後方で、答える声が、ある。
「――わたしが、お相手しましょう」
女の声であった。
兵庫が、顧みる。
黒い忍び装束に、雅楽的な面をつけた女が降りてきた。
木刀が兵庫と仮面をつけた謎の女にわたされている。幸子たちが土俵の脇によける。
丸い目に、牙を剝いた、滑稽《こっけい》な獣が如き仮面をつけた、女が、木刀を構える。
（……できる！）
皮膚が焼けるような電流が、兵庫の総身を走った。兵庫も、正眼に構えた。
村雲兵庫と謎の女は、赤蝶が羽ばたく土俵で木刀をむけ合い――しばし動かなかった。
初冬のやわらかい日が、颪に流されてきた雲で隠れる。
女が、かすれた声を出した。本来の声色を埋伏しているようだった。
「京で仕官する前は……何処《いずこ》におられた？」
「それがしは、作州の牢人。――美作《みまさか》におりました」
刹那――女の木刀が――稲妻の速度で動いている。
兵庫の喉めがけて、ありったけの闘気がこもった突きを、くらわしてきた――。
（こ奴、殺す気かっ）
木刀で、弾く。そのまま兵庫は相手の面に打ち込んだが、下降する黒颪と化した女は

——土俵ぎりぎりまで身を低め、兵庫の足を払いにくると思われたが、いきなり軌道を変え、下から上へ、顎を叩きわらんとするように、木刀を、薙《な》ぎ上げてきた。

後ろ跳びした、兵庫。

だが、木刀はわずかに顎をかすり——付け髭が取れている。滅多に取れぬようつけてあったが、剣勢が凄すぎてもってゆかれる。

(しまった)

同時に、女は、

「やはりお前であったか！　淀でわたしを抱いた時は、商人か職人という出で立ちであったの」

雅楽的な面が、土俵に叩きつけられる。

——つばめであった。

「……歩き方でわかった。わたしは、男を顔よりは、歩き方で覚える」

赤く薄い唇が、冷たく、笑む。さっき畑で感じた視線は、つばめのものであった。

二の番小屋へ上がる石段に立つ、維盛から、冷たい殺気の凄風《せいふう》が、鉄蔵坊から、猛気の焔が——兵庫たちに、降りかかる。

兵庫は堂々と、

「淀にいた期間は実にみじかかったゆえ、つい、言い忘れておった」

鉄蔵坊が、

「お前は昨日、俺といろいろ話したが、その時も、淀にいたなど一言も言っていない」

維盛の手が、さっと、上げられた。と、その背後にいた男が、勢いよく鉦《かね》を叩《たた》いた。

――戦いを告げる鉦である気がした。

「兵庫様！」

柴吉が、叫ぶ。

神速で煙玉を取り出した兵庫は――決断している。

「退散する！」

破れた煙玉から、白雲が湧き起り、土俵の赤い蝶も、兵庫も、幸子たちも、呑み込んだ――。

「全員屠れぇぇ――！」

維盛の大喝が、名もなき村をふるわせる。

つばめは白煙にまぎれた兵庫を見切り――刹那で、抜刀、忍び刀で斬り込んできたが、兵庫も、紫電一閃《しでんいっせん》――細波を抜き、火花を散らして食い止めた。

小さな波がいくつも立っているような、刃文であった。

この敵には、村雲家累代の秘刀を抜いてよい気がした。

一方、困惑と、戦慄の、合体と化した幸子は、おゆんに手を引かれている。

柴吉に守られ、白煙から出た幸子たちが、さっき降りた石段を踏んだ瞬間、

「――！」

手裏剣の雨が、前方から降りそそいだ。石段を登った所にいる、村人たちが投げてきたのだ。

既に抜刀していた、柴吉が、刀で振り払う――。

前方、石段の高みには、手裏剣、刀、鎌を構えた村人が、八人ほどいた。見えるのが八人で後ろにもっといるかもしれない。突破はむずかしいと思った柴吉は左方、砂地へと動いた。おゆん、幸子もそちらに、動く。

だが一歩踏み込んだとたん――三人の足は膝くらいまで沈みこんでいる。

斜め上へ駆け上がろうとしても、どんどん砂が崩れてきて、すすめない。と――石段を勢いよく駆け下ってきた男が、刀を振りかぶり、一挙に大跳躍するや、幸子を襲おうとしてきた。おゆんの手から――飛んだ――棒手裏剣が、男の喉を貫通し、鎮圧する。

また、きた。

石段を疾風となって、降りてきた、三十歳くらいの女が、むささびのようにふわりと跳ぶと、柴吉を、鎌で斬りつけようとした。柴吉の刀が、鬼の速度で、動く――。鎌をもった右手を肘《ひじ》の所で斬り飛ばし、血の滝を引きながら返した刀で、胴切りにしている。

もう次の瞬間には、三人目の敵が、左手で手裏剣を投げ、右手で刀を振りかぶりながら、

石段を降りてくる。

柴吉は、自分に急接近した、手裏剣を、横振りした刀で、思い切り弾いた。

刀で手裏剣を弾くのは——刀匿礮姿《とうとくひょうし》と言い、大抵の乱破が修行をつんでいる。そして、柴吉は、刀匿礮姿については、丹波村雲荘一と言われていた。柴吉の刀匿礮姿が凄まじいのは——弾いた手裏剣を、投げた敵にむかって、正確に返せる所であった。

今、楠木流忍者の左手が、豪速で柴吉に放った手裏剣は、火花と共に刀で返され、一瞬後には、反逆する凶器となっていた。

投げられた時の倍速で、投げた男に帰り——血飛沫をまきながら、心臓を貫いている。

だが柴吉に、安心する暇はない。

左斜め前方、砂地の上に、三人の新手が現れる。

彼らは砂地に盾を置き、その上にしゃがんだ。そして——砂煙を散らしながら、砂斜面を滑走。滑り降りながら、勢いよく手裏剣を放ってきた——。刀匿礮姿で弾いても、盾を橇《そり》にし、凄い速さで滑走してくるため、命中しない。柴吉は防戦を強いられる。

と、石段の上からも、村人たちが、白刃をきらめかせ殺到してきた。

（まずい）

巨大な山蛭にくるまれたような、戦慄が、柴吉の体を、駆け抜けている。

と——土俵の方から三本の手裏剣が放たれ、神速で、砂斜面へ、猛進。盾を橇代りにしていた三人の男の、目、首などに当り、悉《ことごと》く、屠った。

兵庫だ。

つばめの剣をふせぎ、全力でくノ一と押し合っていた兵庫は、幸子らの危機を察知。天《てん》狗《ぐ》のように高く跳びながら、左手で手裏剣を三本放ち、石段に着地、

「砂に埋もれた屍を、跳びうつって、鍛冶場へ！」

下忍たちに、叫んだ。

まず、斜面を盾で滑り降りていた、三人の骸は、体の半分くらいが砂に埋もれていた。

それを跳びわたれば、この擂鉢状の窮地から、逃れられる。

次に、兵庫は作業場と鍛冶場を結ぶ線こそ、もっとも安全に脱出しうる道と、考えた。

――立ちふさがる、忍者の密度が、薄いからだ。

作業場ではたらいている男たちは「忍者」でなく「職人」に思えたし、その背後にある鍛冶場も事情は同じだろうと兵庫は読んだのだ。

今いる村は、死の罠で、かこまれている。

常識的に考えれば、もっとも安全な道は、石段を登り、畑の中を走り、鉄蔵坊と歩いた古藪をきた通りに正しく突き抜け、ウラジロの滝に逃れる道だ。

だが、敵も、そう考える。村に入る時、通った道は、罠より恐ろしい、分厚い忍者の壁ができているに違いない。故に兵庫は鍛冶場に突き抜けよと柴吉たちに命じた。

「承知」「承知！」

兵庫の意志が、柴吉、おゆんに、つたわる――。

二人は、幸子の手を引いて、吉野川を岩から岩へ渡ったように、死体から、死体へ、跳びうつり、瞬く間に——擂鉢状の窪地を、脱している。

間髪いれず、猛速度の白刃が、兵庫を襲う。

——つばめだ。

止めた。

またも、細波で、止めた。

同時に、石段を五人の村人がすぐそこまで肉迫してきた。五人の敵を、刹那で斬り倒す自信が、兵庫には、ある。だがつばめとは——一対一で戦わねばならない。彼女の動きは鋭い。その強敵と戦っている最中に五人の者に殺到されると、さしもの村雲兵庫も進退窮まった気がした。

(こんな所で果てるかよ！　俺は)

と——赤い奇跡が、巻き起っている。

奇跡《それ》は、石段の上に超然と立った、何者かが、黒く、長いものを、横振りしたことによって、引き起こされた。

黒く硬質な凶器が、凄まじい勢いで動きながら、兵庫に襲いかかった五人の頭《こうべ》を、柿でも潰すように、たやすく叩きわり——血と脳漿《のうしょう》の、赤い泥を、石段、砂地に叩きつけたのだ。

(万力鎖)

——柊風伯。

石段の上に夜叉《やしや》のように立ち、澄んだ初冬の山気を、血煙で染めたのは、柊風伯その人だった。

風伯は、ずっと兵庫たちの跡をつけて、名もなき村近辺まで、到達。叢雲《むらくも》に似た殺気の放出を感じ、咄嗟《とつさ》の判断で、村に駆け込み——兵庫をすくっている。

裂帛《れつぱく》の気合で、兵庫がつばめに、斬り込む。くノ一はさっと後ろ跳びし、兵庫の剣は、黒い忍び装束をかすめただけだった。

「これをお持ち下さいっ」

血で汚れた万力鎖が、荒々しく、兵庫めがけて落ちてくる——。

風伯が、投げた。

兵庫の左手が楠木忍者の血で濡れた万力鎖をつかんだ。右手の名刀、細波は、つばめを厳戒している。

風伯が、擂鉢の上部を、柴吉らが消えた方にむかって、走りだす。兵庫は左手でつかんだ鎖を頼りに、物凄い砂煙を踏みながら、急な砂斜面を——一気に駆け上がった。つばめも、つづこうとする。

黒いカマキリのようにはしっこく動いたつばめは、風伯の鎖をつかもうとしたが、彼女の掌は空をつかんだだけだった。

風伯の鎖は、つばめをも登坂させじと……凄い速さで、さっと上へ引かれたからだ。

舌打ちした、つばめ。血の泥沼と化した、石段を、飛ぶように登り、追跡する——。

敵が三人、前方に、立ちふさがっている。

維盛の後ろにいた奴らだ。さっき維盛の後ろには、男が六人いた。内一人は、維盛の傍《そば》を守り、二人が幸子らを追跡。三人が、兵庫の前方に現れた。また……熊殺し鉄蔵坊の姿は、土俵にはなかった。

「俺にまかせろ！」

兵庫が、鷹《たか》のように——大跳躍する。兵庫の下方で、足を薙ごうと、二本の薙刀が動く。だが——稲妻となって、振られた細波が、動作の途中にある薙刀を、柄で、切断。刃が地面に落ち、二本の薙刀が単なる棒切れになった瞬間、大分下まで落ちてきた兵庫の、返す刀が、二人の男の喉をぶった斬っている。

次の刹那には、兵庫の足が、三人目の男の頭部に、命中。三人目の男は声もなく、屠られた。

前方に、退路が開けた——。

「小癪《こしゃく》也！」

肥満体の維盛が、黒布が剝《は》ぎ取られた、自らの……得物を、つかむ。

「当村の威信にかけて、何としても討ち取れぃ！」

天をも破るかと思われる、平維盛の大喝が、名もなき村をふるわすと——多数の楠木忍者が、声もなくうなずいた。

幸子の肌は、村雲党の武力と、戦いの血生臭さに、大量の粟粒《あわつぶ》を、立てている。

作業場へむかう幸子らを、男が二人、追ってきた。

と、いつの間にか隠しもっていた——手斧を取り出したおゆんが、二人の男に放っている。

すると、どうだろう。

まわりながら、二人の男に飛んだ、おゆんの斧は、敵の頭部を叩き破ると、回転しながらおゆんの手に、もどってきた。

南方の狩猟民がつかう飛去来器！　この飛去来器のような驚異の戦働きを、丹波の隠れ里で忍術修行した、おゆんの手斧は、するのであった……。

作業場で働いていた男たちから、矢が射られる。

柴吉が、刀で弾き、手裏剣を放る。

柴吉の手裏剣は、黒い閃光となって——一人目の喉を貫き、後ろで矢をつがえていた、男の目に突き刺さった。

一撃で、二人を倒している。

これを見た、作業場の男たち、その背後の鍛冶場から、何事かと出てきた鍛冶師たちは、どっと敗走している。

忍者の傍で働く職人たちなので忍者の恐ろしさを熟知している。

三人は、無人となった作業場を駆け抜け、鍛冶場の横を通り、スゲ原に入った。

枯れた葉。青葉。

長剣状で、草の葉というより、人が新しくつくった素材のような、しっかりした触感をもつ、スゲの葉どもが、幸子の足を撫《な》でてくる。

スゲ原には、そこかしこにイバラが生えていた。直線的にすすめないよう、立っている。このスゲ原に、繊盛のスゲむしろを編むためわけ入る村人たちも……難儀をするのではないかと、心配になってしまう、イバラの生え方だった。

三人は、いかなる罠があるかわからぬため慎重にすすんでいた。

ズボリ……

——抜けるような音が、した。

スゲ原が、いきなり魔口を開け、柴吉の体をすっぽり呑み込んでいる。

落とし穴だ——。

「柴吉！」

おゆんが青ざめた形相で、叫ぶ。くノ一は、落とし穴の下に、鋭角に削《そ》がれた青竹がズラリと並んでいるのを、たやすく想像した。

「大丈夫だ」

苦しい柴吉の声が、地中から、もれる。案の定、落とし穴の底には、虎《とら》を倒せそうな青竹どもが、並んでいた。しかし、柴吉は落ちる途中で、刀を土に突き立て、大の字に開いた両足を、赤土、黒土が縞《しま》状に並んだ、大地の断面にくっつけて……ぎりぎり、青竹に貫かれる寸前で、落ちとどまっている。

おゆんが、柴吉を引き上げる。

――その時だ。

前方の森で、樹が、恐ろしい悲鳴を上げた。

何者かが、爆発するような衝撃で、根元から樹を蹴《け》り、引き裂くように、へし折ったらしい。その折れた、樫の大木を、怪力でもち上げた大男が――咆雷《ほうらい》に匹敵する、雄叫《おたけ》びと共に、突っ込んでくる。

熊皮の衣。鉄蔵坊だ。

憤怒の溶岩と化した鉄蔵坊は、双眸をギラつかせ、殺気の猛圧を放ちながら――突進してきた。

柴吉が、幸子の手を引く。柴吉は跳んだ――。おゆんも飛翔する。

三人が倒れた先にはイバラの藪があった。

幸子の白い手は、痛々しく、イバラに切られている。悲鳴が呑み込まれる。

――――!

鼓膜をつんざくような、火山が怒ったような、轟音《ごうおん》が、耳を襲ったからだ。

振り返る。

土煙がもうもうと舞っていた。

鉄蔵坊が、三人がいた場所を、樫の大木で、打ったらしかった。

彼が掌握している大木は、一抱えもある。枝葉や着生植物がたっぷりついていて、長い。並の男なら数人がかりでなければ、運搬できない代物であった。

憤怒で眼《まなこ》を爛々《らんらん》とさせた、鉄蔵坊が、まるで物干し竿でもひろうように、樹をもち上げる。

バサバサと——枝葉が、落ちる。

信じられぬ怪力と言う他ないが、今、鉄蔵坊は樫の大木を、頭上で、水車のようにまわしはじめている。幸子を、見据え、

「——俺を騙したな！　そういうやり方がな、一番、嫌いなんだよっ。俺がおつかえした、春王丸様、安王丸様も、都でお裁きを受けると騙され…………美濃で斬られた。

——ネズミども。潰してやる！」

十七年前。下総《しもうさ》国結城城をかこんだ室町幕府軍は、ある男率いる、奇襲部隊に悩まされていた。

結城城の近くは、上部を、人跡未踏の密林におおわれた、洪積台地が展開し、低地は、行軍に苦労するような湿地帯が広がっていた。結城城自体も、丘を丸ごと要塞《ようさい》化したものであり、攻城側はどうしても、湿地に——陣取りせねばならなかった。

この幕府軍を、城方の奇襲部隊は、密林が茂る高みから、さっと現れて痛撃をくわえ、かこまれそうになると森に逃げ込む、という神出鬼没の戦法で、散々に翻弄した。特にこれを率いていた鉄蔵坊なる男は、鉄でできた武器を何一つ携行せず、密林に茂る樹を蹴倒したり、もぎ取ったりして、即席の得物にし……数知れぬ幕府兵を潰した。

百人潰しの異名で呼ばれる所以《ゆえん》である。

百人潰し、いや、熊殺しの鉄蔵坊。この男、一見丸腰に思えるが、森に立ちさえすれば——ほとんど、無限の数の武器を手に入れてしまうのだ。彼の体自体が、鉄と言ってよかった。

若い主を、関東の反幕府方諸将にあずけていた、楠木不雪。不雪が関東とかくも強靱《きょうじん》な縁《えにし》をもてたのは、十数年前……幕閣の命を狙って京へ潜伏していた、鉄蔵坊と出会い、意気投合したからである。

鉄蔵坊が、枝葉を前面に出し、幸子たちに突っ込んでくる——。

神速で猛進する、緑の怒濤に、柴吉が手裏剣を投げるも、全く、意味がない。手裏剣は、荒ぶる樫の枝葉で、はね飛ばされている。

枝葉が、幸子の寸前まで、きた。おゆんが、幸子の手を引く。柴吉は刀を構え、鉄蔵坊の隙をうかがう。

幸子は緑色の滝が重力に超然と抗い、地から天へ駆けのぼるのをみとめた。怖ろしい速さの、滝。

乃ち鉄蔵坊が大木を一気に振り上げている。

また、叩く気なのだ——。

潰される気がした、幸子は。絶望的状況に思えた。幸子はいきなりはじまった戦闘と、惨劇の、衝撃が強すぎて、自分が死の淵にいるという認識は、とても希薄であった。だが、鉄蔵坊が放つ猛気と、豪速で動く大木を見、自分が叩き潰される光景が、ありありと見えた気がした。

深い悲しみ、絶望、そして恐れが、黒い翼を広げ、幸子の内側で羽ばたきだす——。

おゆんが、幸子をかかえるように転ぶ。

(痛い!)

大地が、意地悪く幸子を、叩いた。

すぐ上を樫の幹が暴風となって通りすぎている。

柴吉が鉄蔵坊に斬り込もうとするも、異常な敏捷性で返された大木が、緑風となって襲いかかり、小柄な下忍を、軽々と遠くへ叩き飛ばした。

「柴吉!」

幸子が悲壮な面相で、叫ぶ。

柴吉が、打ち殺されてしまった気がしたからだ。だが、柴吉は辛くも一命は取りとめた。柴吉スゲ原にうつぶした、小柄な体がぴくぴくと動いている。ほっとしてもいられない。柴吉を吹っ飛ばした鉄蔵坊が、鬼の形相で、幸子とおゆんを見る。

「主をうしなった俺は、義教を仇《かたき》とした。ところがどうだ？　義教は……春王丸様、安王丸様を殺めてから、一月で、赤松に討たれてしまったではないか。仇をうしなった？　いや、違う。俺の仇は――広がった。幕府全体に広がった。お前《めえ》たち……幕府の手の者だな？　許さねえ」

ありったけの殺気を放ちながら、のしのし近づいてくる。いや、わたしたちは幕府の手の者でなく、幕府に推戴されている、京都朝廷の手の者だと言った所で、彼の怒りは止められそうになかった。

果敢に立ち上がったおゆんが、鉄蔵坊の顔に斧を投げられないか機をうかがう。幸子は足に力が入らず、起き上がれない。スゲ原に腰を落としたまま、茫然とした面持ちで、鉄蔵坊を見ていた。

と、

「村雲忍術・雲の法・走り雲」

風伯の声がして、奇妙な物体が、幸子たちの方に飛んできた。

それは、煙玉をいくつか固着した、万力鎖だった。

煙玉は白い煙、黒い煙を噴きながら、鎖によって、空間を斜めに走っている。

そのため、鉄蔵坊と幸子たちの間に、煙壁《えんぺき》と言うべき、白煙黒煙の長城ができた。

幸子の傍に、返り血をあびた、村雲兵庫が疾風《しっぷう》のように、やってきた。

切れ長の双眸に、闘気を光らせた兵庫は、

「――お怪我はありませぬか？」

こくりと、うなずく。兵庫を見ながら幸子は、全く根拠のない確信にとらわれた。村雲兵庫なら――鉄蔵坊をふせげるのではないか、という確信だ。

幸子に大きな怪我がないのを見て取った兵庫が、煙壁の内側で、言う。

「風伯、おゆん。幸子様をたのむ」

二下忍は、無言で首肯した。

一方……鉄蔵坊は、煙壁の外側で立ち止っていた。分厚い煙壁が、何か特別な武器をくり出してくる気配に満ちているように思え、この猛者の足を止めさせている。

と、殺気だった面持ちで煙壁を睨む鉄蔵坊の耳に、《村田文七》を偽称していた、あの若者の声が、した。

「鉄蔵坊」

「……」

煙壁越しに、懐かしさすら漂う声で、兵庫は、

「丹波村雲流では、人を驚かせたり、何かをさぐったりする術を、雲の法——空に浮かぶ、雲の法と、書く。

一方——人を殺めたり、傷つけたりする術は、蜘蛛《くも》の法。虫の……蜘蛛と書く。今からこの虫の蜘蛛の法を、たっぷりお見せしたく思う」

「それは、楽しみだな」

鉄蔵坊は、冷笑した。

と——まるでしたしい人に会いにきたような表情で、微笑みすら浮かべた兵庫が、煙壁をくぐり、こちら側に出てきた。刀を引っ下げているが、一人。憎らしいくらい、悠然たる態度であった。

「たっぷりと言ったが……無理かもな。一つか二つしか、見せられないかもしれない」

笑みを浮かべながら、兵庫はつづけている。俺が倒れるという意味でなく、お前が一つか二つの術で倒れるから、三つ目は見せられないかもな……という、傲岸《ごうがん》な笑みに思える。

鉄蔵坊は愚かではなかったが、頭に血が上りやすい気質なため、小生意気な若造め——という、赤い火花に似た憤激で、頭が、いっぱいになってしまった。

さっきまで憤怒の対象であった幸子を、すっかり忘れている。

——これこそが、村雲兵庫の狙いであった。

鉄蔵坊の心を、言葉という蜘蛛糸でがんじがらめにした、兵庫は、

「百人潰し……。森の樹を得物にして、それで打つわけか。いかにも、あんたらしい戦い方だ」

一人の人間として、鉄蔵坊を嫌いではない。好意すら覚えている。だが今、兵庫は戦わねばならなかった。

細波を、上段に構えた。相貌を引きしめた兵庫から、大河を統べる竜に似た、冷たく、鋭い眼光が、放たれる。鉄蔵坊も負けてはいない。檜《ひのき》の大木のような図太い腕が、あらゆる血管をブチブチふくらませ――今日の得物、樫を、もち上げる。

「生意気言ってんじゃねえぞ、小僧！　潰すぞ、この野郎っ」

大男は、咆哮《ほうこう》している。

凄い、殺気であった。

台風のように、強力な圧となった戦いの意志が、兵庫に叩きつけられた――。

ここに、虎がいたとする。

その虎は、死ぬだろう。衝撃で、心臓が、止るだろう。

ここに、獅子《しし》がいたとする。

その獅子は戦意をしぼませ地にひれ伏すだろう。

今の鉄蔵坊の咆哮を聞いて、自分の位置から微動だにせず、鉄蔵坊を静かに睨み返せる獣は……余程、凶暴な月輪熊か、蝦夷地《えぞち》の山の覇者、樋熊《ひぐま》くらいしかいないのではあるまいか。

それくらい恐ろしい鉄蔵坊の大喝を、兵庫は涼しい面持ちで受け流している。

――きた。

鉄蔵坊が、突っ込んでくる。

――――！

地が、壊れそうな轟音を発した時には、軽やかに跳ねた兵庫は、大木との激突をかわしていた。

すぐ、きた。

今度は、横振りしてきた。

なめらかに――兵庫の体が、動く。高速でしゃがみ、ぎりぎりでかわしている。兵庫の頭上、すぐを、暴風を巻き起しながら、大木が動いてゆく。突出した枝葉が、兵庫の頭を襲い、頭皮が少しえぐられ、毛髪が幾本か散った――。

（好機）

と、見た兵庫が、鉄蔵坊の股《また》、もしくは足の動脈を、刀で斬ろうと、猛速度で、地面ぎりぎりを突き進む。

鉄蔵坊は、意外な武器で応戦した。

――人の頭くらいある苔石。

スゲ原に人の頭ほどの大石が、半分、埋もれていたのだ。

この苔石を、鉄蔵坊は、蹴った。桁外れの脚力をもつ、鉄蔵坊ゆえ、大量の土砂と一緒に蹴上げられた石は、兵庫めがけて、矢よりも速く飛んできた――。

兵庫は、面をのけぞらせるようにして、かわす。天にむいた、顔の上を、緑と灰色の突風になった、苔石が……シュッと飛んで行った。

次の刹那、兵庫の体は、後ろトンボ返りをしてみせた。一瞬後――兵庫がいた位置を、鉄蔵坊の右足が、打ち据える。脳天かかと落としを、かけてきたのだ。それを兵庫は後ろトンボ返りでかわしている。かわしつつも、村雲荘での修行は、兵庫の左手から、数本の手裏剣を放たせたが、あっという間に――大木をもどした、鉄蔵坊が、悉く、はたき落とす。

兵庫は高速の後ろ走りで鉄蔵坊から遠ざかった。

鉄蔵坊は、怒気を発し、追う。

「それが、蜘蛛の法かっ！　おい」

鉄蔵坊の罵声《ばせい》を正面から受けつつ、鋭利な第六感は後ろに傷ついた肉体が倒れているのを知った。――柴吉だ。スゲ原にうつぶした柴吉は、必死に起き上がろうとしているように思える。

兵庫の草鞋《わらじ》は、立ち直りつつある柴吉のすぐ手前で――急停止した。

スゲやイバラを薙ぎ倒しつつ、原っぱを滑ってきた、樫の大木が、躍動する――。

樫を地面に引きずるようにもってきた鉄蔵坊が、兵庫の面貌めがけて振ったのだ。

緑の枝葉が――突風と共に、兵庫へ、殺到している。

兵庫は、かわした。

跳躍して、よけながら……

「蜘蛛の法・天狗の薪割《まき》り！」

兵庫が叫ぶ。

名刀、細波が、自分のすぐ下を通りすぎてゆく、緑の怒濤に突き出される。兵庫は豪速の突きを幾回も、鉄蔵坊の得物の先端、枝葉の所にくり出した――。

と――驚くべき、ことが、起きた。

枝が、何本も、一端を鋭利に削がれた形で、幹から切りはなされている。それら枝どもは、葉をつけたまま、まるで緑の矢の雨のように……鉄蔵坊の顔面に、襲いかかった。

鉄蔵坊からしてみたら、兵庫を叩き潰したはずなのに、兵庫のいた位置で、自分の得物から即製された、矢の雨が――自分に、射られた恰好《かっこう》だ。

よけられるものではない。

幾本かは顔をかすっていっただけだったが、幾本かは鉄蔵坊に相当な痛撃をあたえた。

村雲忍術・蜘蛛の法・天狗の薪割り――源平争乱の頃、村雲党の上忍だった人物が考案した秘術で、刀匿礮姿の「究極の進化形」と言える。樹に上り、豪速の突きを、枝葉にくらわす。その突きで切りはなされた枝葉を、矢の雨のようにして、下にいる敵に送り出す。

切れ味をほこる細波でなければ、つかえぬ、秘術だった。

ある枝は、鉄蔵坊の頬を突き破り、口の内側に入って、舌にふれている。また、ある枝は右目に突き立ち——血と一緒になった目玉が、顎の方に流れ出た。また、ある枝は、喉仏に深々と刺さった。

数頭の野獣が一斉に叫んだような、絶叫が轟き、スゲ原がちぢみ上がる。

兵庫は——容赦なく、鉄蔵坊に斬りかかった。首に、刀を、振る。

血飛沫が、散っている。

鉄蔵坊の首の右側を斬り抜ける形で兵庫がスゲ原に着地。同瞬間——大木が地に落ち、重い音が、した。

刹那、冷たい殺気の電流が兵庫の背筋を凍らせる。

振り向く。

——生きていた。

鉄蔵坊は、右目、口、喉から、分厚い血潮を垂れ流し、左目を白く剝きながら……兵庫の体を、つかもうとしてきた。幕府へ復讐《ふくしゅう》すべく、紀伊山地で、熊と戦って鍛え抜いた腕が、ありったけの執念をしぼり出そうとしているように、思える。

電光石火、細波は、動いている。

——。

兵庫の突きは相手の心臓をあやまたずに貫いた。

返り血の、重いぬめりに取りつかれながら、兵庫は、鉄蔵坊の命が止ったのを、知った。

一人の男として心に細波が立つのを覚えたが、乱破としての自我がそれを打ち消した。

大男は、スゲ原に倒れた。間髪いれず、六つの手裏剣が——兵庫に、肉迫する。つばめ、そして二人の村人が、投げている。一人は老人。一人は十五歳くらいの若者。

と——小さな影が、兵庫の前を突っ走り、刀で、手裏剣を弾いた。

柴吉だ。

柴吉が返した手裏剣は、老人と若者を倒すも、つばめは、さっと首を横に振り、すれすれでかわした。

兵庫が煙玉をわる。白煙が、兵庫、柴吉をつつみこみ——それが薄くなった時、二人は掻き消えていた。

「どうした？」

汗だくになった、十二代目・平維盛が、つばめの横に駆けてくる。

「……見うしないました」

白い指は、はじめ幸子らを呑み込み、次に兵庫と、柴吉が逃げ込んだ、果樹林《なりものばやし》を差している。

「果樹林の死の罠、迷路《まよいじ》が……彼奴らを逃がしはせぬ」

維盛は、言った。走っている途中に、萎烏帽子が落ちたらしい。下忍がひろってきたのを、また、かぶった。でっぷりと太った維盛。走力は、つばめに劣るも体格からは想像もできぬほどの速さである。

その維盛は今――恐ろしい殺気が籠もった、長大な得物をにぎっている。

つばめが、

「わたしも……十中八九、森が彼らを屠ると思いますが、死に顔を検分する意味でも……」

「勿論、追手は出すぞ。……忍犬《いぬ》を先頭に立てぃ。また、果樹林の罠が喰い残した者がいた場合――そ奴は生け捕りにせよ。いかなる意図をもって、我らに近づこうとしたか、訊き出さねばならぬ。先刻の命令は、変更する！」

「はっ！」

酷薄な眼光を灯《とも》した維盛は、味方を幾手かにわけた。維盛は、彼らがきたと思われる、京へ逃げる最短経路を押さえるべく、自身は最強の精鋭と北へまわり込んだ。また、伊勢方面への峠越えがある東へ、つばめと、熟練の乱破たちを派遣。他にも三手に下忍たちをわけ兵庫らを追撃させる――。

（下巻につづく）

時代小説文庫
た24-1

吉野《よしの》太平記《たいへいき》㊤

著者　武内《たけうち》涼《りょう》

2015年12月18日第一刷発行

発行者　角川春樹

発行所　株式会社 角川春樹事務所
〒102-0074 東京都千代田区九段南2-1-30 イタリア文化会館

電話　03(3263)5247[編集]　03(3263)5881[営業]

印刷・製本　中央精版印刷株式会社

フォーマット・デザイン＆シンボルマーク　芦澤泰偉

ISBN978-4-7584-3968-8 C0193

http://www.kadokawaharuki.co.jp/[営業]
fanmail@kadokawaharuki.co.jp[編集]　ご意見・ご感想をお寄せください。